TAKE
SHOBO

不埒な海竜王に
怒濤の勢いで溺愛されています!

スパダリ神に美味しくいただかれた生贄花嫁!?

上主沙夜

Illustration
ウエハラ蜂

蜜猫
Novels

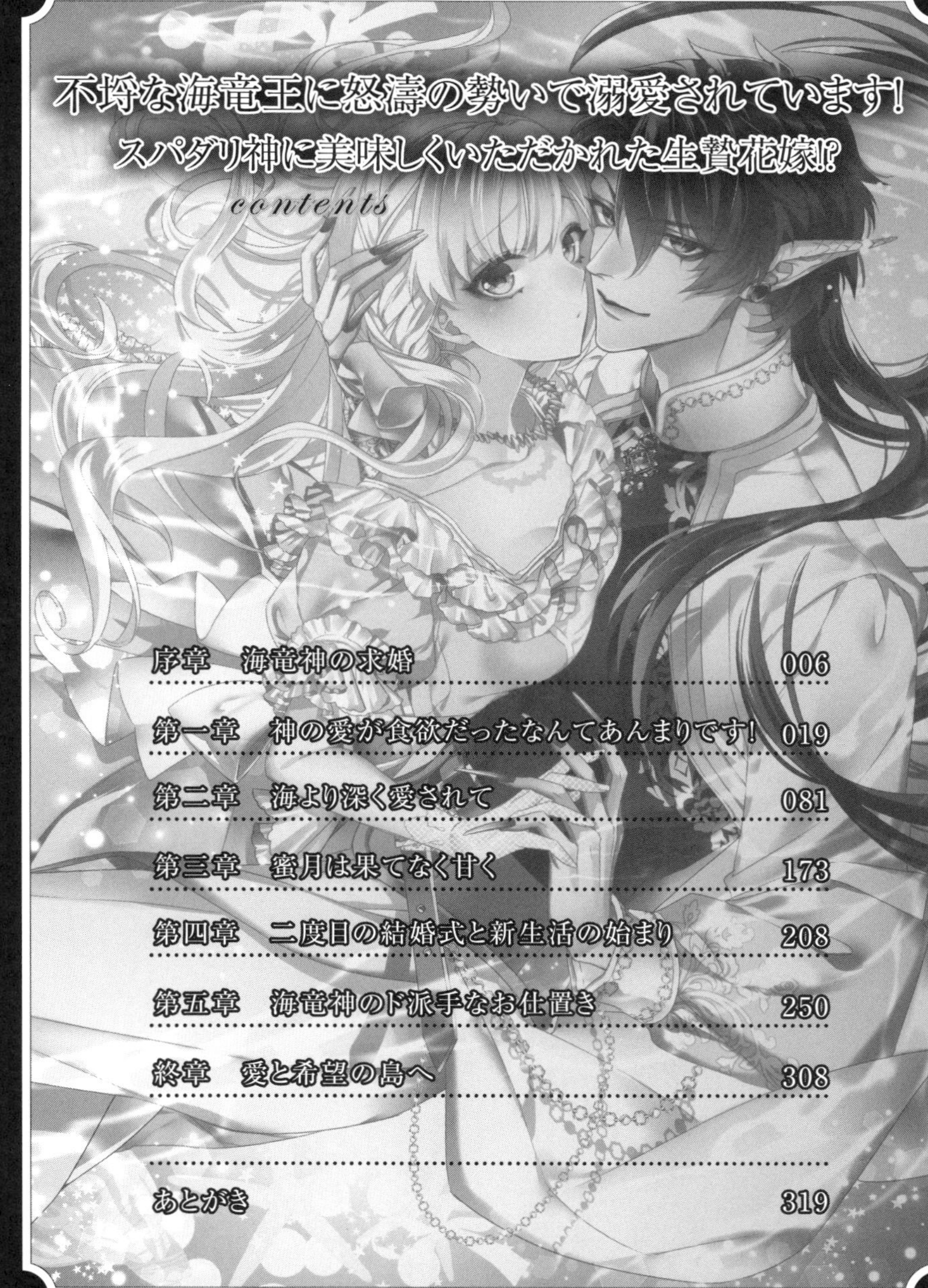

不埒な海竜王に怒濤の勢いで溺愛されています!
スパダリ神に美味しくいただかれた生贄花嫁!?

contents

イラスト／ウエハラ蜂

不埒な海竜王に怒濤の勢いで溺愛されています！

スパダリ神に美味しくいただかれた生贄花嫁!?

序章　海竜神の求婚

冴《さ》え渡《わた》る満月の光が、遥《はる》かに続く海原を煌々《こうこう》と照らしていた。舷側《げんそく》でチャプチャプと波が戯れ、優美な船体が穏やかに揺れる。頭上では涼しい夜風を受けた帆がかすかにはためいている。

南北の大陸に挟まれた地中海世界、ロズメール。

大神殿島を中心に花びらのように点在する四つの大きな島国がある。そのひとつ、ラドニア王国の沿岸に、一隻《いっせき》の美しい帆船が浮かんでいた。

ラドニア王家所有のノルドリス号。迎賓艦《げいひんかん》としてだけでなく、王族が他国を訪問する際にも使われる公式艦船だ。

海竜神《レヴィヤタン》の信仰が根付くロズメールでは、どの王国でも陸でのもてなし以上に所有する船の上での歓待が好まれる。美しく豪華な帆船を所有することは富裕層や上流階級のステータスシンボルなのである。

今夜はラドニアの王女リリベルの十歳の誕生日祝いと、リリベルの婚約者である隣国エキドニアの王子の歓迎会を兼ねたパーティーが開かれていた。甲板の上には小さなランタンが無数に灯《とも》され、花やリボンが飾りつけられている。

ご馳走《ちそう》とワインがふるまわれ、楽団が音楽を奏でるなか、人々は思い思いに飲んだり食べたり、あるいは踊りあるいは笑いさざめきながら社交に勤《いそ》しむ。

そんななか、主役のひとりであるはずのリリベルは、薄暗い船首でしくしく泣いていた。船縁《ふなべり》に掴《つか》まり、黒々とした海面を見下ろしながらすすり上げ、唇を噛《か》みしめる。

頬《ほお》を伝った涙が顎から滴り、波間に消えた。鼻をすするとまた涙が出た。熱い雫《しずく》が珠《たま》になって宙を舞い、無限に広がる海に吸い込まれていった。

『――何を泣いているのだ？』

ふいに重々しい声が響き、リリベルはビクッと肩をこわばらせた。慌てて周囲を見回したが誰の姿もない。空耳か……と溜息《ためいき》をつきながら目許《めもと》をぐいとこすると、遥か下の海面で、ざばんと大きな波音がした。

なんだろうと顔を突きだして覗《のぞ》き込《こ》んだとたん、海面から勢いよく何かが飛び出してきてリリベルは反射的にのけぞった。

一瞬、イルカかと思ったが全然違った。海水を滴らせる細長い大きな頭をリリベルに向け、頭上で輝く満月のような瞳でじっとこちらを見つめている。

それは巨大な海竜だった。

黒曜石のごとき鱗《うろこ》が月光を反射して七色の燐光《りんこう》を放つ。金色の瞳を縦に二分する、銀の瞳孔。銛《もり》のように鋭い牙が巨大な口の合わせ目から覗《のぞ》いていた。リリベルみたいな小さな女の子など、ぺろりと丸飲みにされてしまいそうだ。

いや、ちょっと頭を振っただけで、ノルドリス号は木っ端みじんに砕け散るに違いない。

リリベルが晴れ渡る蒼穹《そうきゅう》のような瞳を瞠《みは》って見つめていると、巨大な海竜はふたたび尋ねた。

『何を泣いているのだ』

「……悲しくて」

年長者が困惑まじりにたしなめるみたいな口調におずおずと答えると、竜はゆっくりと瞬《まばた》きをして燐光を放つ鱗に包まれた巨大な顔を、ぬっと近づけた。

リリベルはさらにいっぱいに目を見開いて竜を見つめた。黒光りする鱗に、驚く自分の顔がぼんやりと映っている。

潮の香りがした。心地よい、海風の匂いだ。リリベルは手を伸ばし、口許《くちもと》の鱗《うろこ》にそっと触れた。冷たくて、すべすべしていて、今まで触れたことのない手触りだ。

竜はまた瞬《まばた》きをした。今度は少し焦ったように。

『おまえ、我が怖くないのか?』

「こわいわ」

答えてから、リリベルは竜の『声』が頭のなかに直接響いているのだと気付いた。そっと鱗を撫《な》でながら囁《ささや》く。

「こわいけど……、すごくきれい」

どんな宝石よりも、この海竜の七色に光り輝く黒い鱗のほうがずっと美しい。

竜は潮風の鼻息をつくと、すっと身を引いた。鱗の輝きが増し、逆巻く大波のように輪郭が揺れたかと思うと、なかから人の姿が現れた。

とっ、と船縁を一蹴りして、リリベルの傍らに降り立ったのは、年の頃十二、三歳の少年だった。漆黒の髪と瞳をした、秀麗な顔立ちの美少年だ。着ているものは上等の上着《ジュストコール》にブリーチズ。どこかの王子様のような出立《いでた》ちだった。

少年はリリベルを見つめてニコッとした。

「おまえ、度胸があるな！　俺の本性を目にして気絶しなかった女は久しぶりだ」

少年の声は頭のなかに響くのではなく、ふつうに耳から聞こえてきた。リリベルはぱちぱちと瞬きをして輝くばかりの美貌の少年を見つめた。

「……もしかしてあなた……、海竜神《レヴイヤタン》の王子様……？」

「まぁ、そんなようなものだ」

少年は腰に手を当て、尊大に頷《うなず》いた。夜風に髪が揺れるとちらちらと燐光が舞う。

彼は漆黒の瞳でじっとリリベルを見た。さっきの竜は縦に長い銀の瞳孔のある金色の瞳だったが、この少年は黒目がちの漆黒の瞳をしている。全然違うのに、なぜだか同じ気がした。少年が瞬きするたび、黒い瞳に七色の光が揺れるのだ。

「で、おまえは？　これはラドニア王家の船だし、見たところ貴族の娘のようだが」

「わたし、王女のリリベルよ」

リリベルはハッとしてドレスの裾を摘まみ、膝を折って挨拶した。

「……初めまして、海竜神《レヴイヤタン》の王子様。お目にかかれて光栄です」

「ほぅ、リリベル姫だったか。『洗礼式』以来だな。無事に成長して何よりだ。……うむ。そういえば赤子の頃から度胸があったたな！」

嬉《うれ》しそうに少年は頷いた。

洗礼式というのは、生後一年くらいに行なわれる、赤子を海水に浸《つ》けて海竜神《レヴイヤタン》の加護を願う儀式である。昨今は頭に海水をかけるくらいで済ませることが多いが、ラドニア王家のやり方は昔ながらのもので、かなり荒っぽい。

沖まできて小舟の上から足首を掴んでいきなりドボンと海に浸けられるのだ。赤子はびっくりして泣き出すのがふつうで、九歳上の兄は凄《すさ》まじく泣きわめき、その泣き声の威勢のよさに『将来は大物になるに違いない』と両親は喜んだ。

リリベルは兄とは真逆にキャッキャと喜んでばかりいるので、焦った父王が三回やりなおし、それ以上はもう、と慌てた神官に制止された。これはこれで『将来大物』の兆候ですと言われてやっと両親は安堵《あんど》した。

もちろん自分では覚えていないが、逆さ吊《づ》りで海に浸けられてはしゃぐ自分の姿を、この美しい王子様にも見られていたのかと思うと恥ずかしい。

もじもじするリリベルを好ましそうに見やり、少年は微笑《ほほえ》んだ。

「それで？」

「はい？」

「何が一体、そんなに悲しかったのだ？」

「あ……」

リリベルは言いよどんだ。

「おまえを悲しませるとは、よほどつらいことなのだろうな」

真摯な瞳でじっと見つめられてドキドキしてしまう。相変わらず偉そうな口調だが、強い関心が窺えた。ためらいながらリリベルは呟《つぶや》いた。

「……許嫁《いいなずけ》が、ひどいこと言ってるのを聞いてしまったの」

「婚約者がいるのか……」

少年は何故かがっかりしたように眉を下げたが、すぐに気を取り直して続きを促した。

「誰と婚約しているのだ？　そいつに何を言われた」

口ごもりつつリリベルは打ち明けた。

婚約者は西の王国エキドニアの第三王子ファリスティーグで、兄のアズリル王子と同い年の十九歳。初めて会ったときにはとても嬉しかった。美男子で優しそうだったからだ。身体を鍛えることが趣味の筋肉ムキムキ兄とは違って、体型はすらりとしており、物腰も上品で優雅だった。

実際、挨拶を交わしたときには文句なく礼儀正しかった。リリベルに微笑みかけ、手にキスしてくれた。

しかし、歓迎会の直前、自国から伴ってきた家臣たちになだめられているのを立ち聞きしてしまったのだ。ファリスティーグは不機嫌な顔で不満をあらわにした。

どうして自分があんな洗濯板みたいな小娘と結婚しなくてはならないのかと。ラドニアの国力はロズメール四王国のなかでは最低だ。こんな貧乏国の王女と結婚したってなんにもならない。

そう言って、王家所有の迎賓艦ノルドリス号のことも古ぼけているだの釣り舟と大差ないだのと口汚く罵った。

家臣たちは、洗濯板もそのうち成長するとか、もっと良いお相手が見つかったら乗り換えればいいとか、アズリル王太子に万が一のことがあればラドニアの王になれますとか、いろいろなことを言ってなだめていた。

とりあえず押さえておきましょうと言われて、ファリスティーグはしぶしぶ頷いた。

その後、パーティーに現れたファリスティーグは完璧に外面を取り繕っていて、とてもそんな暴言を吐く人物には見えなかった。両親にお愛想を言い、ノルドリス号の艤装《ぎそう》を褒め、にこやかにリリベルと踊った。

だが、浮かれた気持ちがぺしゃんこになって冷静に観察してみると、ファリスティーグの目つきや口調はいつもどこか小馬鹿にしたようで、嘲《あざけ》りをふくんでいた。

リリベルとのダンスも、つまらないというよりイライラしているようだった。まだ十歳のリリベルと踊るのは、身長差がありすぎてやりづらいのはわかる。そんなことは誰も気にしていないだろうに、身をかがめるのが屈辱だとでもいうのだろうか。やけに振り回され、引っ張られて、何度も転びそうになった。

そのたびにこわい目つきで睨《にら》まれた。口許は微笑んでいても、目つきは剣呑《けんのん》で、いかにも腹立たしげだった。

耐えられなくなって、曲が終わると早々にリリベルは両親に訴えようとしたが、ふたりとも来賓をもてなすのに忙しくて、後にしなさいとあしらわれた。兄は貴族の令嬢たちに取り囲まれていて近づけなかった。

いたたまれなくなってリリベルはその場を離れた。そしてパーティー会場の灯も届かない船首でひっそり泣いていたところ、涙が海に落ちたせいなのか、ぬっと海竜が現れた——というわけだ。

「なるほどな」

黙って話を聞いていた少年は、腕組みをしてしかつめらしく頷いた。少年がまじめに聞いてくれて、ホッとしたリリベルはふたたびじわりと浮かんだ涙を急いでぬぐった。

「……わたし、あんな人でなしと結婚するなんていやだわ」

王女として、親の決めた相手と結婚しなければならないことは、わかっていたつもりだった。ずっとそう言い聞かされて育ったのだ。

わかってはいたが、多少の夢は持っていた。まだ十歳のリリベルには実際の結婚生活には考えが及ばなかったけれど、できれば好きな相手、気に入った相手と結ばれたいと思っていた。

「ファリスティーグ王子は嫌いか」

「きらい。だって嘘《うそ》つきなんだもの。本当はわたしのこともラドニアのことも気に食わないのに、心にもないお世辞ばかり言って。そんなにいやなら断ればいい。わたしだって王女なのよ。とりあえず押さえておくとか、失礼じゃない。お兄様に何かあればいい……みたいなことまで言って。あんまりよ。そんな人、きらい」

「ああ、そうだな」

生真面目に頷いた少年は、鼻をすするリリベルをじっと見つめた。

「……だったら俺と結婚するか?」

「えっ」

リリベルはびっくりして少年を見返した。彼の表情は至極まじめだ。

少年は漆黒の瞳でリリベルをまっすぐに見つめた。

「さっきおまえが見たとおり、俺は人間ではない。真の意味での『人でなし』だ。しかし、妻は大切にするぞ。どんな妻想《おも》いの人間にも負けないくらいに」

生真面目な口調にリリベルは頬を染めた。

「……わたしのこと、大切にしてくれる？」

「もちろんだ」

「浮気しない？」

「しない。俺はおまえがすごく気に入った。おまえさえいればいい」

きっぱりと言われてリリベルの頬はますます熱くなる。

「でも……、あなたは海竜神《レヴィヤタン》の王子様なんでしょう？ 人間と結婚していいのかしら……」

「神の連れ合いはつねに人間だ。同族に異性がいないからな」

「えっ、そうなの？」

「海竜神《レヴィヤタン》はオスばかりなのだ」

憂鬱そうに、またどこか寂しそうに少年は言った。リリベルは思わず少年の手を両手で握りしめた。

「いいわ！ わたし、あなたと結婚する」

「本当か」

嬉しそうに少年はリリベルの手を握り返した。こくりと頷くと、少年は満面の笑みを浮かべてリリベルの手を唇に押し付けた。

「俺の妻になってくれるんだな？」

「ええ、あなたのお嫁さんになるわ」

美しい少年にじっと見つめられて、ドキドキしながらリリベルは頷いた。

「約束のしるしにキスしてもいいか？」

「えっ……」

びっくりしたリリベルは、頬を染めて頷いた。

少年は微笑んで、リリベルの唇にそっと自分の唇を押し当てた。最初ひやりとした感触があって身をすくめたが、すぐに灯がともったように温かくなった。

少年は顔を赤らめるリリベルに微笑みかけた。

「いいわ……」

「婚約の証《あかし》として、おまえにはこれをやる」

言われて気付くと、いつのまにかリリベルの左腕に美しい真珠のブレスレットが嵌《は》まっていた。ひとつひとつがおとなの親指の爪ほどもある大粒の真珠を連ねたものだ。しかもそれぞれに異なる光沢を放つ珠が七つ。

「きれい……！　虹みたいだわ」

まさしく虹の輝きだった。赤、橙《だいだい》、黄、緑、青、藍、紫。それ自体が発光しているかのように、月明かりの下で神秘的に輝いている。

「王女をもらうのだから結納品も弾まなければな。海産物も豊富に採れるようにしてやろう。おまえが一番好きな海産物はなんだ？」

「エビ」

迷うことなくリリベルは答えた。ラドニアの領海ではエビはあまり採れないのでごちそうなのだ。

今夜のパーティーはリリベルの誕生祝いでもあるので、好物のエビが出されていたが、食べようとするとお祝いを述べる人たちがやってきて、王女らしくお礼を述べているうちに、ファリスティーグ王子の一行に食べ尽くされてしまった。

エキドニアでもエビはごちそうらしい。むろんリリベルはそのせいでますます王子が嫌いになった。

「よし。これからは特産品になるくらいいっぱいエビを寄越《よこ》してやる。おまえが食べたいエビがいつでも網にかかるようにな」

「うれしい！」

まだまだ花より団子のリリベルは目を輝かせた。少年はニコニコするリリベルを見て微笑んだ。

「おまえ、可愛《かわい》いな。今すぐ連れ去りたいくらいだが……、そうもいかないか。結婚の準備をして、おまえが年頃になったら迎えに来よう。いいな？」

「はい」

素直にリリベルは頷いた。少年はリリベルの額にチュッとキスすると、ひらりと舷側を越えて海へ飛び込んだ。慌てて覗き込むと、目の前にぬーっと漆黒の竜が現れた。

目を瞠るリリベルの頭のなかで、また不思議な『声』が響いた。

『待ってろよ。迎えにくるから』

リリベルは頷き、手を伸ばした。海竜が顔を近づける。リリベルは竜の口許に唇を押し当てた。

「待ってるわ、海竜神《レヴィヤタン》の王子様」

頭のなかで嬉しそうな笑い声が響いた。

ざぶん、と踊るように竜は海に身を沈めた。一度だけ浮き上がり、金色の瞳で愛《いと》おしげにリリベルを見つめ、ふたたび海に沈んだ。海面が大きく盛り上がり、波がうねる。

何か大きなものが、海面下を遠ざかっていくのを、リリベルはじっと見つめていた。

やがて海が元通りに静まると、リリベルは自分の左手を目の前にかざした。そこには間違いなく大粒の七色真珠のブレスレットがあった。

ブレスレットを撫で、唇に押し当てて微笑む。

「――あ」

ふと、思い出してリリベルは目を丸くした。

「名前……聞きそびれちゃった」

まぁ、いいわ。王子様だもの。

海竜神《レヴィヤタン》の王子様。彼こそが本物の『王子様』だ。リリベルを大切にすると誓ってくれた。

「早く『年頃』にならないかしら……」

ふふっと笑い、リリベルはすっかり上機嫌で月明かりに照らされる美しい海原をいつまでも眺めていた。

第一章　神の愛が食欲だったなんてあんまりです！

「……年頃って、何歳くらいのことなのかしらねぇ」

宮殿の窓から海を眺めながら、ハァ……とリリベル姫は不景気な溜息をついた。

不思議な少年との出会いから早八年。十八になったリリベルは立派に『年頃』のはずなのだが、未《いま》だに海竜神《レヴィヤタン》の王子様の迎えは来ない。

迎えどころか、彼はあれ以来一度も姿を見せなかった。夢だったのかと思えてくるくらいだが、少年がくれた七色真珠のブレスレットは今でもリリベルの左手首で神秘的な光沢を放っているし、約束したとおりラドニアはエビの特産地になった。

エビだけでなく、タコやイカ、タイ、マグロ、ホタテ貝などもよく採れる。さらに海岸にはサンゴや琥珀《こはく》が打ち寄せ、アワビのなかから真珠が出た。海流と風向きが変わって、それまで難しかった北の大陸との交易も容易になった。

八年の間にラドニアは四カ国の最下位から、一気に最上位の東の王国タイフォニアに肩を並べるほどの大躍進を遂げた。

結納品だと言っていたが、それにしたって大盤振る舞いだ。さすが海竜神《レヴィヤタン》の王子様は違う。

三年前には王宮も新築し、薔薇色《ばらいろ》大理石と雪花石膏《アラバスター》を用いた豪華な宮殿に生まれ変わった。

これもみな海竜神《レヴイヤタン》様のご加護のおかげと、両親は王宮に先立って神殿を建て直し、感謝の祈りを欠かさない。

まるで自ら網に飛び込む勢いでやってきてくれる海産物にも感謝して、それぞれの精霊を祀《まつ》る祠《ほこら》も造った。

名物のシーフードを堪能しながら王国内の神殿や祠を巡礼するのが国内外でブームになり、巡礼客を受け入れる港やルート沿いの旅籠《はたご》、飲食店も大繁盛だ。『真珠入り（かもしれない）干しアワビ』はおみくじ要素のある土産物としてダントツの人気を誇っている。

国民も王に倣って毎朝毎晩、海竜神《レヴイヤタン》への祈りを欠かさない。そんな国民の信心深さや心根の穏やかさも、ラドニアが巡礼地として人気になった理由のひとつだろう。

国王は、これが『結納品』であることをしっかり理解していた。リリベルは『王子様』を見送ると、さっそく父王に報告した。

国王とて最初から信じたわけではない。なにぶん子どもの言うことだし、『海竜神《レヴイヤタン》の王子様』など聞いたこともなかった。この世界は海陸空の三柱の神々が治めているとされているが、神々は滅多《めった》に人前に姿を現さないので実体は謎だ。

しかし、リリベルの腕には見事な真珠のブレスレットがある。ラドニア王家のものでもなければ、招待客がプレゼントしたものでもない。どこからか降って湧いたのでなければ、本当に娘を見初めた『王子様』がくれたものとしか思えなかった。

後日、王宮出入りの宝飾商に確認させたところ、確かに本物の真珠であるとのことだった。色味をおびた真珠は非常に珍しく、色違いの粒揃《つぶぞろ》いで七個も揃《そろ》っているものなど見たのは初めてです、と商人は感嘆してブレスレットをためつすがめつした。値段はとてもつけられないという。

まさか怪しい魔物に魅入られたのではと危惧した両親は神官にもブレスレットを見せたが、悪い氣はないと断言された。それどころか、清浄な神氣が放たれているとして神官は畏《かしこ》まってひれ伏した。

こうなったらもう娘の話を信じるしかない。王子様かどうかはさておき、リリベルは海竜神《レヴィヤタン》の眷《けん》属《ぞく》、それもかなり高位の存在に気に入られたのだ。

かといって、その時点ではファリスティーグ王子との婚約を解消することはできなかった。まだ半信半疑だったというのもあるが、話を聞きつけた王子が一転してやけに結婚に前向きになったのだ。

ブレスレット目当てに違いないと、リリベルはさらにファリスティーグが大嫌いになった。

それから数年のうちにラドニアは目に見えて繁栄し始め、リリベルが『気に入られた』ことは事実と受け入れられるようになった。

リリベルが十五歳になる頃にはラドニアの国力はエキドニアに並んだ。その頃からファリスティーグは結婚を急《せ》くようになった。だが、リリベルが『王子様』と結婚するのだと言い張ったのと、ファリスティーグの芳しくない噂《うわさ》（特に金銭と女性関係）が聞こえてきたこともあって父王はなんだかんだと理由をつけては引き延ばしていた。

それとなく破談を打診しても拒否される。破談にするなら慰謝料として七色真珠のブレスレットを寄越せと露骨に言われた。エキドニアでは、ラドニアの突発的な繁栄はブレスレットの神通力ということになっているらしい。

約束の印なのだからあげるわけにはいかないが、『王子様』が迎えにきてくれたときに許しを得られたら渡してもいいとリリベルは思っていた。それで面倒な悪縁が切れるなら。

晴れ渡る紺碧《こんぺき》の海を眺めながら、リリベルは一度だけ出会った海竜と、その化身である美しい少年を頭に思い浮かべた。

八年経《た》ち、少年の面影はかなりおぼろげになってしまったが、目映《まばゆ》いくらいに美しかったこと、黒髪や黒い瞳が不思議な燐光をおびていたことははっきりと覚えている。そのまなざしがとても優しかったことも。

「……早く迎えにきてよ」

リリベルは窓辺に肘をついて呟いた。

ずっと待っているんだから。それとも、わたしのこと忘れちゃったの……？

また溜息をついてブレスレットを眺める。

不思議なことに、この八年で真珠は一回り大きくなった。まるでリリベルの手首のサイズに合わせているかのように、いつだってぴったりなのだ。

貝から取り出した真珠はそれ以上成長することはないのだから、これが本当に特別な真珠なのだということを示している。

神官が言うように、『神氣』をおびているようで、なんだか湿っているな、と思うと雨が降り、水滴がついていれば嵐が来る。数日以内のことならリリベルは天候の予想がつくようになった。それを人に頼られることもしばしばだ。重要な行事のときなど、リリベルの予報を聞いて日程を調整すればまず間違いない。

「……当分はお天気が続きそうね」

ブレスレットを撫で、空を見上げてリリベルは呟いた。明るい空色の瞳は、しかしどうにも曇りがちだった。下ろしたままの波うつ金髪を意味もなく指に巻き付けながらリリベルは嘆息した。

なかなか『王子様』が迎えに来ないことに加えて、ファリスティーグ王子からの結婚の催促が激しくなっていることも憂鬱の原因だ。

婚約が調っているのだから、本来ならリリベルは十四、五歳でエキドニアに嫁いでいた。それを騙《だま》し騙し今まで引き延ばしてきたのだ。

婚約解消も何度となく申し出たが、ファリスティーグ王子は断固拒否している。もともと婚約を持ちかけてきたのはエキドニアのほうで、一旦了承したからにはこちらからの婚約撤回は契約違反であると主張している。

国力は遜色なくなったとはいえ、農業に向いた土地の少ないラドニアは穀物類の多くをエキドニアから輸入している。無下にはできない相手なのだ。

話し合いはもうずっと平行線で、リリベルが嫁に行くか、七色真珠のブレスレットを譲るかのどちらかだ。むろん、嫁に行く場合もブレスレットの持参は必須というのだから厚かましい。

ファリスティーグは十歳のリリベルを洗濯板と罵ったが、十五歳を過ぎた頃からリリベルの胸はむくむくと大きくなり、ウエストはきゅっと引き締まり、たいへんスタイルがよくなった。

さらにはぱっちりした蒼《あお》い瞳ときらめく陽光のような波うつ金髪、愛らしく生き生きとした美貌の持ち主ともなれば、美女に目がないと噂されるファリスティーグが婚約破棄するわけがない。

ここ数年は毎年一度はラドニアにやってきて、結婚をせっつく。そのたびに両親は丁重に婚約解消を申し出るのだが、王子は聞く耳を持たなかった。

一昨年など、業を煮やした王子に無理やり連れ去られそうになった。港を出るなり船が突然浸水して航行不能になったため事なきを得た。そのときわかったのだが、ファリスティーグ王子はカナヅチだった。

それに懲りてもう来ないかと思ったら、去年も堂々とやって来て婚約履行を要求してさんざんごねた。なれなれしくリリベルの腰を抱き寄せ、しきりと周囲に婚約者アピールをした。外交問題になってはいけないと我慢していると、庭園の茂みに連れ込まれて押し倒されそうになった。

すると何故か天から大量のイカが降り注ぐという怪奇現象が起こり、イカスミまみれになった王子は怒りに震えながら引き下がった。

むろんそのイカは宮殿中で美味しくいただいた。食べきれないぶんは干物にして備蓄に回した。神の恩寵《おんちょう》を無駄にするなどもってのほかである。

いいかげん諦めてくれるかと思ったのに、先頃また訪問を知らせる手紙が届いた。しかも今までになく強い調子で結婚を迫り、リリベルをエキドニアに連れ帰ると宣言している。断るのであれば大神殿島《タルカロン》の聖王宮法務部に調停を申し立てるとあった。

いっそそうさせたらどうかと兄は言っている。無理にリリベルを連れ出そうとしても、どうせ海が荒れるか船が浸水するかでラドニアからは出られないに決まっている。

なんといってもリリベルは神に気に入られた娘なのだから。

遠慮して婚約解消するのがふつうだろうに、ファリスティーグはしつこかった。恐れを知らないのか、単に馬鹿なのか。たぶん後者だろうとリリベルは思う。

公平に見て顔立ちは文句なく整っているが、それだけだし、その顔もまったくもってリリベルの好みではない。

ヒョロヒョロでろくな筋肉がないと兄のアズリルは批判していたが、たぶん彼の筋肉は身体ではなく脳みその形成に使われているのだろう。

「――もうっ、早く迎えに来てくれないと、ややこしい外交問題になっちゃうじゃない！」

プンと口を尖《とが》らせてリリベルはブレスレットを睨んだ。大粒の真珠は艶《あで》やかな光沢を放つばかりだ。

「ああ、もぉぉ――っ！」

意味もなく叫んで腕を振り回していると、廊下から慌ただしい足音がして、侍女がひょこりと顔を覗かせた。

「姫様！　国王陛下がお呼びでございます」

「お父様が？　何かあったの？」

妙に慌てた様子を訝《いぶか》しんで尋ねると、侍女はこくりと喉を震わせた。

「そ、それが……、よくわからないのですけれど……、お客様がいらしたとかで」

「客？　――まさかファリスティーグ王子がもう来たの⁉」

手紙では、来るのは来月のはずだ。それともわざと日程を繰り上げてこちらを動揺させるつもりか。

「さ、さぁ……？　わたくしはお目にかかっておりませんので……。すみません」

恐縮する侍女に、リリベルは首を振った。

「いいのよ。お客様なら、このまま出ていっては失礼かしら」

「手袋をなされば大丈夫だと思います」

侍女はリリベルが着ているドレスを見て頷いた。簡素だが、生地も仕立てもよいものだ。白いレースの手袋を嵌めてリリベルは侍女の案内に従った。

父は少人数の謁見にも使われる中広間で待っていた。玉座には母もいて、その傍らにはむっつりした顔で兄が突っ立っている。リリベルが入っていくと、三人の顔に緊張が走った。

広間には見慣れぬ騎士たちが十人ほど整列していた。ぴかぴかに磨かれた鎖帷子《オベール》の上に白い戦闘衣《シュルコ》をまとい、白いマントをはおっている。マントの背には図案化した海竜神《レヴィヤタン》が描かれている。

(……っ、大神殿島《タルカロン》の神殿騎士だわ!)

玉座へ向かいながら横目で伺うと、マントの左肩に群青色の稲妻文様が見えた。所属を示す印で、つまり彼らは神殿の直属騎士ではなく、どこかの領主が派遣している騎士ということだ。

見覚えのない紋章だが、広いロズメール海に散らばる貴族の紋章をすべて覚えることなど専門家でなければとても無理だ。

騎士たちの先頭には代表者らしい男がひとりだけ前に出ている。黒髪でやや浅黒い肌色をした長身の騎士だ。その横顔にリリベルは何故かどきりとした。

足を止めるわけにもいかず、玉座の前に進み出て膝を折って一礼する。

「リリベル、罷《まか》り越しました」

「うむ」

父王は重々しく頷き、娘を手招いた。

「こちらへ来なさい」

リリベルは低い階《きざはし》を上り、玉座の父の隣へ行った。

「こちらにおわすは大神殿島《タルカロン》から遣わされた神殿騎士の方々だ」

国王が目くばせすると、先頭の騎士が進み出て跪《ひざまず》いた。

「お初にお目にかかります、姫君。私はコラリオン諸島伯、レヴィアスと申します」

諸島伯というのは四つ以上の島を所有する領主貴族の称号である。三つまでは島伯と呼ばれる。多くの島を所有する諸島伯はどこかの王国に属していてもかなり独立権限が強い。ラドニアにいるのは島伯だけなので、リリベルは諸島伯と会うのは初めてだった。

挨拶を返そうとして、顔を上げた騎士に思わず息をのむ。艶やかな漆黒の髪はうなじにかかるくらいの長さ。こちらを見上げる瞳は黒曜石のような神秘的な輝きをおびている。

彼の顔を見たとたん、すっかり不鮮明になっていた『海竜神《レヴィヤタン》の王子様』のおもかげが鮮やかによみがえった。

（似てる……！　王子様にそっくりだわ）

あの美しい少年が成長したら、きっとこんなふうになるに違いない。

黒髪の騎士は絶句するリリベルを見つめ、涼やかな、同時にひどく謎めいた微笑を浮かべた。我に返ったリリベルはこくりと喉を鳴らして囁いた。

「初めまして……」

心臓がドキドキと高鳴る。間違いない。彼だわ。やっとわたしを迎えに来てくれたのね……！

感動に身を震わせたリリベルは、妙に深刻そうな父の声に我に返った。

「リリベルや。この方々はおまえを迎えに来たのだ」

ああ、やっぱり！

「おまえは海竜神《レヴィヤタン》への捧《ささ》げ物、つまりは生贄《いけにえ》となることが決まった」

リリベルはぽかんと父を見た。何か今、とてもそぐわない言葉が聞こえてきた気がするのだが。

「あの、お父様。今、なんと仰《おっしゃ》いました……？」

「おまえは生贄になるのだ。海竜神《レヴィヤタン》のな！」

腹立たしげに国王が繰り返すと、こらえきれなくなった様子で母王妃がわっと泣きだした。

「生贄……？」

「そういうご神託なのだ！　聖王陛下からの親書に、ほれ、このとおりはっきり書かれている」

突きだされた巻紙を広げてリリベルは絶句した。確かにそこにはラドニアの王女リリベルを海竜神《レヴィヤタン》の生贄に差し出すべしと書かれていた。

「……あの、お父様。生贄というのは……どういう……」

「決まってるだろう！　喰《く》われちまうんだよ！」

ぐっと詰まる父に代わって憤然と兄が怒鳴る。母が悲痛な叫び声を上げた。

「やめて、アズリル！」

激しく嗚咽《おえつ》する母と、何やら毒づきながら頭を掻《か》き回す兄、苦渋に満ちた父の顔を見て、これが冗談でもなんでもないことを、やっとリリベルは理解した。

父はよろける娘を慌てて支え、玉座の腕に座らせた。リリベルは震える指先でこめかみをさすった。

「海竜神《レヴィヤタン》は生贄を要求するものなのですか……？」

「滅多にないことですが、何回か記録が残っています」

立ち上がった黒髪の騎士——コラリオン諸島伯レヴィアス卿《きょう》が淡々と答える。ぼうっと彼を見返したリリベルは、急に腹立たしくなって彼を睨んだ。

「説明してください」

レヴィアスは涼しげな笑みを浮かべて一礼した。期待した反動で、ますます腹が立つ。

「記録によると、海竜神《レヴィヤタン》が生贄を要求したのはおよそ三百年ぶりのことです。海竜神は聖王に対し、生贄を捧げるよう命じました。ラドニアの王女、リリベル姫を指名して」

「なぜリリベルなのですか⁉」

はらはらと涙をこぼしながら母が叫ぶ。レヴィアスはそっけなく肩をすくめた。

「何故と言われても。気に入ったから……としか言いようがありません。リリベル姫を取り上げる代わりに、海竜神《レヴィヤタン》はラドニアに大いなる繁栄をもたらしたはず」

「そんな……！」

リリベルは愕然《がくぜん》とした。あの少年は自分と結婚してほしいと言ったはずだ。妻にして、大事にすると約束した。

だが、それはリリベルの思っていた意味とは全然違っていた。妻になるというのは、生贄になるということだったのだ。

（『大切にする』というのは要するに、『美味しく食べてやる』ってことだったのね……！）

リリベルの好きなエビがよく捕れるようにしてくれたのも、好物を食べさせて肉付きをよくするためだったに違いない。悔しい！　まんまと騙されてこんなに胸が大きくなってしまった。

（こんなことなら洗濯板のままでいればよかった！）

歯噛《はが》みしても後の祭りである。あまりに悔しくて涙も出ない。代わりに王妃が滂沱《ぼうだ》の涙を流しながら夫に訴えた。

「あなた、なんとかなりませんの⁉　たったひとりの可愛い娘ですのよ⁉」

「し、しかし、神のご指名だからな……」

「本当にリリベルを指名したんですの⁉　聞き間違いではありませんの⁉」

「間違いではありません。海竜神《レヴィヤタン》はラドニアのリリベル姫をご所望です」

　レヴィアス卿の返答はにべもない。

「せ、聖王猊下《げいか》の勘違いでは……」

「これ、やめなさい。聖王猊下を疑うなど、冒瀆であるぞ」

　神殿騎士であるレヴィアス卿を横目で窺《うかが》いながら国王は妃を戒めた。聖王は他国に対して政治的な実権を持っているわけではないが、海竜神《レヴィヤタン》の代理人として、ロズメール海世界における権威は絶大である。ただひとり、海竜神《レヴィヤタン》と直接会って話ができる人物だとされている。

　しかし、諦めかけた頃にようやく授かった娘が可愛くて仕方がない王妃は食い下がった。

「本当に海竜神《レヴィヤタン》がそう言ったかどうかわかりません！　海竜神《レヴィヤタン》の言葉が聞けるのは聖王猊下だけなのだから――」

「これっ！　――レヴィアス卿、どうかご寛恕《かんじょ》くだされ。子を思うゆえについ口が過ぎたのです」

「親ならば当然でしょう」

　淡々と返したレヴィアスが、黒い瞳をひたりとリリベルに据える。またもや心臓が跳ね上がった。

（どうしたというの？　この人は『王子様』じゃないのに……）

　青くなるリリベルの様子にレヴィアスの口許がかすかにほころんだ。

「海竜神《レヴィヤタン》の生贄になるのはおいやですか？　リリベル姫」

「と、当然でしょう。わたしだって死にたくはありません」

揶揄《やゆ》されたようで悔しくなって言い返した。青ざめた父がおろおろするのも構わず、黒髪の騎士を睨《にら》み付ける。じっと見返したレヴィアスが、くすりと笑った。

「……基本的に辞退は許されませんが、ひとつだけ断る方法があります」

「なんですの⁉」

リリベルより先に王妃が反応する。父も兄も身を乗り出した。

「姫君には婚約者がおられるそうですね。そのお相手を愛していて、どうしても彼と結婚したい……というのであれば、生贄を辞退してもかまいません」

「そ、それは聖王猊下のお許らいで……？」

「いいえ。海竜神《レヴィヤタン》自らの申し出です」

ぱっと家族三人の顔が明るくなった。王妃は玉座から飛び上がると娘に駆け寄って抱きしめた。

「ああ、よかった！　だったら何も問題ないわ。ファリスティーグ王子と結婚すれば万事解決よ！」

「え？　あの、お母様……」

「あまり好ましくはないが、生贄にされるよりはいい」

「お父様？」

「義弟になったら徹底的に鍛えてやらねばならんな」

「お兄様⁉」

「レヴィアス卿、娘はすぐに結婚させますゆえ、今回の話はなかったことに……」

「――ちょっと待って！」

勝手に進められ、リリベルは憤然と叫んだ。

「あんな人と結婚するくらいなら死んだほうがマシです！」

「これ！　滅多なことを言うでない」

「そうよ、リリベル！　結婚しないなら本当に死んでしまうのよ⁉」

必死に説得にかかる両親の後ろで、兄のアズリルだけは『あっぱれ！』とばかりに頷いている。

確かに両親の言うとおり、比喩では済まない。死ぬほどいやな相手と結婚するか、生贄にされて本当に死ぬか、のどちらかなのだ。

リリベルとて死にたくはないが、そのためにファリスティーグとの結婚に飛びつく気にはどうしてもなれなかった。

リリベルは彼を嫌うというより嫌悪している。とにかく気持ち悪いのだ。生理的に受け付けない。やむをえない接待でダンスするのだって鳥肌ものなのに、同衾《どうきん》するなんて絶対無理だ。結婚した夫婦が臥所《ふしど》ですることは、きちんと教わっている。

「無理！　絶対無理です！　そんなことになったら全身に蕁麻疹《じんましん》が出て、喉が腫れ上がり、呼吸困難になって死んでしまいます！」

「おまえは鯖《さば》にも牡蠣《かき》にもあたったことがないのだから大丈夫だ！」

父は意味不明な保証をし、

「もしそうなったらきっと驚いてやめてくれるわ」

母は懸命にとりなし、

「いやがって暴れれば海竜神《レヴィヤタン》がまたイカかタコを降らせてくれるさ」

兄は真顔でなだめる。

そして三人で声を揃えた。

「死ぬよりましだろう」

「――いいえっ、死んだほうがずっとましよ！」

憤怒の涙を浮かべてリリベルは叫んだ。

使者団を尻目に激しく言い争う親子をレヴィアスは感心したように眺めていたが、後ろから部下の一人に突《つ》つかれて、やっと自分の職務を思い出したらしく、しかつめらしい表情を取り繕ってごほんと咳払《せきばら》いをした。

「あー。ひとつお聞きしてもよろしいか」

「なんですかっ」

気が立った猫のように眦《まなじり》を吊《つ》り上《あ》げ、リリベルは彼を睨み付けた。

「そもそもリリベル姫は、許嫁の君を愛しておられるのか？」

「いいえ！」

「リリベルっ」

真っ青になる母王妃の手を振り払って毅然《きぜん》とリリベルは胸を張った。

「あんな人、大っっ嫌いです」

「リリベル～」

よよと王妃が泣き崩れる。レヴィアス卿はニヤリとした。

「では、辞退は無理ですな。辞退が受理されるのは、婚約者を愛していて何がなんでも結婚したいという場合に限る」

「何がなんでも、ファリスティーグ王子とだけは、絶っっ対に、結婚したくありません！」

「では生贄になると？」

「なりますとも！」

鼻息荒くリリベルが言い返すと、ついに王妃は卒倒し、慌てて駆け寄った侍従や侍女たちによってその場から担ぎ出された。

「リリベル！　おまえはなんということを言うのだ！　せっかく海竜神《レヴィヤタン》が配慮してくださったのに、撥《は》ねつけるなど……。自由気ままに育てすぎたか」

「父上、リリベルの強情は昔からでしょう。こいつがファリスティーグを嫌っていたことは父上もよくご存じのはず」

兄は渋い顔で大きな溜息をついた。リリベルは真剣な顔で父に迫った。

「お父様。海竜神《レヴィヤタン》に嘘などついたら、それこそ罰が当たりますわ。せっかくいただいた恩寵が無に帰してもよいのですか」

ラドニア国王は苦悩の表情になった。

「し、しかしな。可愛い娘の命の引き換えだと知っていたら……」

「仕方ありません。神の考えは人間とはずいぶん異なるようですから」

リリベルは自嘲気味に微笑んだ。『妻にする』というのが『生贄にして喰う』という意味だと理解

していたら、いくら物知らずでも頷きはしなかった。好きなだけエビが食べられるぞとそそのかされても絶対断った。

「――それで、わたしはどうすればいいんですの？」

両手で顔を覆ってしまった父の肩にそっと手を置き、レヴィアスに向き直る。黒髪の騎士は不敵な笑みを浮かべ、軽く頭を下げた。

「私が大神殿島《タルカロン》までお送りする。聖王宮にお連れするから、後は聖王の指示に従っていただこう」

「わかりました。……出発はすぐに？」

「船員を休ませねばならないし、水や食料を積み込む必要もある。そちらも、身辺整理に多少の時間が要るだろう。必要なものはこちらで用意するので、持ち物は最低限に。……そうだな、一週間後の出発、ということでは如何《いかが》か」

「けっこうですわ」

「では、それまでは家族水入らずでお過ごしを。もう二度とは会えないのだから」

慇懃無礼《いんぎんぶれい》にうそぶいて一礼すると、レヴィアス卿はリリベルを見つめてドキッとするような謎めいた微笑を浮かべた。

彼が部下を従えて広間から出て行くと、リリベルは我に返って眉を吊り上げた。

「……なんて人なの！」

よくもあんな薄笑いを浮かべていられるものだ。王女を生贄に捧げよと告げに来るなんて、いやな役目じゃないのかしら。それとも、神殿騎士というものは、海竜神《レヴィヤタン》のお告げならどんなことでも喜んで従うのが当然と思っているの？

八つ当たりかもしれないが、最初に彼を見たときうっかり期待してしまったこともあって、リリベルは裏切られたような気分で広間の入り口を睨み付けた。

リリベルが海竜神《レヴィヤタン》の生贄に選ばれたことについては、王宮外に洩《も》れないよう、厳しく箝口令《かんこうれい》が敷かれた。王女付きの侍女たちは涙に咽《むせ》び、失神から覚めた王妃と一緒になってファリスティーグ王子と結婚するよう懇願した。リリベルはうんざり顔で首を振った。

「いくら言われたって無理よ。ただ結婚すればいいってものじゃないのよ？　相手を愛していなければだめなの。神様だもの、嘘をついてもすぐにバレるわ」

「これから好きになると言えばいいじゃない。夫婦になればいいところだって見えてくるわよ」

「婚約解消するなら慰謝料を寄越せというような人なんですよ、お母様？　誘拐されかけたし、危うく手込めにされるところだった。いいところがあるとは思えません」

うっと詰まって王妃は悔しそうに唇を噛んだ。

「それは……。わたくしだってファリスティーグ王子が最良のお相手だとは思っていませんよ。でもね、結婚して子どもができれば、きっと幸せになれるわ。こう言ってはなんだけど、陛下と真に心が通じ合ったと思えたのは、アズリルが生まれてからなのよ」

「あんな人の子どもを産むなんて、まっぴらごめんです」

きっぱり言われてまた王妃は泣き崩れた。

「なんて強情なの！　母がこんなに頼んでいるのに！」

「ごめんなさい」

「まさかまだ『王子様』を信じているの⁉　助けてくれると⁉」

「いいえ、お母様。あの人が海竜神《レヴイヤタン》の王子様だと思い込んだのはわたしの誤りだわ。あの人は海竜神《レヴイヤタン》そのもので、最初からわたしを食べるつもりだったのよ」

うろ覚えだが、王子様かと尋ねたリリベルに、『そんなようなものだ』と答えた気がする。あのときはまだ幼く、不審には思わなかったが。

「……わたしが気付かなかったの。でもね、約束は守ってくれたわ。ラドニアを豊かにしてくれた。だからわたしはこの国の王女として、喜ぶべきなのよ」

「娘の命と引き換えに豊かになったって嬉しくないわ！　それくらいなら元の状態に戻してもらいましょう。あの頃だってそう悪くはなかったもの」

「わたしたちはそうかもしれないけど、国民はどうかしら……。それに、元に戻るくらいじゃ済まないかもしれないわ。海竜神《レヴイヤタン》の怒りをかったら国ごと滅ぼされるかもしれない。そうやって海の底に沈んだ国がいくつもあるって本で読んだわ」

「そんなのただの伝説よ！」

「生贄だって伝説だと思っていたら、本当に要求されたじゃない」

諭すように言うと、王妃はくしゃくしゃと顔をゆがめてすすり泣いた。

「おお……、リリベル……！　きっとあなたが可愛すぎたから目をつけられてしまったのね。こんなことならうんと不細工に産んでおくのだった！」

盛大に嘆き悲しむ王妃につられて、周囲の侍女たちもおんおん泣き始める。リリベルはかえって冷静になってしまい、逆に母や侍女たちをなぐさめていると、兄のアズリルが渋い顔でやってきた。

「父上がレヴィアス卿の一行をお招きになった。出航まで宮殿に滞在していただくそうだ」

「どうしてあんな人たちを！」

憤然とする王妃に、アズリルは眉を垂れた。

「母上……。レヴィアス卿は大神殿島《タルカロン》から遣わされた使者なのですよ？ 彼がリリベルを生贄に選んだわけではありません」

「そうだけど……っ」

「正式な使者をもてなすのは受け入れ側の義務です。形式上のこととはいえ、海竜神《レヴィヤタン》の代理人である聖王はすべての国王の上に位置するのですからね。……リリベル、おまえにレヴィアス卿の接待を命じる」

ぽかんとするリリベルに代わって王妃が食ってかかる。

「冗談じゃないわ！」

「父上のご命令です」

「納得いきません！ どうして生贄になるリリベルが接待なんかしなくてはならないの⁉ 陛下に抗議します！」

部屋を飛び出しそうになった母王妃を、アズリルが慌てて止める。

「お待ちください、母上」

「離して！」

「よく考えてみてください。これは最後のチャンスです。リリベルにレヴィアス卿を誘惑させるのです！」

「何言ってるの、お兄様⁉」

「我が国の神官に急ぎ確認したところ、レヴィアス卿は大神殿島《タルカロン》では新参者だが、聖王猊下の信頼は非常に厚いらしい、とのことです」

それはそうだろう。生贄の使者に選ばれるくらいなのだから。

「レヴィアス卿に口添えしてもらえれば、生贄を免れることができるかもしれません」

「だから誘惑しろっていうの⁉」

「おまえが気に入れば、婚約者うんぬんの言い訳を適用してくれるかもしれないじゃないか」

「だからわたしはファリスティーグ王子とは結婚しないって言ってるでしょう⁉」

「そんなことは後でどうにかする。大事な家族を犠牲にしたくないのだ。わかってくれ、リリベル」

「だからと言って、使者を誘惑するなんて無茶苦茶《むちゃくちゃ》です。かえって心証が悪くなるじゃないの」

「それもまた生き延びるチャンスだ。生贄にはふさわしくないと判断されれば免除されるかもしれないだろう？」

「わたしの評判をわざと落とそうと言うの？」

リリベルは呆《あき》れた。なんとかして救おうとしてくれるのはありがたいが、それにしたってなりふりかまわなすぎる。

「お兄様。わたし、知らない殿方を誘惑するなんてできませんわ。そもそもどうやって誘惑すればいいのかわかりませんもの」

「リリベルは美人だから大丈夫よ。にっこり笑ってしなだれかかればいいの」

母の言葉に顔をしかめる。

「しなだれかかりかたがわかりません」

「美人でも、色気はさっぱりだからなぁ。こんなに胸が大きいのに。不思議だ」

「じろじろ見ないでください」

リリベルに睨み付けられたアズリルは肩をすくめた。

「ほらな。そこで顔を赤らめてもじもじすれば可愛いのに、腰に手を当てて胸を張るのだからまるでそそられない」

「お兄様をそそってどうするのよ……」

眉間を押さえ、リリベルは嘆息した。そんなことをしたって無駄だと言ったのだが聞き入れられず、リリベルは兄と母に『色っぽいしなだれかかりかた』を練習させられるはめになった。


神殿騎士であるレヴィアス卿とその部下たちは、港に船を残してラドニアの中央神殿に滞在していた。中央神殿は王国の玄関口である港から少し離れた静かな入り江にある。背後には山が迫っているため、陸路で行くより船のほうが早い。

夕刻、彼らは国王の遣わした船に乗って王宮へ戻ってきた。ラドニアの王宮は港を見下ろす高台にある。

リリベルは王宮のバルコニーから、こちらへ向かって粛々と進んでくる騎馬の一団を憂鬱な気分で見下ろした。初夏のこの季節は昼間が長く、夕刻でも真昼とさして変わらない陽射《ひざ》しが降り注いでいる。光を受けて騎士たちの銀の甲冑《かっちゅう》や白い軍衣は目映いほどに輝いていた。

騎士たちの後ろに続く数名の男女は神官だ。彼らにも父は口添えを頼むつもりなのだろう。

無駄だと思うけど、とリリベルは溜息をついた。神官からすれば、自国の王女が海竜神《レヴィヤタン》の生贄になるのはむしろ栄誉なことに違いない。

先導のラドニア騎士のすぐ後ろ、ひとりだけ前に出ているのがレヴィアス卿だろう。黒髪であることがここからもわかる。その後ろには六人の騎士たちが二列に並んで続いている。黒い髪をしているのはレヴィアスだけで、他は金髪が多いようだ。

(昨日より人数が少ないわ)

残りは神殿に残してきたのだろう。しげしげ見つめていると、ふいにレヴィアスが頭を反らし、リリベルはドキッとした。目が合ったような気がしたのだ。そして彼がニヤリとしたような。

(まさか! こんなに遠いのだもの、錯覚よ……)

そう言い聞かせても目を逸《そ》らせない。彼が微笑んだように思えてますます鼓動が速まる。

いくらドキドキしたって無駄なのに。彼は『王子様』じゃない。すごい美形だけど、慇懃《いんぎん》無礼な冷血漢だわ。わたしたちが動揺するのをおもしろがっていたみたいだし。

いいえ、『王子様』なんて最初からいなかったのよ。みんなわたしの勘違いだった。あの美しい少年は、ただ海竜神《レヴィヤタン》がわたしに合わせて形作っただけの仮初めの姿……。

レヴィアス卿が彼に似ているのはただの偶然だ。それとも、これも海竜神《レヴィヤタン》の『配慮』なのだろうか。

だとしたら、とんでもない勘違いだ。

じわりと涙が浮かび、急いでリリベルは睫毛《まつげ》をぬぐった。泣き落としも有効だぞ、と兄は言っていたが、レヴィアス卿なんかに涙を見せたくない。あんな人でなし。

意地……だろうか。虚《むな》しい夢を見させ、無駄に期待させた海竜神《レヴィヤタン》へのせめてもの抗議として、リリベルはぐっと唇を噛みしめた。

客人を招いての晩餐会《ばんさんかい》は、まったくパッとしなかった。父王はなんとか会話を盛り上げようと苦慮しているが、そのたびに目を泣きはらした王妃に睨み付けられる。

兄は近くの席の騎士たちと如才なく会話を交わしていた。リリベルの向かい、レヴィアスの隣に座ったアズリルは愛想よく話しかけ、特産のワインをしきりと勧めた。

騎士たちは軍装を解き、貴族らしい上等のチュニック姿だ。騎士姿のときとは違って黒を基調とした服装で現れたレヴィアスを見て、リリベルは不覚にもドキドキしてしまった。

銀糸の縫い取りのある黒い上着がすごく似合っている。白も悪くないが、黒い衣裳《いしょう》は彼の神秘的な雰囲気をさらに際立たせていた。

リリベルと目が合うと彼は静かに微笑んで目礼した。視線を逸らし気味に会釈して、席に着く。

本日のメインディッシュはラドニア名物の巨大オマール海老だった。身が締まってほんのり甘みがあり、シンプルにスチームしたものにタルタルソース、レモンソース、ピリ辛ソースなどを好みでかけて食べるのが定番だ。

エビ好きのリリベルは当然これも大好物だ。しかし今夜ばかりはさすがに食が進まない。

斜向《はすむ》かいに座っているレヴィアスは目が合うたびにあの独特の謎めいた微笑を浮かべる。どうにか品よく微笑み返したものの、目許が引《ひ》き攣《つ》り気味になってしまうのはどうしようもなかった。

晩餐《ばんさん》が終わるとリリベルは早々に自室へ引き上げようとした。レヴィアスを見ているとどうしても腹が立ち、同時に悲しくなってしまうのだ。

しかし父王に挨拶すると、レヴィアス卿に庭園を案内してあげるよう命じられた。いやですとも言えず、レヴィアスを見やると、彼はぬけぬけと笑顔で『是非に』と答えた。

レヴィアスは預けておいた剣を侍従から受け取って腰に吊《つ》るすと、さりげなく腕を差し出した。その気になればきちんと礼儀にかなったふるまいはできるらしい。

仕方なくそっと腕に手を添えて庭に出る。兄がごほんと咳払いをして、意味深に目配せした。『しなだれかかれ』ということか……。うんざりしたリリベルは、ぷいと顔をそむけて足を速めた。どう取ったのか、レヴィアスがくすりと笑う。

城の奥庭は切り立った断崖に面しているためとても見晴らしがいい。西側なので海に落ちる夕陽《ゆうひ》を眺めながら散策もできる。王宮のテラスから手入れの行き届いた芝生が広がり、薔薇《ばら》を始め庭師が丹精した花々が美しく咲き誇っている。

ところどころに雪花石膏《アラバスター》の彫刻が配置された庭をゆっくりと歩いた。時刻としてはもう夜だが、まだ夕陽は水平線のギリギリ上にある。

「あまり食が進んでいなかったようだが」

この景色を見られるのもあと数日……と心悲《うらがな》しい気分に浸《ひた》っていたリリベルは、レヴィアスの囁きにハッと我に返った。彼がからかうような笑みを浮かべた。

「エビはお嫌いか」

「――っ、好きですわ！　大好き。それで騙されたくらいですもの」

「騙された？　誰に」

「も、もちろん海竜神《レヴィヤタン》様です……！」

不敬だと怒鳴られる覚悟で言い返す。レヴィアスは一瞬目を瞠り、ぷっと噴き出した。リリベルは憤慨して眉を吊り上げた。

「わ、笑い事ではありません！　わたし、海竜神《レヴィヤタン》に食べられちゃうのよ⁉　無礼な人ね、それでも神殿騎士なの⁉」

レヴィアスは咳払いをして詫《わ》びた。

「失礼。私は聖王直属なもので、神殿風のお上品な遣《や》り取《と》りには慣れていなくてな」

「……聖王直属？」

面食らうリリベルを遮るように、彼は続けた。

「しかし、それも考えようによっては自然の流れかもしれない。大好きなエビを食べた姫が、姫を気に入った海竜神《レヴィヤタン》に食べられるのだから。……そしていずれは海竜神《レヴィヤタン》もまた、彼を愛する人間たちによって食べられる定めだ」

「……え？」

「知らないか？　天地と海を支配する三柱の神々は、いずれ世界が滅亡しそうになったときには、人間たちの食料になることが運命づけられているんだよ。この世界を創造し、何処かへと去った創造神によって」

「そうなの⁉」

びっくりしたリリベルは急に怖くなった。

「それじゃ、世界は滅びてしまうの……？」

「いつかはな」

「いつ⁉」

「さぁ？　誰にもわからない。神々にも。——心配するな、人間は神々を喰って生き延びることができるのだから」

飄然としたレヴィアスの横顔を見つめ、リリベルは考えながら呟いた。

「でも……、その新しい世界に神々はいないのよね？　ずいぶんと寂しい世界だわ」

レヴィアスは驚いたようにリリベルを見やり、くすりと笑った。

「姫を食べてしまおうとするような神でも、か？」

リリベルは赤くなった。

「海竜神《レヴィヤタン》はわたしを気に入ったから食べるのでしょう？　俗人としては完全に納得はできないけど……、それが神の愛の示し方なのだとしたら……きっと仕方がないのよ」

レヴィアスはまじまじとリリベルを見つめ、ニヤリとした。

「さすが、海竜神《レヴィヤタン》に気に入られた姫だ。度胸がある」

リリベルは顔を赤らめた。あのときの『王子様』は自分の実体を見て気絶しなかった女は久しぶりだと喜んでいた。それで気に入られたのだ。

しばらく黙って逍遥《しょうよう》し、ふと思いついてリリベルは尋ねた。

「あの……。食べられるときって、やっぱり痛い……ですよね……？」

レヴィアスは顔をしかめて考え込んだ。

「……そうだな。最初は痛いかもしれない。なに、すぐ終わるだろう。少しの我慢だ」

「頭から食べてもらいたいわ。そのほうが痛くなさそうだし」

「頼めばいい」

「聞いてくれるかしら」

「海竜神《レヴィヤタン》は姫を気に入ってるんだ。聞いてくれるさ」

リリベルはいくらか安堵した。すぐに終わるならたぶん辛抱できるだろう。たぶん。そのときになってみなければわからないが。それくらいのお願いは、聞いてくれるはず。

「あの、レヴィアス卿。ちょっと訊《き》いてもいい？」

「レヴィアスでいいぞ。姫のほうが身分が上だしな」

「そのわりに、ずいぶんな態度ですこと」

ハハッとレヴィアスは闊達《かったつ》に笑った。謎めいた微笑とはまるで異なる魅力が弾け、どきりとする。

「俺は貴族になって間もなくてね。すぐにメッキがはがれちまうんだ。ま、気にしないでくれ」

「間もない……？　でも、あなたは諸島伯なのでしょう？　――あ、後を継いで間もない……ということかしら」

「ラドニアには諸島伯はいないのか？」

「いないわ。うちは何人かの島伯だけ」

「島伯と諸島伯がどう違うかは？」

「所有する島の数で区別されているのではないの？」

レヴィアスはかぶりを振った。

「それもあるが、諸島伯は基本的に独立領主なんだ。つまり、諸島伯領は小さな王国のようなもの。島伯は自分の島が所属する海域を支配する王国に臣従するが、諸島伯は好きな相手を選んで盟約を結ぶ。複数の相手と契約することもできる。といっても、実際には距離的に近い王国と最も強い同盟関係にあることがほとんどだが」

「複数の相手と盟約を結んでいたら、どっちの味方かわからないじゃない。信用できないわ」

「どっちにも敵対しないということだ。つまり、何かあったときには折衝役を引き受けられる」

なるほど、とリリベルは頷いた。

「あなたもそうしてるの？」

「俺は聖王と個人的に契約している。いわば聖王の私兵だな」

「そんなことができるの⁉」

リリベルは驚いて尋ねた。

「大神殿島《タルカロン》が軍隊を持たないことは知っているな？」

「もちろんよ。だから各国が騎士を派遣してるんじゃない。もちろんラドニアからも」

「それは国と国との関係だ。俺は個人契約。現在の聖王ヨシュア猊下との、な」

リリベルは眉根を寄せた。

「もしかして……、今回の生贄要求は大神殿を通してないの？」

レヴィアスは『正解』とばかりにニヤリとした。

「大神殿を統括する大神官長は、序列としては聖王の下だが、実際の権限は彼が握っている。聖王は権威はあっても権力はなきに等しい。長い年月が経つうちにそうなってしまった。大神官長が『生贄』の件を知れば、すべて自分で仕切ろうとするな。海竜神《レヴィヤタン》の恐ろしさを最大限強調するために」

「なんのためにそんなこと……」

「荒ぶる神のご機嫌を取るためと称して、神殿への寄進を増やせるだろう？」

リリベルは呆れた。

「大神殿って、ずいぶん俗っぽいのね。各地の神殿を統括している本部なのに」

「地方の神殿のほうが、ずっとまじめだよ。今の大神官長は特に権力志向が強くてな。ここぞとばかりに『生贄』を派手な儀式に仕立てようとするだろう。生贄の王女を輿《こし》に乗せて、街中を練り歩くとか。——ふむ。そのほうがいいというなら聖王に進言しよう」

「冗談じゃないわ。見せ物になるなんてまっぴら」

睨み付けるとレヴィアスは愉快そうに笑いだした。リリベルは眉を吊り上げた。

「本当によく笑っていられるわね！　わたしは死ぬのよ。海竜神《レヴィヤタン》に喰い殺されるの。それをなんとも思わないの……!?」

レヴィアスは神妙な顔で頭を下げた。

「すまない。姫を笑ったわけじゃない。本当に度胸があるなと思ってな」

「そりゃ……、それで海竜神《レヴィヤタン》に気に入られたくらいだもの……。取り柄はそれくらいよ」

どきどきしながら目を泳がせる。

「そんなことはない。姫は美人だし、スタイルも抜群だ」

からかうように言って、レヴィアスはにやりとした。

「……色気がないって……言われるわ」

「誰に？」

「お兄様」

「兄が妹に色気を感じたら問題だろ。……俺には充分、姫は魅力的だ」

くすりとレヴィアスは微笑んだ。かぁっとリリベルは赤くなった。

「そ、それじゃ、少しは惜しいと思ってくださるのかしら？　わたしが生贄に捧げられることを」

「……そうだな。俺がもし、姫の婚約者だとしたら……」

彼は言葉を切り、長身を屈《かが》めてすっと顔を近づけた。端整な相貌が間近に迫り、鼓動が跳ね上がる。

ちょうど生け垣の陰になっていて、バルコニーからは見えない位置だ。

文句なく整っているのに、どこか荒々しさのある精悍《せいかん》な美貌。野性味が強くても決して野卑ではない。強い輝きを秘めた黒曜石の瞳を、リリベルは魅入られたように見つめた。

彼はリリベルの耳元に唇を寄せて囁いた。

「横取りなんて許さない。譬《たと》え相手が誰であろうと」

「か……神様でも……？」

震える声で漸《ようよ》う囁くと、彼はくすりと笑った。吐息が耳朶《じだ》をかすめ、ぞくっとする。

「神だろうと魔物だろうと、決して」

彼は唇が触れるか触れないかのきわどい距離で、リリベルの耳や首筋をたどった。まるで猛獣が獲物に鼻を寄せて匂いを確かめるみたいに。ぞくぞくして肌が軽く粟立《あわだ》ち、下腹部に刺すような痛みが走る。

（や……、なに……これ……）

くすりとレヴィアスが笑った。

「姫は俺に興味があるのかな？」

からかうような、誘惑するような声音に、カーッと全身が熱くなる。

「べ、別に……。お父様の命令で接待しているだけよ……」

「ふぅん？　俺は姫に興味津々なんだが」

「な、何を……言ってるの……⁉」

「俺を誘惑しろと兄に命じられたんじゃないのか？」

ぎょっとして目を瞠ると、レヴィアスはニヤリとした。

「そ……、そんなことしませんっ……！」

横面をひっぱたきそうになる衝動を、拳を握って抑え込む。レヴィアスは肩をすくめた。

「しないのか？　なんだ、残念だな」

「……っ、あなたって……最低……！」

眉を逆立て、リリベルは彼を邪険に押《お》し退《の》けた。肩を怒らせて憤然と立ち去るリリベルの後ろ姿を、笑いを噛《か》み殺《ころ》しながら見送っていると、背後から呆れたような声がした。

「殿……」

振り向くと、部下のひとりが渋い顔で立っている。

「見たか、あの顔？　ああ、なんて可愛いんだろうな、リリベル姫は！」

くっくっと愉快そうに笑っている主に、部下は溜息をついた。

「あまりおからかいになるのはよろしくないと思いますがね……。嫌われたら元も子もないのでは」

「そうなれば機嫌の取りがいがあるというものだ」

ますます嬉しそうにうんうん頷く主に、部下はがくりと肩を落とした。

「殿……。今の御立場《おたちば》をお忘れなく」

「わかってるさ」

レヴィアスはニヤリとし、上機嫌で宮殿へ戻り始めた。

「さて、次はどうやってご機嫌を取るかな」

部下はますますげんなりした顔で、主の後に従った。


一方のリリベルは、淑女のたしなみもどこかへ吹っ飛び、大股にずんずん芝生を歩いていた。

(――なんて人なの！　あれでも神殿騎士!?)

いや、格好はそうでも実体は聖王の私兵だった。

(あれじゃまるで海賊だわ！)

実際の海賊を見たことはないのだが、きっとあんなふうに無頼な輩《やから》に違いない。

迂闊《うかつ》にも『王子様』に似ているとドキドキしてしまったことが悔しくてたまらない。ドレスの裾を蹴立てる勢いで宮殿に戻ると、そわそわしながら待ち構えていたアズリルがすっ飛んできた。

「どうだった？」

「何が!?」

「巧《うま》くしなだれかかれたか」

「誰があんな人にっ」

リリベルは殺気だった目つきで兄を睨みつけると、両親への挨拶も忘れて自室へ駆け込んだ。ベッドに突っ伏して枕に拳を叩《たた》きつける姫君に、侍女たちはただおろおろとするばかりだった。


翌日からリリベルは自室に引きこもった。出発まではレヴィアス卿と顔を合わせたくなかった。彼は宮殿に滞在しているから、下手に出歩けば出くわす可能性がある。彼のあの無駄に整った美貌を思い浮かべるだけで腹が立って仕方がない。

食事はすべて部屋で摂《と》り、接待命令も拒否した。三日経つと父は何も言ってこなくなった。母はなんとか見逃してもらえないかとレヴィアス卿や神官たちに三拝九拝していたが、ついに諦めて、婚礼衣裳ならぬ死に装束を用意し始めた。最高級の布地とレースを用意させ、国中の仕立屋とお針子を総動員して陣頭指揮を執っている。それで気を紛らせているのだろう。

リリベルは自室の窓から穏やかな紺碧《こんぺき》の海を半眼で睨んだ。

まったく頭に来るくらいの上天気だ。蒼い海、蒼い空。波は穏やか。今日もきっと大漁だ。国は潤い、みんな笑顔になれる。これもすべて海竜神《レヴィヤタン》のご加護のおかげ。

そう、感謝しなければ。自分が生贄になることで国が栄えるのなら、この国の王女としては喜ぶべきことだ。

わかっている。わかっては、いるのだ。頭では。

だけど……。

(——もうっ、どうして迎えに来たのがよりにもよってあの人なの⁉)

ずっと待っていた『王子様』にそっくりな、彼。八年前の美しい少年は眩《まぶ》しいくらいの美丈夫になっていて……。ああ、やっと待ちに待ったそのときが来たのだわ、と、感激と感動で胸がいっぱいになった。

それなのに。

ああ、それなのに!

花嫁じゃなくて生贄。花嫁じゃなくて生贄。

花嫁じゃなくて生贄だなんて——‼

「だったら最初からそう言えってのよっ」

窓辺に顎を乗せて海を睨んでいたリリベルは、ぎりぎりと歯ぎしりをし、握った拳で窓辺をごんごん叩いた。

めいっぱい期待しただけに、失望も並大抵ではなかった。いきなり生贄になれと言われるよりひどい。そのまま落ちるより、持ち上げられてから落とされるほうが何倍もダメージが大きいではないか。

「神の愛は食欲なの……⁉」

きっと神の言葉は人間の言葉とは込められた意味が全然違うのだ。

『結婚してくれ』が『生贄になれ』ならば、好きだとか愛しているとかは、『おまえ美味そうだな』という意味なのだ。食べちゃいたいくらい可愛いという言い回しは、それに由来するに違いない。

きっと聖王だけが、神の言葉から真実の意味をくみ取れるのだろう。聖王だけが神と会って、その言葉を聞けるというのはそういう意味なのだ。

「それにしたって、まぎらわしいのよ……！」

ごんごん。ごんごん。窓辺を拳で叩く。姫君にはあるまじき、歯ぎしりをしながら。

「……あのぅ、姫様。ラヴェンダーのお茶を淹《い》れました、が……」

荒れる主人をなだめようと、侍女がおそるおそる伺う。

「いらない」

「気分が落ち着きますよ？」

「それよりお酒をちょうだい。冷えた白ワインがいいわ。つまみはムール貝のオリーブ漬け……、いいえ、エビのカクテルを所望します。どうせわたしはエビにつられた食いしん坊ですもの」

「は？　あの……午前中から聞こし召すのはいかがかなものかと……」

「放っといてよ！」

ついにキレて叫ぶと、たしなめるような男の声がした。

「こらこら、リリベル。王族たるもの、召使に八つ当たりなどしてはいかん。みっともないぞ」

「お兄様」

身体を起こしたリリベルは、逞《たくま》しい腕を組んでしかつめらしく睨むアズリルの後ろに、もう二度と見たくなかった顔を見いだしてムッとした。

「おはよう、リリベル姫」

「……どうしてレヴィアス卿までいらっしゃいますの？　ここはわたしの私室なんですけど。許可なく入らないでいただきたいわ」

「俺が連れて来たのだ。朝の素振りをしているところに卿が来あわせてな、せっかくだから手合わせを願った。いやぁ、久しぶりにいい汗を流したぞ！」

兄は上機嫌でニコニコとレヴィアス卿に笑いかけた。

「聖王猊下の覚えめでたいだけあって、実によい筋肉、いや、腕前をしておられる」

「こちらこそ殿下の技倆《ぎりよう》には感服しました」

如才なく微笑むレヴィアスにますますムカついて、リリベルは彼を睨み付けた。この猫かぶりめ！なんでも筋肉基準の兄にも腹が立つといったらない。

「――で、レヴィアス卿がおまえのご機嫌伺いをしたいと仰るのでな、こうしてお連れしたのだ」

「機嫌でしたらもちろん最悪です」

にべもなくリリベルは言い返した。どうせ死ぬんだと思えばもう怖いものなどない。

(そうよ、こうなったら言いたい放題言ってやるわ)

しょせんレヴィアスは迎えの使者。彼に好かれようが嫌われようがリリベルの運命は変わらない。それに彼は使者であるにもかかわらずリリベルに迫るようなロクデナシだ。

じとっと睨まれたレヴィアス卿は苦笑した。

「お部屋に引き籠もっておられるせいでは？こんなによい天気なのですから、外に出れば気分もよくなりますよ」

今さら紳士を気取ったって無駄よ、と目つきに込め、ぶっきらぼうに返す。

「悪いのは気分ではなく機嫌ですの」

「よい気分になれば不機嫌ではいられません。――リリベル姫、お暇でしたらこの島を案内していただけませんか？」

リリベルは澄ました微笑を浮かべる男をぽかんと見返した。

「……は？」

「せっかくですからラドニアがどんな国なのか、見ておきたいのです。今後訪問することもないと思いますので」

「わたしに観光案内をしろと仰るの……⁉」

「ええ、是非とも」

生贄になるわたしに！　よくもまぁ、ぬけぬけと！

（えーえー、どうせ暇ですわよ。あとは死ぬだけですもの）

むかむかしながら睨んだが、にこりとレヴィアス卿は微笑む。本性はロクデナシのくせに、実に魅惑的な笑顔だ。まったく腹が立つ。『生贄』をなんだと思ってるのよ。

あまりに腹が立ち、ついには馬鹿らしくなって逆に説教したくなった。

「あなたね。もう少し、女性に対して思いやりというか、共感を示したほう……」

「ちょっと来い」

兄にがしっと肩を掴まれ、部屋の隅に引きずって行かれる。

「なんですの、お兄様。わたし、あの方に女性への礼儀正しい接し方について教育してやらねば気が収まりません！　化けて出ますわよ⁉」

「落ち着け、これはチャンスだ！　あんなことを言い出すからには、彼はおまえに相当興味があるに違いない」

庭園での不埒《ふらち》な囁きを思い出し、リリベルはカーッと赤くなった。

「なななななにを仰いますの……」

盛大にどもってしまったが、アズリルはそれを恥じらっているのだと勘違いしたらしい。顎を撫でながらしたり顔で頷いた。

「ああいう澄ました顔した奴《やつ》ほど案外好き者だからな」

それは否定しない。

「まぁ、当然だ。我が妹ながらおまえは美人だし、胸も立派だしな」

「そんなところに注目する殿方なんて大嫌いです！　いやらしい！」

「仕方なかろう、美人と巨乳の嫌いな男はおらん。おまえはせっかく両方に恵まれたのだから活用しない手はないぞ。卿に気に入られれば生贄にならずにすむかもしれない」

「わかるものですか！　わたしがロクデナシに遊ばれて捨てられてもいいの⁉　あの人それくらいやりかねむぐっ」

「しっ、声が高い」

いきなり掌《てのひら》で口をふさがれて、リリベルは目を白黒させた。そろりとレヴィアス卿を窺うと、彼は侍女からハーブ茶を出されて勝手にくつろいでいる。ふと視線が合えば、にっこりと邪気のない笑みを浮かべた。ひくりとリリベルは口許を引き攣らせた。

「卿がおまえを気に入れば、生贄に差し出すのは惜しいと思うだろう？　そこで適当な理由をでっちあげ、おまえは生贄にはふさわしくないと進言してもらうのだ」

「……何か腹立つんですけど、それ」

ムッとしてリリベルは兄を睨んだ。生贄にはふさわしくないなんて、まるで自分が人間としてダメ出しされるようではないか。

「がまんしろ、背に腹は代えられん。生き延びることが先決だ」

「生き延びてファリスティーグ王子に嫁がされるくらいなら、潔く死にますわ。そのほうが国のためにもなりますし」

そっけなく返すと、アズリルはまじまじと妹を見つめた。

「おまえは……、王女の鑑《かがみ》だな……！」

くっ、と彼は拳を目許に押し当てた。

「しかしな、リリベル。人間、最後まで諦めてはいかんと俺は思う。腕立て伏せだって、もう一回だけ……！　と毎日がんばれば、次の日は楽にこなせるようになるものだ」

「その譬《たと》えは全然わかりません。大体わたし、お兄様ほど筋肉を重要視しておりませんので」

「よいのだ。いつかはきっとおまえにもわかる」

うんうん、と目を潤ませて兄は頷いた。

わかりそうにないが、兄が自分を死なせまいと必死なことだけは、傍迷惑《はためいわく》なほど理解できた。リリベルは溜息をついた。

「お兄様のお心遣いはありがたいですし、妹としてとても嬉しく思います」

「ならば俺のために、最後まで諦めないでくれるな？」

「……わかりました。お兄様のために、がんばってレヴィアス卿に……ぇぇと、媚《こ》びて？　みますわ」

媚び方なんてわからないけど。それを言えば、しなだれかかり方に続いて『正しい媚《こび》び方』とかも練習させられそうだ。

（わざわざ媚びなくたって、きっと向こうからしかけてくるわ）

内心で溜息をつく。アズリルはリリベルの手を掴んで彼の側に引っ張っていった。

「レヴィアス卿。妹に案内させますゆえ、ぜひ我が国を心ゆくまでご検分ください。そして我が国が海竜神《レヴィヤタン》の恩寵のもと平和に暮らしておりますこと、全国民がそれを感謝しながら日々過ごしておりますことをご確認のうえ、なにとぞ聖王猊下によしなに」

「そうさせていただきましょう」

レヴィアス卿は澄ました顔で頷き、愛想よくリリベルに笑いかけた。

「姫君にご案内いただけるとは光栄です。どうぞよろしく」

「こ、こちらこそ……」

目許を引き攣らせながら、リリベルはどうにかこうにか笑みを返したのだった。


早速予定が組まれ、翌朝リリベルはレヴィアス卿と共に馬車で出発した。海岸沿いにぐるりと島を一周しながら、内陸へも適宜足を伸ばす。予定は五日間。宮殿に戻って二日後には大神殿島《タルカロン》へ向けて出発する。

視察にはアズリルも同行した。最初、馬車にはリリベルと世話役の侍女が乗り、レヴィアスは部下の騎士たちと共に騎馬で行く予定だったのだが、馬車に同乗したほうが説明がしやすいとアズリルが主張して、レヴィアスとリリベルがふたりで馬車に乗ることになった。

馬車は四人乗りだが、道中ゆったりしていただきたいとまたもやアズリルが主張して侍女は馬に乗らされた。ラドニアは山がちで馬車が通れない道も多い。そういう場所の通行には馬やロバを用いることが多く、男女問わず大抵の者は乗馬ができるのだ。もちろん、リリベルも得意である。

ラドニアの騎士が先導し、コラリオンの騎士たちが後ろも守る格好で出発した。馬車が動き出すとまもなく、彼は向かいの座席に長い脚をどかりと投げ出した。

斜め向かいに座っていたリリベルはムッと彼を睨んだ。

「ずいぶんお行儀が悪いのね」

「馬車は狭苦しいから好きになれなくてな」

「これでもこの馬車はかなりゆったりと造られておりますのよ」

皮肉を返すとレヴィアスは苦笑した。

「すまん。ラドニアの馬車をこき下ろしたわけじゃない。俺は馬車自体が嫌いなんだ」

「だったらそう仰ればいいのに。説明なら馬車の窓からしてさしあげますわ」

つんけんとリリベルは言った。我ながら可愛げなさすぎと少し後悔したが、レヴィアス卿は気にしたふうもなく笑った。

「いや、姫のことをゆっくり眺められるから、これも悪くない」

「わたしよりも景色を見ていただきたいんですけど」

「もちろん見ているさ。……ああ、こうしていると絵画のようだな。窓枠が額縁。美しい背景に美しい姫君の横顔。実に目の保養になる」

リリベルは目許を染めてレヴィアスを睨んだ。

「あなたって、本当に不埒な方ね。呆れるわ。貴族になって間もないと言ってたけど、元は海賊だったんじゃないの？」

「うん、近いかもな」

あっさり言われてリリベルはびっくりした。

「本当に海賊だったの⁉」

「いや。他人の船は襲ってないし、違法なことはしていない」

「じゃあ、何」

「財宝探索人《トレジャーハンター》。沈没船からお宝を引き上げるんだ。それで財産を築いて、コラリオン諸島を爵位ごと買った」

唖然《あぜん》とレヴィアスを見返す。彼はリリベルの驚愕《きょうがく》をおもしろがるようにニヤリとした。

「爵位ごと……買った……⁉　島はともかく爵位までお金で買えるの⁉」

「諸島伯はな。この前も言ったが、諸島伯というのは島伯と違って独立領主なんだ。その気になれば領地も爵位も自分の判断で売り買いできる」

先代のコラリオン諸島伯は、別に金銭的に困っていたわけではなかった。ただ、跡継ぎに恵まれず、養子を取るか、親戚の親戚のそのまた親戚くらいの遠い縁者に継いでもらうかで迷っていた。

そこに目をつけたレヴィアスが取引をもちかけ、爵位を含めて全島を購入したのだ。一応、形としては養子縁組したことになっているが、実際には莫大《ばくだい》な対価を支払っている。

「……先代のコラリオン伯はどうなったの？」

「領内の島のひとつで悠々自適してるよ。年も年だし、本人も隠居したがっていたからな」

追い出したわけではないとわかって、リリベルはホッとした。

「だけど……、そういう経緯で貴族になって、聖王猊下と個人契約なんてよく結べたわね。出自とか、うるさそうなのに。——まさか、それもお金で？」

眉をひそめるリリベルに、レヴィアスはくすりと笑った。

「いや。聖王とは個人的な知り合いでね」

こともなげに言われ、呆気に取られる。

「……あなた、どういう人なの……？」

「俺に興味が出てきたか？」

「そっ、そんなんじゃないわよ！　とんでもない自惚《うぬぼ》れ屋ね」

睨んでも、くっくと愉《たの》しげにレヴィアスは笑うばかりだ。何故だろう、腹立たしいのに、妙に憎めない笑顔だ。どぎまぎしたリリベルはぷいと顔をそむけ、窓外に目を遣った。

レヴィアスの視線を感じる。落ち着かないが、不快ではない。そのことにひどく困惑した。

「……集落が見えるな。あそこにも漁港があるのか？」

レヴィアスの声に我に返り、改めて景色を確認する。

「ええ、そう。あそこは特に大きな牡蠣がよく採れるの——」

リリベルの説明に、レヴィアスは頷きながら聞き入った。

海岸沿いには小さな漁村が点在している。大型の交易船が停泊できる港は王宮のある南の町と、反対側の北の町にある。四王国の王都はすべて、中央にある大神殿島《タルカロン》を向いている。宗教的な意味だけでなく、ロズメール海における交易にもそのほうが都合がいい。

どの国も、大神殿島《タルカロン》に近いほうに人口が集中している。特にラドニアはその傾向が強かったが、北の大陸との交易が活発になると北部に住む者も増え、町もだんだん大きくなっている。

王都から北の港までは道も整備されているので、馬車で二日目の午後早くに到着した。泊まるのは港を預かる総督の館だ。レヴィアスの手を借りて馬車から降り、リリベルはホッと吐息をついた。

最初は二人きりでいるのが気まずかったが、傍若無人すれすれのざっくばらんなレヴィアスの態度や、彼が興味を持っていろいろと質問をしてくれたので、居心地悪さなどすぐに忘れてしまった。

リリベルに対するお愛想で適当な質問をしているわけではなく、本当に彼はラドニアの事物に興味があるようだった。

（お金で養子に入ったとはいえ領主だものね）

横顔を見ていると妙にドキドキして、リリベルは困惑した。見た目がいいだけのロクデナシかと思えば、そんなことは全然ない。お金で爵位を買ったことも、自慢するのでも卑下するのでもなく、ごく淡々としていやな感じはしなかった。

そもそも彼に反発したのは八つ当たりみたいなもの――いや、完全に八つ当たりだ。彼はただ聖王の指示でリリベルを迎えに来ただけなのだから。

（自分で勝手に期待して、勝手に失望したのよ）

生贄に選ばれたからといって、リリベルを腫れ物でも触るように扱わないのも、彼なりの気遣いなのかもしれなかった。確かに態度はいささか不躾《ぶしつけ》だが、馬車の乗り降りや視察中にはさりげなく気遣ってもくれた。他人が居合わせる場面では文句なく礼儀正しかった。

彼に対する好意が急激に上昇し始めたことを自覚してリリベルはとまどった。

（彼を好きになったって、どうにもならないわ。かえってつらくなるだけよ）

レヴィアスがリリベルを気に入れば、生贄を取りやめてくれるよう口添えしてもらえるのではないかと兄は期待しているが、そんなことで海竜神《レヴィヤタン》が諦めてくれるのだろうか。逆に怒らせることになるのでは？

（レヴィアス卿は聖王猊下と個人的な知り合いだそうだけど……）

果たしてどれほどの影響力があるのか見当もつかない。

リリベルが生贄にされることは発表されていないので、何も知らない北の町の総督は一行を大歓迎した。親善訪問した神殿騎士をもてなすため、王子と王女が自ら国内を案内しているのだという説明をそのまま信じ込んでいる。

一昔前まではひなびた寒村にすぎなかったのが、北の大陸との交易が盛んになったおかげで人も物資も賑《にぎ》わうようになった。これも海竜神《レヴィヤタン》のお恵みのおかげ、と総督は跪き、リリベルが身につけた七色真珠のブレスレットに対し、祈りを捧げた。

「……海竜神《レヴィヤタン》のご加護がありますように」

頭を垂れる総督にブレスレットでそっと触れながら、いつものようにリリベルは呟いた。その様子をレヴィアスがじっと見守っていて、どきっとする。神官のようなまねをして、と眉をひそめられるだろうか。しかし目が合うと、彼はにやっと悪戯っ子のような笑みを浮かべただけだった。

晩餐が済むと、リリベルはレヴィアス卿と一緒に海辺を散策した。侍女とアズリルが距離を置いて付いてきている。もちろん、散策もアズリルの『指令』だ。

これまでの道中でかなり親しくなったものの、兄が期待するような仕儀には至っていない。確かにリリベルに対して興味はあるようなのだが、迫られたのは王宮の庭園を案内した、あのときだけだ。

（やっぱりわたしの色気が足りなさ過ぎるのかしら……）

リリベルはそっと溜息をついた。

いや、そもそも使者を誘惑して生贄を免れようという作戦（？）自体がおかしかったのだ。苦肉の策にしても無茶苦茶すぎる。きっと兄はよほど気が動転していたに違いない。可哀相《かわいそう》なお兄様。

歩いているうちに、ふと足裏に痛みを感じてリリベルは立ち止まった。

「どうした？」

「靴のなかに石が入ったみたい……」

「取ってやろう」

レヴィアスは無造作に跪いた。

「あ、あの」

「肩に掴まって。ほら、足を出せ」

丁重に手を差し出され、リリベルは仕方なく彼の肩に掴まって身体を支えた。片足を持ち上げ、足首ギリギリまで裾を引く。旅行中は動きやすいように裾が短めのツーピースドレスにショートブーツだったが、晩餐のために肩の出るドレスに着替えた際、華奢《きやしゃ》なヒール靴に履き替えていた。

レヴィアスは予想外に丁寧なしぐさで靴を脱がせ、指を入れて小石を掻《か》き出《だ》すと軽く払った。

「これでいいか」

「ひゃっ……⁉」

絹のストッキングに包まれた足の裏をそっと撫でられ、思わず声を上げてしまう。ただ、足の裏に砂がついていないか確かめただけなのはすぐにわかり、リリベルは赤くなって唇を噛んだ。過剰に反応して悲鳴を上げたのが恥ずかしくなる。

ふと、距離を取って控えている兄が、レヴィアスに見えないのをいいことに、ぶんぶん拳を振り回しながら口をぱくぱくさせている姿が目に入った。『今だ！　行け！』とか言っているようだ。

隣の侍女まで一緒になって両手を口の両脇に添え、『姫様、がんばって！』と伝えてくる。リリベルはげんなりと眉を垂れた。

（この体勢でしなだれかかれるわけないでしょ……）

一応、今までにも何度か試みたことはあるのだ。一緒に歩いているときに、よろけたふりをしたり、馬車で隣に座ったときにはもたれかかってみたり。

しかし、よろけたふりをしたときは勢い余って頭突き同然にどーんとぶつかってしまい、爆笑をこらえて肩を震わせるレヴィアスの様子にその場で死にたくなった。

馬車でもたれかかったときは『ん？　疲れたか？』と膝枕され、よしよしと頭を撫でられてしまった。むすっと口を尖らせていたが、そのうちなんだか気持ちよくなってきて爆睡してしまい、後にそれを知った兄にくどくど説教された。

「――これで取れたかな」

レヴィアスが丁寧に靴を履かせてくれて姿勢を戻す。彼は立ち上がり、軽く小首を傾《かし》げた。

「どうだ？」

「大丈夫よ、ありがとう」

レヴィアスは肩ごしに後方を窺い、ニヤリとした。

「アズリルどのに期待させてしまったかな?」

ほら、バレてる……。

がくりとリリベルは肩を落とした。レヴィアスはいたずらっぽく囁いた。

「俺を夢中にさせて、聖王に取りなしてもらうんだろう?」

「……海竜神《レヴィヤタン》は聖王がお願いすれば聞き入れてくれるの?」

「場合によるんじゃないか? 海竜神《レヴィヤタン》は姫のことが凄《すご》く気に入っているから、やめてほしいと頼んでも無理だと思うぞ」

あっさり言われてしまった。

「そうよね……。こんなに大盤振る舞いでラドニアを豊かにしてくれたんだもの」

「海竜神《レヴィヤタン》に気に入られて迷惑だったか」

「そんなことないわ。食べられてしまうんだってわかるまでは、迎えに来てくれるのが待ち遠しかった。……今か今かとずっと待っていたのよ」

あの美しい王子様の花嫁になれるのが嬉しくて。

「……海竜神《レヴィヤタン》の王子様は、あなたに似ていたわ」

レヴィアスは答えなかった。リリベルも彼の顔を見なかった。そこにどんな表情が浮かんでいるのか、知るのが怖くて。

「すごく綺麗《きれい》だった。竜の姿でも、人になっても。……わたし、海竜を見たの。本当よ」

「ああ、信じるよ」

深みのある優しい声に泣きたくなる。

「……どうしてあなたじゃないの⁉」

答えはない。リリベルは彼から顔をそむけたまま、乱暴に目許をこすった。

「ごめんなさい。八つ当たりしちゃった……。聞かなかったことにして」

やはり答えはない。それを諾《だく》のしるしと受け取り、リリベルはふたたび歩きだした。

ざぁん、と波音が響く。風が少し冷たくなった。ぶるっと剥《む》き出《だ》しの肩を震わせると、レヴィアスが上着を脱いでリリベルの肩にかけた。

「ありがとう。でもあなたが寒いんじゃ……？」

「平気だよ」

彼は微笑んだ。またしばらく無言で歩を進める。歩きながらレヴィアスが呟いた。

「横取りしようか」

「え……？」

「姫を攫《さら》って、俺の島へ連れていく。──うん、それもいいな」

「な……、何を言うの⁉」

「迎えの船に乗っているのは俺の部下だけだ。邪魔する者はいない」

「そんなことしたら海竜神《レヴィヤタン》の怒りを買うわ！　船が沈んでしまうわよ」

「そうはならないさ」

「いいえ、絶対よくないことが起こるわ！　ファリスティーグ王子がわたしを攫おうとしたときだって、いきなり船が浸水して港から出られなかったのよ。庭の茂みに押し倒されたときは空から大量のイカが降ってきて――」

「クジラにすればよかったな。……いや、それでは姫も一緒に潰れてしまうか」

「は？」

「いや、なんでもない。ともかく俺は大丈夫だ。姫さえその気なら、喜んで攫わせてもらおう」

リリベルは呆れて、まじめくさった男の顔を見返した。

「本気で言ってるの？」

「もちろん」

危機感なく、にこりと笑む男を見ているうちにむかむかと腹が立ってきた。

「あなたそれでも領主⁉　わたしは海竜神《レヴイヤタン》のお気に入りなのよ。それを横取りされて、海竜神《レヴイヤタン》が黙っているると思う⁉　あなたの船は木っ端みじんにされて、コラリオン諸島は海の底に沈んじゃうわよ！それでもいいの⁉　お金で買った爵位でも、領主になったからには領民に対して責任を持ちなさい！」

一気にまくしたて、息を荒らげて肩を上下させるリリベルを、レヴィアスはぽかんと見返した。彼はまじまじとリリベルを見つめ、やがて我慢しきれなくなったように笑いだした。

「ああ、いいなぁ。やっぱりリリベル姫は最高だ」

「何を笑ってるの……⁉　もうっ、信じられない！　あなたなんか嫌いよ！　誰が攫われてやるものですか。わたしは海竜神《レヴイヤタン》の生贄になるんだからっ。潔く頭からバリバリ食べられてやるわよ。見てなさいっ」

リリベルは憤然と踵《きびす》を返した。おろおろする兄と侍女を尻目にどかどかと歩いていくと、足元をよく見てなかったせいでよろけてしまった。

悔しくて、情けなくて、思わず声を荒らげる。

「何よ、もうっ」

そのとたん、ふわりと身体が浮き上がった。いつのまにか追いかけてきていたレヴィアスが抱き上げたのだ。

「お、下ろしてちょうだい。自分で歩けます！」

「うん、姫は自分で歩けるな」

「だから……」

「でも今は危なっかしいから俺が運ぶ。ここは足場がよくない。そんなふうに走ったら足をくじくかもしれない」

愉《たの》しそうに言われて赤くなる。

「走らなければいいんでしょ……」

「また石ころが靴に入るかもしれないぞ」

「そ、そのときは取る……、あ、あなたに取らせてあげますわ」

含み笑われ、リリベルはさらに赤面した。抱き上げられていると彼の男らしく端整な容貌がぐっと近くなって、どぎまぎした。

「嬉しいな」

後方から妙な雄叫《おたけ》びのようなものが聞こえてくる。悠然と歩を進めながら、くすくすと愉しげに彼は笑った。

「あれは怒っているのかな？」

「……どうかしら」

レヴィアスの肩ごしにアズリルを見やると、兄は身体をくねくねさせながら手を振り回していた。怒ってはいないようだが……。

（何あれ、気持ち悪い）

眉をひそめると、兄は傍らの侍女まで巻き込んで身体を傾け頬をすり寄せている。侍女もまた必死の形相で無言劇に協力していた。

（……あ。しなだれかかれってこと）

やっとわかった。今さらだが、兄をがっかりさせるのもしのびない。これも最後の兄孝行と思って、リリベルはレヴィアスにしなだれかかった。本人はそのつもりだったのだが、実際にはしがみつくといったほうがよく、レヴィアスは眉をひそめた。

「なんだ？ 怖いのか。落としたりしないぞ」

「え？ いえ、あの、そうじゃなく……」

「そのほうが安心なら掴まってろ」

にこっ、と笑いかけられ、リリベルは熱くなる頬をそっと彼の胸元に押し当てた。全然怖くなどなかったけれど。

「……あの、重くない……？」

心配になって尋ねると、レヴィアスはハハッと愉しげに笑った。

「ちっとも。むしろ軽いくらいだ。もっと重量があると思ってた」

重量って……。胸のせいだろうか。なんだか恥ずかしくなって、そっと胸元を押さえる。

「……綺麗だ」

ふと足を止めてレヴィアスが囁いた。どきっとして顔を上げると、彼は漠々と広がる海を眺めていた。海のこと……とホッとすると同時に少しだけがっかりした気分になりながら、リリベルは相槌《あいづち》を打った。

「昔はよく荒れたんですって。海流と風の影響で船が流されてしまって。北の大陸からの船は、距離的に近いラドニアよりも、エキドニアへ向かうほうが安全で速かった。でも、今は海が穏やかになって風向きも代わり、船はまっすぐラドニアへ来られるようになったの。……海竜神《レヴィヤタン》のおかげで」

そう、彼が特別な計らいをしてくれたから。わたしを生贄にすることと引き換えに。

しばらく黙っていたレヴィアスが、海に目を向けたまま呟いた。

「……姫を手に入れるためなら、なんでもする」

「えっ……⁉」

「海竜神《レヴィヤタン》は、な」

にこりとレヴィアスは笑った。リリベルは顔を赤くして肩をすぼめた。一瞬、期待してしまった。あれだけはっきりと拒絶しておきながら。

リリベルは海を見つめて囁いた。

「……約束は、守らないといけないわ」

「そうだな」

穏やかな声音に泣きたくなる。

「レヴィアス卿」

「ん？」

「ありがとう」

彼はいぶかしげにリリベルの顔を覗き込んだ。

「……何故、俺が礼を言われるんだ？」

「生まれ育った国を、こうして最後に見て廻《まわ》れたから」

「俺が見たくて頼んだんだ。礼を言うのはこちらのほうだ」

にこりと笑い、彼はリリベルの耳元に唇を寄せて囁いた。

「姫は可愛いな」

「……っ⁉」

瞬間、彼の唇がわずかにリリベルの唇をかすめ——。

「風が冷たくなってきた。そろそろ戻るか」

なんでもない口調で言って、彼はすたすた歩きだした。

リリベルは茫然と口を押さえた。背を向けながらだったので、たぶん兄には見られなかったはずだ。

いや、それとも自分の勘違いだろうか。唇が触れたと思ったのは、錯覚……？

上目遣いに見上げると、彼は視線を下げて口端でニッと笑った。

カーッと全身が熱くなる。

上機嫌に運ばれながら、リリベルは彼の腕のなかでひっそりと赤面していた。

視察旅行の後半は、日程的に前半より長かったにもかかわらず、実感としてはあっというまに過ぎた。山が迫っていて道幅が狭いところでは馬に乗った。

馬に二人乗りすると、自然と彼の胸にもたれていた。これを『しなだれかかる』というのかどうかわからないけど、彼の広く逞しい胸にもたれるのは心地よかった。なんだかとても安心で、守られているようで……。

王宮に帰り着いたときには、リリベルの覚悟は決まっていた。

家族を前に、リリベルは告げた。望まれたとおり、生贄になります、と。

父は黙って頷いた。母はハンカチを目に押し当ててすすり泣いた。兄は溜息をつき、すまないなと呟いた。リリベルは微笑んでかぶりを振った。

「この小旅行、とても楽しかったですわ。いい思い出になりました。レヴィアス卿の提案がなかったら、わたしは部屋に引き籠もったまま出発の日を迎え、後になって悔いたでしょう。こうして生まれ育った国を廻り、笑顔で暮らしている人々を見て思ったんです。海竜神《レヴィヤタン》の恩寵をいただけて本当によかったな、って。だからわたし、約束どおり海竜神《レヴィヤタン》様と結婚しようと思います」

「結婚なんて……、生贄よ！　食べられてしまうのよ⁉」

涙ながらに叫ぶ母に、リリベルは微笑みかけた。

「最初からそういう意味だったんです。わたしがわかっていなかっただけ……。でも、生贄より花嫁のほうが響きがいいし……、せっかくお母様が素敵な衣裳を用意してくださったのですもの。あれ、どう見ても婚礼衣裳ですよね」

「だっておまえ……」

王妃は言葉を詰まらせた。

「だからわたし、あれを着て海竜神様《レヴィヤタン》に嫁ぐことにします」

にこっと笑うと、王妃はとうとう泣き崩れた。瞳を潤ませながらリリベルは母をなぐさめた。父も兄も涙をこらえ、唇を震わせていた。

翌日は家族水入らずで過ごし、次の日の朝、船に戻っていたレヴィアス卿が神殿騎士の正装姿で迎えに来た。甲冑と白い軍衣に身を包んだ彼の精悍な美しさに、リリベルは思わず見とれてしまった。

短い旅だったが、数日一緒に過ごした今は恨めしさなど感じない。彼が『王子様』でなかったことは、やっぱり残念だけど……。

彼はわたしを攫おうかと言ってくれた。口調は軽くても、あれは冗談ではないと思う。嬉しかった。でも、その誘いを受けるわけにはいかない。彼自身や、彼の領土、領民が海竜神《レヴィヤタン》の怒りをかったらいやだもの。

何も持たなくていいと言われたので、数日の着替えと、母が超特急で仕上げさせた『花嫁衣裳』だけを長持に入れさせて船に積み込んだ。

両親とは王宮で別れを告げ、港へは兄だけに来てもらった。リリベルが『生贄』になることは、本人の希望で国民には伏せられている。

海竜神《レヴィヤタン》の恩寵を受けた姫君にぜひ会いたいと聖王が望み、大神殿島《タルカロン》へ招いたということにした。リリベルはそのまま大神殿に留《とど》まり、幸せに暮らしている……ということになる。

迎えに来たレヴィアス卿は、リリベルがブレスレットをしていないことに気付き、どうしたのかと尋ねた。

「あ……。母にあげたのです。形見にと思って。……持っていかなければいけませんか？」

レヴィアスは微笑んでかぶりを振った。

「姫がもらったものなのだから、好きにすればいい」

「あの……。わたしがラドニアを離れても、海竜神《レヴィヤタン》の恩寵はなくならない……ですよね……？」

おそるおそる尋ねると、レヴィアスはかすかに目を瞠った。

「姫を貰《もら》い受ける対価として与えたものなのだから、姫が生きているかぎりは続くんじゃないか？」

「わたし、もうすぐ死ぬんですけど」

ちょっとムッとして言い返すと、レヴィアスは諭すような笑みを浮かべた。

「人々の記憶から完全に消え去らないかぎり、姫は死なないさ。人々の心のなかで姫が生き続けるかぎり恩寵は続くと思う」

「なら……いいわ……」

腹を立てたのが気恥ずかしくなって、リリベルはうつむいた。

「国想いの姫君だな」

「王女だもの……。それくらい当然よ」

感心したように言われてリリベルは目を泳がせながら呟いた。

船に乗り込む直前、アズリルと抱擁を交わして最後の別れを告げた。兄は丸太のような腕でぎゅうぎゅうリリベルを抱きしめた。

「すまん、リリベル。何もしてやれぬ兄を許してくれ……！」

「お兄様が謝ることなんてないわ。それより、いいお嫁さんをもらってね」

リリベルからすれば筋肉自慢の暑苦しい兄だが、不思議とけっこうモテるのだ。顔の造作は悪くないし、何も頭の中まで筋肉で占領されているわけではない。身内の贔屓目《ひいきめ》を差し引いても、ファリスティーグ王子などより人間的にずっといい。

にもかかわらず、二十七歳になっても未だに独身だった。運命を感じる相手に出会わないのだ、などと妙にロマンチストめいたことを真顔で言っている。

「くっ……、リリベル、俺の可愛い妹よ……！」

「お、お兄様。苦しいです……っ」

愛の籠もりすぎた抱擁にジタバタ暴れると、アズリルはやっと力をゆるめた。

「すまんすまん。これが最後かと思うとつい、な」

太い眉をしょんぼり垂れる兄に、リリベルは苦笑して抱きついた。ごつごつした背中をポンポン叩いて励ます。

「そんな顔しないで。笑って送り出してくださいな。大丈夫、わたしはお嫁に行くんです。ただ、すごくすごく遠いところで、もう戻っては来られないだけ……。でも、きっと幸せですから。だってわたし、海竜神様《レヴィヤタン》にとっても愛されているんですもの。食べちゃいたいくらいにね」

「その冗談は笑えんぞ……」

「ごめんなさい」

アズリルは溜息をつき、最後にもう一度、ぎゅっとリリベルを抱きしめた。

「愛しているよ、リリベル。俺も、父上も母上も」

「ええ、わたしもよ」

ちゅっ、とリリベルは兄の頬にキスした。

「お元気で、お兄様。お父様とお母様を大切にしてください」

「ああ。おまえも元気でな」

「はい」

笑顔で頷く。いつまでも、笑顔の自分を覚えていてほしいから。リリベルが乗り込むと梯子《はしご》が外され、もやい綱が解かれた。船倉で水夫たちが艪《ろ》を漕《こ》ぎ、少しずつ船は桟橋を離れてゆく。

ゆっくりと向きを変え、船は港の外へ向かい始める。リリベルは兄の姿が見えなくなるまで手を振り続けた。港から遠ざかるにつれ、高台にある王宮がよく見えるようになる。きっとあのバルコニーから両親が見送っているに違いない。そう思うとこらえきれずにどっと涙があふれた。

少し離れて見守っていたレヴィアスが近づいて、そっと肩を抱いた。唇を震わせ、リリベルは彼にしがみついた。レヴィアスの腕がリリベルを優しく包む。

何度も涙をぬぐいながら、白亜の王宮に目を凝らす。たまらない寂しさが込み上げ、リリベルは嗚咽を洩らした。

（さようなら、わたしの故郷……）

心の中で呟きながら、リリベルはいつまでも王宮を見つめ続けた。

第二章　海より深く愛されて

航海は順調だった。美しい白い帆船フォルテス号は紺碧の海を大神殿島《タルカロン》へ向けてぐんぐん進んだ。乗組員は全員、水夫も含めてコラリオン諸島の住民だった。リリベルは船尾楼の貴賓室をあてがわれ、丁重に世話された。レヴィアスはリリベルの世話をさせるための召使も領地から連れてきていた。アレータという十五歳の少女で、陽気で人懐っこい。揺れる船の上でも危なげなくくるくると動き回り、リリベルが快適にすごせるよう気を配ってくれた。

ラドニアから大神殿島《タルカロン》へは通常五日ほどかかるが、風向きがいいので少し早めに着きそうだとのこと。頷きながら、リリベルはどうしても気分が沈んでしまった。

出発から三日目の夜、レヴィアスに誘われてリリベルは甲板を散歩した。穏やかな月夜だった。欄干にもたれ、リリベルは黒い海原を眺めた。あのときのように、泣いたら海竜神《レヴィヤタン》が現れるだろうか。しかし、泣こうとしても涙は出なかった。生贄になるのだと思えば悲しくて怖くて泣けてきそうなものなのに。

乾いた頬を、夜風が優しく撫でる。リリベルは自嘲ぎみに笑った。

海竜神《レヴィヤタン》が現れたらどうしようというの。恨み言でも言うつもり？

そう、それもいいかもしれない。まぎらわしいことを言わないでほしかったと、それくらいの文句をつけたっていいはずだ。

「……気持ちは変わらないか？」

レヴィアスの声に、リリベルは顔を上げた。彼は欄干に半身もたれてじっとリリベルを見つめている。月光の下では昼間とはなんだか違って見えた。黒い瞳はずっと深く、謎めいている。

リリベルは頷いた。

「ええ」

「この辺で針路を変えれば、夜明けにはコラリオン諸島に着く」

リリベルは息を呑《の》み、微笑んでかぶりを振った。

「寄り道するわけにはいかないわ。まっすぐ大神殿島《タルカロン》へ向かいましょう」

「リリベル姫」

わかってる。そんな意味じゃないことくらい。

「ありがとう、レヴィアス卿。でも、約束は守らなければいけないわ」

彼は何か言いかけ、肩をすくめた。

「強情だな。俺が好きなくせに」

「本当に自惚《うぬぼ》れ屋さんね」

呆れると彼はニヤリとした。

「事実だろう？」

「……わからないわ。わたし、あなたと『王子様』をごっちゃにしているのかもしれないもの。あなた、本当に似ているから」

「そんなに『王子様』が好きなのか」

「ええ、すごく好きだった」

「過去形か？」

レヴィアスは何故かちょっと顔をしかめ、リリベルはくすくす笑った。

「いいえ、今でも好きよ」

左手首を眺め、そこにブレスレットがないことに気付いて苦笑する。そう、あれは形見として母にあげたのだった。

「……迎えに来てくれるのを待っていたけど、ずっと一緒にいたような気もしているの。王子様がくれた七色真珠のブレスレットのせいかしらね？ もうつけていないのに、今でもなんとなく気配を感じる。きっと……」

リリベルは欄干を掴んで海面を覗き込んだ。

「……この波の下を泳いでいるんじゃないかしら。どうして姿を見せてくれないのか、わからないけど……。でもね、船が針路を外れればすぐにわかってしまうと思うの。わたしが海に引きずり込まれるだけですめばいい、だけどもし船が壊されたら、みんな溺れて死んでしまうわ。あなたも、お供の騎士たちも、水夫も、アレータも……。そんなのは、いやだもの」

視線を戻し、リリベルはレヴィアスに笑いかけた。

「それにね。わたし、最後に面と向かって海竜神《レヴィヤタン》に言ってやりたいことがあるのよ」

「なんだ？」

「秘密。あなたには教えられない」

「それは妬《や》けるな」

レヴィアスはリリベルに歩み寄り、じっと瞳を見つめた。漆黒の瞳に燐光がよぎった気がしてドキリとする。

「恨み言か？」

どこか甘い囁き声に鼓動が高鳴る。

「か……、かもね」

「俺が聞いてやろう」

「あなたに言ってどうするのよ……」

「姫の声は可愛いから、文句でも恨み言でも耳に心地よい」

リリベルは赤くなった。

「あなたも相当な度胸よね……。海竜神《レヴィヤタン》のお気に入りに手を出そうとするなんて。それとも単なる考えなし？」

「どっちだと思う？」

「両方」

ははっと痛快そうにレヴィアスは笑い、そそのかすように囁いた。

「試してみないか？　本当に海竜神《レヴィヤタン》が怒って、しっぽでこの船を叩《たた》き壊《こわ》すかどうか」

唇を寄せられ、リリベルは焦って彼の胸を押し戻した。

「だめ。何かあってからじゃ遅いんだから」

「疑り深いな」

「用心深いと言ってちょうだい」

彼は苦笑して、リリベルの顎を指先でちょんと突ついた。

「姫は可愛いな。惚れ直すよ」

「本当にもうやめて。ひどいわよ」

「すまん」

レヴィアスは素直に謝罪して、じっとリリベルを見つめた。

「……怖くなったら俺の名を呼べ。絶対助けに行くから」

海竜神《レヴィヤタン》に敵《かな》うと思うの？　と言い返そうとして、やめた。彼の気持ちがすごく嬉しかったから。

「ありがとう。そうするわ」

微笑んで、少しためらう。

「あのね……。ひとつ、お願いしてもいい？」

「なんなりと」

「その……」

やっぱり言いづらくて迷っていると、いぶかしげにレヴィアスが顔を覗き込んだ。

「なんだ？　そんなに難しいことか？」

「い、いえ、その……。だ……、抱きついても、いいかしら……っ」

きょとんとしたレヴィアスが、笑って腕を広げた。

「どうぞどうぞ、遠慮はいらないぞ」

思い切ってリリベルは男の懐に飛び込んだ。兄ほど太くはない、だがしっかりとした筋肉のついた腕が優しくリリベルの身体に回される。

わかるでしょう？　王子様。これはさよならの抱擁よ。だから、見逃してね……。

「……名前、教えたからな。ちゃんと呼べよ？」

囁き声にこくりと頷いた。レヴィアス。心のなかで繰り返す。

レヴィアス。

本当は怖いの。

だからわたしに、勇気をちょうだい——。

月明かりの下、滑るように船は進んでいった。ロズメール海の中心地、大神殿島《タルカロン》へ向けて。

ラドニアを発《た》って四日目の昼前、船は大神殿島《タルカロン》に到着した。港にはたくさんの船が停泊している。帆はたたまれているが、爽やかな海風を受けてマストの天辺《てっぺん》で紋章入りの旗が誇らしげにひるがえっていた。

大神殿島《タルカロン》はロズメール海のほぼ中央にあり、東西南北を四王国で囲まれている。その範囲は内海と呼ばれ、波は穏やかで海流も安定しており、まさにロズメール海世界の中心地だ。宗教的な理由だけでなく、物流の中継地としての役割も果たしているため、人の行き来は非常に活発だ。

「——こんなに賑やかなところだとは思わなかったわ」

馬車で聖王宮へ向かいながら、リリベルは道の左右をきょろきょろ見回した。商店や飲食店、土産物屋がずらりと並んでいる。

「ここは大神殿への参道、いわば目抜き通りだからな」

同乗しているレヴィアスが微笑んだ。

確かに、歩道を行き交う人々には巡礼者の印である長い数珠を首にかけているものがたくさんいる。神殿に参拝して寄進することで、それぞれの神殿で作っている珠がもらえるのだ。つまり、数珠が長いほどたくさんの神殿に詣でた証となる。

珠の素材は何種類もあって、単なる石ころから宝石まで寄進額によって様々だ。高価な素材ほど恩寵がこもっているというわけではないので、懐具合と相談して手に入るものをいただけばよいとされている。

むろん金持ちは珊瑚《さんご》や琥珀《こはく》、鼈甲《べっこう》などを好むが、芸術的センスのある神官たちが美しい彫刻を施しているので、浜辺で拾った石でも見栄えは悪くない。

リリベルはラドニアから出たことはなかったが、国内の神殿は全て廻った。というか、向こうから来てほしいと懇請された。

何しろ海竜神《レヴィヤタン》の七色真珠という神宝を持っていたので非常にありがたがられ、生き神様のごとく扱われた。参拝の珠も好きなものを寄進なしでいただけた。リリベルは珊瑚で統一している。少しずつ色合いが違うのも、グラデーションになってとても綺麗なのだ。

リリベルは自分の首に巻いた珊瑚の数珠にそっと触れた。国内の神殿だけなので、そう長くはなく、ちょうどネックレスくらいの長さだ。七色真珠は故郷に残してきたが、これは思い出の品として持参した。

「――そうだわ。大神殿に参拝すれば特別なメダルがもらえるのよね？　生贄になる前にいただくことはできるかしら」

「あんなもの、別に意味はないぞ？　大神殿の懐《ふところ》を潤すだけだ」

レヴィアスが馬鹿にしたように鼻を鳴らし、リリベルは呆れて肩をすくめた。

「不信心ね。いいじゃない。参拝記念なんだから」

「だったら奮発してシェルカメオのメダルにするといい。少なくとも、美術品としての価値はある」

そうね、と頷き、リリベルはふと思い出した。

「――わたし、お金持って来たかしら」

「俺が出すから心配するな」

「一緒に参拝してくれるの？　神様を信じてないんだと思ったわ」

試してみようか、と不埒な囁きをされたことを思い出し、リリベルはちょっと赤くなった。レヴィアスはどこか皮肉っぽくニヤリとした。

「神が存在することは知ってるよ」

リリベルが呆れていると、彼はふと窓外に目を遣った。

「大神殿は後回しだ。まずは聖王に会わないとな」

馬車の向きが変わったことに気づき、リリベルも窓の外を見た。大理石の巨大な門がある。参道はその先へまだ続いていて、遠くに壮麗な大神殿の建物がそびえ立っていた。

「……聖王宮は神殿のなかにあるんじゃないの？」

「いや。王宮は別の場所にある。聖王は大神殿島《タルカロン》の王だからな。国王としての仕事があるのさ。神殿の儀式に顔は出すが、取り仕切っているのは大神官長だ」

「でも、聖王猊下は海竜神《レヴィヤタン》と実際に会って言葉を交わせるただひとりのひとなんでしょう？　なのに、宗教儀礼は人任せなの？」

「儀礼なんて人間が考え出した演《だ》し物にすぎない。ま、芝居みたいなもんか。海竜神《レヴィヤタン》はそんなこと頼んじゃいないよ」

「どうしてあなたにわかるのよ」

　ムッとして言い返すと彼は苦笑した。

「聖王がそう言ってる。人間が何かを信じるには、目に見えて、触れて、参加できるよりどころが必要だろう？　だから神殿が数珠玉を売ろうと、ド派手な祭儀をしようと、別に文句は言わない。好きにやってくれってとこだな」

　リリベルは呆《あき》れ返《かえ》ってつくづくと不遜な男の顔を見つめた。

「あなたって本当に不信心ね。海竜神《レヴィヤタン》の怒りに触れて船がひっくり返らないことを祈るわ」

「それじゃ、せいぜいたっぷりと寄進して、ありがたいメダルでもいただくとするか」

　眉間を押さえて嘆息するリリベルに、レヴィアスは愉しげな笑い声を上げた。

「――ああ、聖王宮が見えてきたぞ」

　彼の声に顔を上げると、緑の木立の合間から立ち並ぶ塔が見えてきた。聖王宮は神殿よりも高台にあるようだ。一番高い塔の上に、聖王旗がひるがえっている。遠目ではっきりとは見えないが、図案化した波と海竜をあしらった紋章が描かれているはずだ。

　聖王宮の周囲は、大神殿とは違って人影はまばらだった。

「……巡礼者はこちらへは来ないのね」

左右対称に低い生け垣や花壇で美しい文様が作られた庭園の中心を、王宮に向かってまっすぐに道が伸びている。ゆるい坂道になっていて、まるで絵画のように美しい。

「拝むものも別にないからな」

ふざけたように笑うレヴィアスに肩をすくめる。階段が左右についたテラスの前で馬車は止まった。円形の馬車回しの中央には、イルカや人魚の彫刻をあしらった大きな噴水がある。

彼の手を借りて馬車から下りる。ぐるりと周囲を見回してリリベルは感嘆の吐息を洩らした。

「なんて美しいのかしら……！」

城の左右には円錐形《えんすいけい》の塔があり、金箔《きんぱく》で葺《ふ》かれた瓦が陽光にまばゆくきらめいている。規則正しく並んだ窓枠も金色だ。地階部分は広い回廊になっていて、大理石の円柱が規則正しい影を投げかけている。柱には蔓薔薇《つるばら》が巻きつき、やや緑がかった白い花がこぼれんばかりに咲いている。

「意外とこぢんまりとしているだろう？」

くすりとレヴィアスが笑う。遠慮がちにリリベルは頷いた。確かに、思っていたよりは小さな宮殿だ。規模だけならラドニアの王宮のほうが大きいかもしれない。

「大神殿島《タルカロン》は小さな島で、巡礼者や交易商人を除けば人口も少ない。これくらいでちょうどいいのさ」

確かに、面積だけなら大神殿島《タルカロン》は四王国それぞれの本島の四分の一くらいしかない。しかも極端な三日月形をしていて、海を抱え込んだような格好になっているのだ。

周りを見回していると、テラスから数人の女官が下りてきた。リリベルの前でうやうやしく身をかがめる。

「ようこそいらっしゃいました、リリベル姫。わたくしはこの宮殿の女官長メアルゥと申します。姫様のご案内をさせていただきます」

「どうぞよろしく」

「では、こちらへどうぞ」

促されて階段を上り始めたリリベルは、レヴィアスが付いてこないことに気付いて足を止めた。

「……あなたはいらっしゃらないの？」

「俺はここまでだ」

あっさり言われて目を瞠る。急に心細くなって、手すりから身を乗り出す。彼は苦笑してリリベルを見上げた。

「何も心配することはない。メアルゥ殿は優しいから。なぁ？」

女官長はそつない微笑を浮かべて会釈した。

「快適にご滞在いただけるよう精一杯努めますわ、コラリオン伯」

ふたたび女官長に促され、リリベルは階段を上った。入り口で振り向くと、彼はテラスの下でにこやかに手を振った。小さく手を振り返し、リリベルは思い切って宮殿のなかへ足を踏み入れた。

広々とした廊下を緊張しながら進む。肩ごしに振り向いてメアルゥが微笑んだ。

「コラリオン伯は王宮にお部屋を賜っておられますから、またお会いになる機会もあるかと思いますよ」

リリベルはホッとした。知らない人に取り囲まれてたった一人という状況は、ほとんどこれが初めてだ。いつも家族の誰かか、心安い侍女が一緒にいてくれた。

入り口から真っ直《ま》ぐ《す》進むと、中庭に出た。そこは沈床庭園《サンクンガーデン》になっていて、屋根の付いた渡り廊下が十字型に設置されている。中庭を過ぎるとパッと視界が開けた。

「まぁ……！」

思わず声を上げる。そこは表側の渡り廊下と同様の吹き抜けになっていて、目の前には吸い込まれそうな紺碧の海と、それを抱くように両側から延びる白い崖が遥かに見渡せた。

メアルゥも足を止め、リリベルの傍らで微笑んだ。

「素晴らしい眺めでございましょう？」

「ええ。本当に……凄いわ……！」

「この絶景を眺められるのはここだけなのですよ。大神殿はずっと低い位置にありますから、見上げる格好になります。――ほら、あそこが大神殿の最奥殿です」

指さされて見下ろすと、右手のずっと下のほうに白い階段状のテラスが見えた。周りは真っ白な砂浜で、崖に沿ってぐるりと続いている。

「最奥殿からは、ちょうどあの海への出入り口が正面に見えるんです」

女官長は切り立った断崖に囲まれた細い通路を指さした。

「あそこで外海と繋がっているのね」

ここは天然の入り江なのだ。それにしても、なんと美しい入り江だろう。真っ白な砂浜に打ち寄せるエメラルドグリーンの穏やかな波。切り立った真っ白な断崖が吹きつける海風をやわらげ、波音も静かで、まるで別天地のよう。

「……浜辺には下りられるのかしら」

「階段がございますが、かなり下りますのでけっこう大変でございますよ」

「後で行ってみたいわ。……かまわないかしら？」

「もちろんでございます。後ほどご案内いたしましょう」

メアルゥは微笑み、身振りで先を促した。

「まずは聖王猊下にご挨拶を。それからお部屋へご案内いたします」

「このまま？　大丈夫かしら……」

それなりの支度はしてきたが、いきなり謁見とは思わなかった。メアルゥはにっこりと頷いた。

「お美しゅうございますよ。本日はほんの顔合わせでございますし。とりあえずご無事に到着されたことをご自身で確かめたいと猊下が仰せになられまして、執務室へご案内いたします。明日、改めて面会の時間をお取りする予定となっております」

リリベルは頷いて彼女の後に従った。聖王ヨシュアとはどんな人物なのだろうか。

（お若い方なのよね。確かまだ二十代のはず）

回廊の端まで行って角を曲がり、また廊下を進んだ。とある大扉の前でメアルゥは足を止めた。扉の前には制服姿の衛兵がふたり立っていた。扉の高さは衛兵の身長の倍以上ある。

「ラドニアの姫君、リリベル様をお連れしました」

メアルゥが告げると、衛兵は頷き、左右それぞれの扉を同時に開いた。扉の向こうには膝丈の濃紺の上着に飾り気のない白いジレを合わせた壮年の侍従が待ち受けていて、恭しく一礼した。どうやら聖王宮では濃紺と白の組み合わせが使用人のお仕着せのようだ。

「お待ちしておりました、リリベル姫。さ、どうぞこちらへ」

小さめの居間くらいある控えの間を通り抜け、両開きの立派な扉をノックする。

「猊下。リリベル姫がいらっしゃいました」

「入りなさい」

張りのある涼やかな声が応え、扉が内側からサッと開かれる。扉を開けたふたりの侍従が頭を垂れた。その向こうに大きな執務机があり、部屋の主がちょうど立ち上がったところだった。

彼は悠然とリリベルに歩み寄り、嬉しそうに微笑んだ。

「やぁ、お待ちしていました」

それは二十代前半の、とても美しい青年だった。金糸のような髪をうなじで軽く束ね、さっき見た入り江のようなごく薄い青緑の瞳をしている。にこ、と人懐っこく笑いかけられると反射的に口許がゆるんでしまう。

リリベルはハッとして、急いで膝を折った。

「お初にお目にかかります。ラドニアの王女リリベルと申します。このたびはご尊顔を拝し……」

「ああ、そんな堅苦しい挨拶は抜きにして、こちらへどうぞ」

にこにこしながら応接用の椅子とテーブルが置かれた一角に導かれる。

「航海は順調だったかい？」

「はい、猊下。海竜神様《レヴィヤタン》のご加護のおかげです」

そういうと聖王はふふっと笑った。聖王ヨシュア。タイプはまったく異なるが、レヴィアス卿と張るくらい、人並み外れて美しい青年だ。なんとなく超然とした人物を想像していたので、思いがけない気さくな雰囲気にたじろいでしまう。

「本当は、一晩ゆっくり休んでもらって、落ち着いてから会う予定だったんだけど、彼のお気に入り

になった。

聖王ヨシュアはまるで無邪気な少年のような澄んだ瞳でじっとリリベルを見つめ、にっこりと笑顔

ずいぶん親しげだが考えてみれば当然かもしれない。聖王は唯一、海竜神《レヴィヤタン》と会える人間なのだから。

（彼？　もしかして海竜神《レヴィヤタン》のことかしら）

の姫君と早く会いたくてね」

「思ったとおり、綺麗な人だ。彼が気に入るのも当然だね」

「……恐れ入ります」

衒《てら》いもない言葉に頬を染めて会釈する。聖王は上機嫌に頷くと、ほんの少し眉根を寄せた。

「ゆっくり話をしたいけど、少し仕事が詰まっていてね。明日、きちんと時間を取ってあるから、今日は身体を休めてくつろいでくれたまえ」

「ありがとうございます」

「要望があれば、なんでも遠慮なくメアルゥに言いなさい。遠慮なく、ね」

はい、とリリベルは頷いた。

「あの、さっきお願いしてしまったんですが、下の浜辺に下りてもかまいませんか」

「もちろん。誰もいない、静かなところだから散策するにはもってこいだよ。ただし、階段を上がって戻ってくるのもけっこう大変だからね」

真顔でメアルゥと同じことを言われ、リリベルは笑って頷いた。

立ち上がってお辞儀《カーツイー》をし、笑顔で送り出される。ふたたびメアルゥの案内で階段を上り、滞在用の部屋へ導かれる。部屋の窓からは先ほどの絶景に加え、白い断崖の向こうの外海も眺められた。

窓の下は浜辺までほぼ垂直の絶壁で、覗き込むと眩暈《めまい》がした。転落防止のためか、窓枠は高めに作られている。胸のすぐ下辺りにくるので窓辺に腕を乗せて海を眺めるには最適だ。

部屋にはすでに持参した長持が運び込まれていた。

「足りないものがございましたらお申しつけください」

「ありがとう」

「昼食はいかがなさいますか」

「そうね。もう少し後でいただくわ。何か飲み物をいただけるかしら」

「果汁を絞ったものをお持ちいたします」

メアルゥと女官たちが一礼して下がる。ふぅと息をついてリリベルは窓辺にもたれた。

「綺麗ね……」

紺碧の海に青い空、白い断崖。まばゆい陽光と爽やかな潮風。あまりに美しすぎて、自分がなんのためにここに連れてこられたのか、忘れてしまいそう。

「……そのときまでは、忘れていてもいいわよね」

そう、今はただ、この絶景を楽しもう。

コンコン、とノックの音がした。女官が飲み物を運んできてくれたのだと思って応じたリリベルは、扉を開けて入ってきた人物を見て目を見張った。

「アレータ!?」

それはレヴィアスの船でリリベルの世話をしてくれた少女だったのだ。グラスや水差しの載った大きな銀盆を掲げ、アレータはにっこりした。

「こんにちは、リリベル様。またよろしくお願いしますね」

「また……って、あなたが付いてくれるの？」

「はい！ 引き続き、姫様のお世話をさせていただきます」

盆をテーブルに置き、ぺこりとアレータは頭を下げた。彼女は船にいたときと同じ、セーラー襟の付いた袖なしのテイルコートにキュロット、ボーダー柄の長靴下、バックル靴という、ちょっと独特の格好のままだ。船にいたときは三つ編みのお下げにしていたが、今はほどいて後頭部にリボンをつけている。

アレータは果汁の入った水差しを取り上げ、グラスに注いだ。

「姫様、喉渇いたでしょう？ どうぞ、ブラッドオレンジのジュースです。酸っぱすぎるようでしたら、蜂蜜を入れてくださいね。こっちは、ライムとレモンの入ったお水です。お口直しにどうぞ」

にこにこと言われ、席に着いたリリベルは予備のグラスを手にとった。

「とても美味しそうね。アレータも一緒にいただきましょうよ」

「えっ、でも……」

「いいのよ。またあなたに会えて、すごく嬉しいの」

「あっ、姫様、あたしやります」

いいから、とリリベルは手ずからグラスに果汁を注いだ。アレータは恐縮しつつにこにことグラスを受け取った。

「それじゃ、かんぱーい、って違うか」

ぺろりと舌を出すアレータに笑いながらグラスを傾ける。

「うん！　美味しい」

搾りたての新鮮な果汁は、甘みと酸味がほどよい加減でとても美味しい。

「……ねぇ、アレータ。レヴィアス卿は王宮にお部屋をもらっているそうだけど」

「はい。聖王様がお住まいの翼棟の一角にいくつかお部屋を賜っています」

「聖王猊下の私兵……って言ってたけど。身辺警護をしてるってこと？」

「いえ、それは四王国から派遣された騎士が交替でしています。ご主人様は、聖王猊下の私的《プライベート》なお使いをしてるんです」

まじめな顔でアレータは言った。

「私的……というのは、政治とか宗教とかとは無関係なこと、って意味？」

「はい。言ってみれば雑用ですね」

「……わたしの迎えは雑用だったの」

思わず呟くと、アレータは目を丸くしてバタバタ手を振った。

「あっ、違います！　姫様のお迎えはとっても大事なことで、とても他の者には頼めないくらい大事なことだからご主人様に頼んだんですよ！」

リリベルは苦笑して頷いた。

「ごめんなさい、ひがんだわけじゃないのよ。——そういえば、今回のことは大神殿を通してないってレヴィアス卿が言ってたわ」

「そうです、そういうことなんです」

こくこくとアレータは焦り顔で頷いた。

（海竜神《レヴイヤタン》が生贄を要求したことを、大神殿は知らない……ってことなのよね。生贄なんて、ずいぶん重大事じゃないかと思うけど……）

正直、そのへんがよく分からない。明日、ゆっくり話す時間をとってくれているそうだから、そのときに訊いてみよう。

その後しばらくするとメアルゥがやってきて、そろそろ昼食はいかがかと尋ねた。お腹《なか》も空いてきたので運んでもらい、魚介類の旨味《うまみ》たっぷりのリゾットをいただいた。その後、アレータと一緒に下の浜辺を散歩した。

なんと、絶壁の内部をくり抜くかたちで下まで降りる階段が作られていたのだ。明かり取りの窓が一定間隔に開けられ、踊り場にはベンチが置かれて景色が眺められるようになっている。

確かに上り下りはけっこう大変だったが、途中で休めたのでそんなに疲れなかった。とはいえ船で四日を過ごした後でもあり、上陸してホッとしたのか、湯浴《ゆあ》みを済ませると眠くなってしまった。

疲れているだろうから、との配慮で晩餐会の類もなく、自室でアレータの給仕でゆったりと食事をし、床に就くとあっというまにリリベルは眠りに引き込まれた。

翌朝、かつてないほど爽快に目覚め、リリベルは苦笑した。

（わたしって本当、度胸だけはあるみたいね）

生贄にされるというのに、夢も見ずに熟睡できるのだから。

入り江を見下ろすバルコニーで朝食を取っていると、居室の扉がノックされた。応対に出たアレー夕が戻ってきて、レヴィアス卿の来訪を告げた。部屋着姿だが、人と会えない格好でもない。お通しして、と応えるとほとんど間髪入れずにレヴィアスが現れ、リリベルは呆れた。

「不躾な人ね。許可を得る前に入らないでほしいわ」

「ちゃんと扉の外にいたぞ。姫が通せと言っているのが聞こえたんで入ってきた」

「よいお耳ですこと」

レヴィアスは向かいの椅子に勝手に腰を下ろし、葡萄《ぶどう》を摘んで口に放り込んだ。

「うん、美味《うま》い」

いちいちたしなめるのも馬鹿らしくなって、リリベルは肩をすくめた。

「ずいぶんと早いお出ましね。何かご用？」

「姫が寂しがっているだろうと思ってな」

顎下をちょんと突つかれ、リリベルは赤面した。

「あなた、ちょっと自信過剰じゃなくて？」

「かもな」

レヴィアスはニヤリとした。本当に、彼は不埒で不遜で不届きだ。なのに何故だか嫌いになれない。彼に翻弄されることを、どこかで楽しんでいるのかも。突風に髪を乱されるみたいに。その風が、笑ってしまうほど爽快だから。

彼はまたひとつ葡萄を口に放り込んだ。皮も種もかまわず豪快に咀嚼《そしゃく》し、呑《の》み込《こ》んでしまう。それが下品に見えないのがすごく不思議だった。単に美男子だからというだけでなく、悠然としていながら幼い子どものように彼は無邪気だ。

感心して眺めているとレヴィアスが首を傾げた。

「何見てるんだ？」

「美味しそうに食べるなぁと思って」

「うん、美味いぞ。姫も食え」

レヴィアスは枝からむしり取った葡萄を一粒、リリベルの唇に押し付けた。反射的に口を開けてしまい、うろたえる。さすがに彼のようにバリバリやるわけにもいかず、品よく歯で扱《しご》いて、皮と種をそっと小皿に出した。

「正直に言え。実は俺に見とれていたんだろう。何せ俺は姫好みの佳《よ》い男だからな」

「本当に自信過剰ね……！」

ニヤニヤする男を赤くなって睨む。

アレータがグラスに注いだレモン水を飲み、一息ついてレヴィアスは突然言い出した。

「食べ終わったら着替えろ。動きやすい服装のほうがいいな」

「どうして？　どこか行くの？」

「大神殿に参拝したいんだろう？」

「連れてってくれるの⁉」

思わず身を乗り出すと、レヴィアスは長い脚を組み直して頷いた。

「午後三時ごろから聖王との謁見が組まれている。謁見といってもそんな畏《かしこ》まったものじゃなく、まぁ、茶話会みたいなものだな。聖王の連れ合いも同席する」

「連れ合いって……、王妃様でしょう？」

気安い口調にリリベルは呆れた。まったくこの男は、権威というものに少しも畏敬の念を抱かないのだろうか。

「まぁ、そうだな。大丈夫、そんな気取った女じゃないから。姫とも気が合うと思うぞ。その後の晩餐も一緒に摂る予定になっている」

「晩餐には他にも誰か来るの？」

「いや。ごく内輪の者だけだ」

あっさり言ってレヴィアスは立ち上がった。

「支度ができたら降りてこい。ああ、急がなくていいからな。——アレータ」

「はい、ご主人様」

万事心得ています、と少女はにっこり笑って膝を折る。頷いたレヴィアスはリリベルにニヤッと笑いかけて部屋を出ていった。

朝食はほとんど食べ終えていたので、すぐに身支度に取りかかった。アレータは見たことのない気軽な感じのドレスを持ってきて広げた。

「これなんてどうですか？　生地は麻と木綿だから涼しいですし、可愛くて姫様によく似合うと思います」

「どうしたの、それ」

ラッパ型に広がった袖が付いた白いドレスで、袖口やスクエアカットの襟元には赤い糸で刺繍が施してある。スカート部分はたっぷりと襞《ひだ》を取り、短めの裾にはコットンレースが三段飾りにあしらわれていた。

「ご主人様の差し入れです」

「レヴィアス卿の？」

まじまじ見ていると、アレータがしょんぼりと眉を垂れた。

「お気に召しませんか……？」

「えっ？　いいえ、そんなことないわ。すごく可愛いわね。それにしましょう」

アレータは張り切って着付けにかかった。中には袖無しの麻のシュミーズを着て薄手のコルセットを締める。背中の編み上げリボンで身頃を調整し、うなじで蝶々《ちょうちょう》結びにした。首元には巡礼の数珠をかける。参拝には欠かせない。ピンクの珊瑚だから白いドレスにもよく合った。

「お履物はこちらをどうぞ」

差し出されたのは皮のサンダルだった。ブーツ型で足首まである。踵《かかと》は低めで歩きやすそうだ。スツールに座って履かせてもらう。

「サンダルを履くのは子どもの頃以来だわ」

「ラドニアは北にありますものね。大神殿島《タルカロン》より南ではよくサンダルを履くんです。南のヒュドリアなんか、ほとんど一年中サンダルです」

「ヒュドリアに行ったことあるの？」

「はい。とっても暑いんですよ。南の大陸から乾燥した熱風が吹くので。――はい、できました。きつくないですか？」

足首を動かしてみて、大丈夫と頷いて立ち上がる。アレータはさらに、フード付きの軽いマントを持ってきてリリベルに着せ掛けた。

「けっこう陽射しがきついので、外ではフードをかぶってくださいね。これ、絹でできてますから、日焼け防止になりますし、日なたは暑くても陰に入ると風が意外と冷たいので」

「ええ、ありがとう」

アレータの案内で階下に下りる。昨日とは別の順路で、中庭は通らなかった。正面玄関のテラスの下には、すでに馬車が横付けされていた。二人乗りの、前が開いているタイプの馬車だ。

外に出ると、テラスの手すりに軽くもたれて女官長のメアルゥと何か喋《しゃべ》っていたレヴィアスが身を起こして微笑んだ。

「よく似合ってる」

「……ありがとう」

かすかに頬を赤らめ、リリベルは差し出された彼の手を取った。

「時間までには戻る」

「いってらっしゃいませ」

恭しくメアルゥとアレータがお辞儀をする。階段を下り、リリベルに続いてレヴィアスが馬車に乗り込もうとすると、テラスの上からアレータの声がした。

「あのっ、ご主人様……」

リリベルの位置からは馬車の屋根が邪魔で姿が見えないが、アレータの声はなんだか恥ずかしそうな、焦ったような響きをおびている。レヴィアスはテラスを見上げて苦笑した。

「わかってるよ」

並んで座席に座ったレヴィアスが足元の扉を閉じると馬車は走り出した。扉は膝くらいの高さなので、正面から涼しい風が吹きつける。ほんのりと甘い花の香りがした。

「アレータ、どうかしたの？」

「別に」

くすりとレヴィアスは笑う。リリベルは肩をすくめ、美しい左右対称《シンメトリー》を描く城の前庭を眺めた。何人か庭師らしき姿がある。

馬車は城門を出ると、軽快に走り出した。ゆるやかな坂道を下りながらリリベルは傍らのレヴィアスにちらっと目を遣った。

二人乗りの馬車は、すごく距離が近くてドキドキする。開放的な馬車だから気づまりではなかったが、黒髪を風に揺らすレヴィアスの横顔にはなんともいえない爽やかな色香が感じられ、知らず知らず頬が赤らんでしまう。

視線に気付いたレヴィアスが悪戯《いたずら》っぽく笑う。またふざけた言葉でからかわれるかと思ったが、彼は黙ってリリベルを見つめている。

「……何？」

「可愛いと思ってな」

「ええ、とっても可愛いドレスよね」

衒いもない言葉にどぎまぎしてしまい、わざと曲解してみせる。レヴィアスは少し姿勢を変えてしげしげとリリベルを眺めた。

「どんな服でも姫は可愛いが、俺の選んだドレスを着ているととりわけ可愛く見えるぞ」

「あ……ありがとう……」

何かもう、どう返していいのかわからなくなった。やけに上機嫌に見つめられ、気恥ずかしくてリリベルは目を泳がせた。

「こ、この島って変わった形をしてるわね」

なんでもいいから気まずさを解消しようと話しかける。

「そうだな。昔は丸かったのが、海竜神《レヴィヤタン》に噛みつかれて穴が空いたのだと言われてる」

「そうなの？」

「さぁて、どうだろうな」

レヴィアスはニヤリとした。

「王宮の下に静かな入り江があるだろう？」

「昨日、アレータと一緒に浜辺を歩いたわ。とても静かで、美しくて……、まるで別世界のようだった」

「あそこが大神殿島《タルカロン》の、いわゆる『聖域』だ」

「えっ⁉　じゃあ、入ってはいけなかった⁉」

「聖王にいいって言われたんだろう？」

よかった、とリリベルはホッと溜息をついた。

「……そういえば、大神殿の最奥殿も、あの入り江に面してるのよね？」

昨日、歩いてみてわかったのだが、砂浜があるのはちょうど王宮の下あたりだけだった。他は崖が海にそのまま没しているので、裏から大神殿へ歩いていくことはできない。最奥殿は階段状のテラスがそのまま水の中へ続いている。

「大神殿に詣でたら、あれを逆方向から見られるのかしら？　あの入り江の入り口が正面に見えるってメアルゥが言ってたけど……。きっとすごく綺麗なんでしょうね」

「拝殿からは見えるのは、崖の隙間と外海だけだ。最奥殿は奥殿よりもかなり低い位置にある」

「そうなの？」

「聖王宮よりはずっと低いが、大神殿もやはり崖の際に背を向けるかたちで建ってる。いや、そっちが本当の正面か。神が来る方角だから」

なるほど、とリリベルは頷いた。

「最奥殿には入ることはできないの？」

「一応、入れるのは神官長と聖王のみということになってるな」

残念だが仕方がない。あの美しい入り江が、真っ白な断崖の間から外海へ続く光景は、さぞかし綺麗だろうに。

「ヨシュアを連れてくればよかったな。聖王の連れなら、大神官長も文句は言えまい」

「あなたね……、聖王猊下に対し、連れてくるとか言うのはどうかと思うわよ。まさか面と向かってもそんな口のききかたしてるの？」

「古い知り合いだからな」

「古いって……、どれくらい？」

「ヨシュアが赤子の頃から」

「……いったいどういう知り合いなのよ……」

はぁ、とリリベルは眉間を押さえた。財宝探索人《トレジャーハンター》上がりのにわか貴族と千年以上続くと言われる聖王家に繋がりがあるとは思えないのだが。

（ひょっとして、意外と旧家の出なのかしら）

貴族階級に生まれても、跡取りでなければ爵位は継げない。形式的に兄の家臣となるのが通例だが、親兄弟に指図されるのを嫌って飛び出す者も少なくないと聞く。彼もそうなのだろうか。

（おとなしく指示に従う人とも思えないし）

それなら彼が一見無頼漢のようでありながらすっきりとした気品を漂わせていることにも納得がいく。

リリベルがそんなことを想像している間、レヴィアスは何やら真剣に考え込んでいた。

「大神殿の屋根に上れば見えるよな……」

「え、何が？」

「入り江の入り口だ。海面が見たいんだろう？　大神殿の屋根からならよく見えるぞ」

きょとんとしたリリベルは、まじめくさったレヴィアスの顔に思わず噴き出した。

「冗談でしょう⁉　あなたならやりかねないけど」

「本気さ。姫をおんぶして上ってやる」

悪巧みの相談でもするようなひそめた声に、リリベルは笑いながら手を振った。

「すごく楽しそうだけど遠慮しておく。いくら聖王猊下と親しくたって、悪ふざけが過ぎるわ。神官たちがカンカンになって、二度と神殿に足を踏み入れられなくなるわよ」

「別にかまわんさ。さしておもしろいところでもないしな」

リリベルは溜息をついた。

「あなたみたいに罰当たりな人、見たことないわ。大言壮語は聞き流してくれるよう海竜神《レヴィヤタン》によくよ

く お願いしておいてあげる」

「俺はできることしか口にしないぞ。——ふむ、まぁいいか。姫自らお目溢《めこぼ》しを頼んでくれるんだからな」

ニヤニヤされてリリベルは首を傾げた。どういう意味だろう？　問《と》い質《ただ》す前に男が前方を指さした。

「ほら、大神殿が見えてきたぞ」

まだ比較的早い時間帯だが、すでに巡礼者でごったがえしている。

「昨日よりすごくない？」

「大きな巡礼船が着いたんだろう。団体で巡礼に来るんだ」

「費用を積み立てて、船を借りるんでしょう？　団体のほうが船賃だけでなく宿泊費や食事代も割引になるのよね」

「よく知ってるな」

感心されて少し得意になる。

「ラドニアでもそういう団体客が増えてるの。国内の島なら定期便もあるけど、王国間の航海は交易船か、貴族やお金持ちの私船に乗せてもらうしかないわ。交易船では荷物同然の扱いですごく大変なんですって。私船はかなりのお金を払わないとなかなか同乗させてもらえないの」

「お姫様は庶民のことなど関心がないと思ってたよ」

「国民の大部分は庶民だもの。王族や貴族は、いざというとき身命を賭して庶民を守るからこそ、彼らに支えられて贅沢《ぜいたく》な暮らしができるのだ、って、いつもお父様が仰っているわ」

「ラドニア王は善い国王だな」

父を褒められ、嬉しくなってニコニコしていると、ふっとレヴィアスが手を伸ばしてリリベルの頭を撫でた。

「な、何⁉」

「姫もいい子だ」

「わ、わたしは子どもじゃないわよ。もう十八なんだから」

赤くなって、リリベルは男の手を押しやった。気恥ずかしいが、レヴィアスに褒められるのは悪い気分ではない。

混雑で馬車はのろのろとしか進まない。

「ねぇ、降りて歩かない？　そのほうが早そうだわ」

「いいのか？」

「大丈夫よ。アレータがサンダルを履かせてくれたの」

裾を引いて爪先をちょっと見せる。

「これもあなたが用意してくれたの？」

「まぁな」

「ありがとう。これ、踵《かかと》が低いから歩きやすいと思うわ。わたし、ラドニアではよく王宮から港までぶらぶら歩いてたの」

「じゃあ、降りるか」

レヴィアスは御者に命じて馬車を停《と》めさせ、リリベルの手を取って降ろした。待ち合わせ場所を決めると、ふたりは巡礼者に混じって歩道を歩きだした。

人の流れに沿って歩くうちに神殿の前までやってきた。立ち並ぶ円柱は見事な白大理石で、大人が抱きついても腕が廻らないくらい太い。柱頭や、その上の帯状部分《フリーズ》、屋根との間の三角形《タンパン》には美しく精緻な彫刻が施されている。

波間で戯れる人魚やイルカ、海蛇、翼の生えた小型の海竜、様々な種類の魚や貝類。ラドニアの神殿はわりとシンプルな造りで、ここまで凝った装飾は施されていない。さすが大神殿は違うわ、と感心して見上げていると、レヴィアスが苦笑した。

「適当にしとけ、首が痛くなるぞ」

「あっ、そうね」

気を取り直して階段を上る。広い階段には参拝を終えた巡礼者たちが大勢座っていた。神殿の中は涼しい風が吹き抜け、強い陽射しで浮かんだ汗がすっと引いた。ほっと息をついてリリベルはかぶっていたフードを外した。

外周の円柱は純白の大理石だったが、内部の柱は赤瑪瑙《レッドアゲート》や瑠璃《ラピスラズリ》が用いられた一層豪華なものだ。神像が安置された奥殿へ続く床は半貴石をふんだんに用いたモザイクで、逆巻く波濤《はとう》と大海蛇を始めとする海竜神《レヴィヤタン》の眷属たちが描かれている。

「なんだか踏むのが畏れ多いわ……」

リリベルは少し爪先立ちになってそろそろと歩いたが、不敬なレヴィアスはずんずん進み、振り向いてニヤリとした。

「踏んづけるのがいやなら抱っこしてやろうか」

軽口を叩く男を軽く睨み付ける。リリベルはつんと顎を反らし、ふつうに歩いて男に追いついた。

それからは並んで歩いて奥へ進んだ。

奥殿へ入ったリリベルは思わず感嘆の声を上げた。

「すごい……！」

そこには身をくねらせる巨大な海竜の彫像が安置されていた。床に置いてあるのではなく、海を模したプールのなかから現れた様子を表わしている。今にも動き出しそうな、躍動感と迫力にあふれている。

それより何より驚いたのは、その像がリリベルがかつて一度だけ見た海竜神《レヴィヤタン》の姿にそっくりなことだった。

「すごいわ！　わたしが見た海竜神《レヴィヤタン》にそっくりよ」

「これは何百年か前の聖王が自ら鑿《のみ》を振るったものだ。完成させるのに全生涯を費やした」

「実際にその目で見たのね……。わかる気がする」

リリベルは神像に向かって手を伸ばした。むろん届きはしない。海竜神《レヴィヤタン》は頭部を下げてはいるが、ずっと高いところにあるし、水盤で隔てられている。

八年前もこうして手を伸ばした。海竜神《レヴィヤタン》は頭を下げ、リリベルに触れさせてくれた。すべすべして冷たく、それでいてほんのりと温かな不思議な手触りが指先によみがえる。

『おまえ、我が怖くはないのか』

頭のなかに響いた、どこかとまどったような声。

『怖いわ。……でも、綺麗』

リリベルがそう答えると、海竜神《レヴィヤタン》は嬉しそうに笑って人の身に変化した。美しい『王子様』に。

もしかしたら海竜神《レヴィヤタン》は、見る人によってその姿を変えるのかもしれない。恐怖に震える者には、その恐怖にふさわしい、恐ろしい姿に。美しいと感嘆すれば、その人にとって魅惑的な美の化身に。

この像を造った聖王も、彼のことをとても美しいと思ったに違いない。そして海竜神《レヴィヤタン》は彼を慈しんだに違いない。

「……すごく、優しい目をしてる」

神像の目は黄金で造られており、銀線で瞳孔が表現されていた。

奥殿は、神像の背面、入り江に面した部分が海竜神《レヴィヤタン》の眷属を表わした人物像で天井を支える吹き抜きになっていて陽光が差し込んでいる。よって神像は参拝者からは逆光になってしまうのだが、反対側の天窓から光が差し込んでいるため、海竜神《レヴィヤタン》の姿は神々しく浮き上がって見えるのだ。

光を受けてキラキラと輝く瞳はことのほか美しく穏やかで、慈愛に満ちているように思えた。

それを見ているとどうしても『王子様』を思い出してしまい、リリベルは泣きたくなった。

嬉しそうに自分を見つめた、燐光を帯びた黒い瞳。星空のように光が瞬いていた。

「――おい、どうしたんだ？」

レヴィアスの焦った声で、自分が涙を流していることにリリベルは気付いた。

「なんでもないわ」

急いで涙をぬぐい、にっこりと笑う。彼に涙は見せたくない。

「わたしが出会ったのはやっぱり海竜神《レヴィヤタン》だったんだ、って納得したら、改めて感動しちゃった」

「そんなありがたがるものでもないだろう」

困ったようにレヴィアスが眉根を寄せる。

「あなたみたいな不心得者にはわからないわよ」

わざとツンとしてそっぽを向くとレヴィアスは苦笑した。照れくさくなって、リリベルは水盤の縁に沿って歩きだした。

覗き込むとコインがたくさん投げ込まれている。貨幣の価値はロズメール海全体で統一されているが、意匠は国それぞれだ。その国の王の名前と横顔が彫られているので、いつ頃どこで鋳造されたものなのか一目でわかる。

ちなみに貨幣鋳造権があるのは四王国の国王と聖王だけで、聖王の貨幣は大神殿島《タルカロン》でしか使えない。国外への持ち出しは禁止されているのだが、記念品としてこっそり持ち帰る者も多い。見つかれば没収され、各国の神殿を通して大神殿島《タルカロン》に戻ってくることになっている。

リリベルは飾りベルトで腰に下げていた小物入れから金貨を取り出し、そっと投げ入れた。父の横顔と名前の刻まれた金貨だ。国から持参した長持に家族はけっこうなお金も入れてくれていた。

この際、全部寄進してしまえとあるったけの金貨銀貨を投入すると、気前がいいなとレヴィアスが口笛を吹いた。

周りを歩くうち、どこからかカランカランと鐘の音が聞こえてきた。

「おっ、時間だ。下がらないと濡《ぬ》れるぞ」

レヴィアスに手を引かれ、わけがわからないまま柱の陰に隠れる。と、いきなり水盤の上から大量の水が降り注ぎ、盛大に水しぶきを上げた。悲鳴や歓声が上がる。

「びっくりした……！」

「一時間に一度、自動で水が落ちる仕掛けになってるんだ。うかうかしてるとびしょ濡れになる」

その場に居合わせた参拝者の中には、それを知らずにすぶ濡れになった人もいた。みんな楽しそうに笑っているところをみると、わざとかぶったのかもしれない。

水位が上がり、あふれた水が神像のしっぽに沿って造られた水路を通ってザーザーと流れ出てゆく。水路は背面の壁に造られた巨大な両開きの扉の向こうに続いていた。

「あの向こうが最奥殿だ。長い階段になってる」

レヴィアスの説明に頷き、リリベルは昨日砂浜から見た、水の中へ続く白いテラスを思い浮かべた。

「ひょっとして……、この壁と扉は、あの白い断崖と、その間の通路を表わしているのかしら」

ニヤリとレヴィアスが笑う。

「正解。年に二回、春分と秋分の夜明けに扉が開かれて、まっすぐ射《さ》し込《こ》んだ朝日を鏡で反射させて神像を照らす祭儀が行なわれる。そのとき海竜神《レヴィヤタン》の咆哮《ほうこう》を聞いたものは生涯幸運に恵まれるそうだ。ま、幻聴に決まってるが」

「……あなたって……」

はぁ、と溜息をつく。言うだけ無駄だ。レヴィアスは神像の背後の壁を指の関節でコンコン叩いた。

「こんなもの、ないほうがいいと俺は思うがね。これがなければ入り江がよく見える。神官どもはもったいぶるのがよほど好きらしい」

「確かにずいぶん高い壁よね」

背伸びどころか、爪先立ちして手を伸ばしても指先が届かない。なんだか悔しくて、どうにか指先くらい出ないかしらとピョンピョン飛び跳ねていると、おもしろそうな顔で見ていたレヴィアスが耳打ちした。

「俺の肩に載れば見えるぞ」

「えっ？　――ちょ、ちょっと⁉」

いきなりひょいと抱き上げられ、肩の上に押し上げられる。

「やだ、お尻触らないでよ！」

「触ってない。押してるんだ」

ぐらぐらするのが怖くて彼の頭に無我夢中でしがみついてしまう。

「大丈夫だって、落とさないから。――どうだ？　見えるだろう？」

リリベルはこわごわと身を起こした。レヴィアスの手が腰に回され、しっかりと支えてくれている。

彼の広い肩は大人のリリベルを載せても小揺るぎもしない。手を離すのは怖いので、彼の頭に掴まったまま背筋を伸ばし、リリベルは歓声を上げた。

「わぁっ、綺麗……！」

「見えたか」

「ええ！　すごいわ……。本当にあの通路が真っ正面に来るのね」

切り立った真っ白な断崖。その間の細長い通路。入り江から外海へ続く水面は澄んだ薄い青緑から紺碧、濃紺へと、感動的なグラデーションを描いている。しばしリリベルは言葉をなくして神秘的なその光景に魅入った。

あそこから海竜神《レヴイヤタン》はこの入り江に入ってきて、しばしその身を休めるのだ。月明かりに照らされて、七色の燐光を放つ黒い鱗をきらめかせながら――。

「なっ、何をしているのですか、あなたたちは⁉」

リリベルの夢想は甲高い女性の非難の声で断ち切られた。振り向くと中年の女性神官がこめかみに青筋をたててわなわなと震えている。その後ろには見習いらしき年若い少年少女たちがモップを手にぽかんと突っ立っていた。水しぶきで濡れた床を拭きに来たらしい。

あっというまに肩から下ろされ、手を引かれて走り出す。レヴィアスは憤激する女性神官にけろりとした顔で笑いかけると奥殿から飛び出した。

「……もうっ、怒られちゃったじゃない」

「楽しかっただろう?」

レヴィアスはまるで悪びれない。リリベルはくすっと笑みを洩らした。

「ええ、とっても!」

「さて、次は参拝記念のメダルだな。気に入ったものを買ってやる」

「いいわよ、自分で出すわ。——あ」

「どうした?」

「お金……全部さっき出しちゃった……」

海竜神《レヴィヤタン》の泉のなかへ、ざらざらと。

がっくりと肩を落とすリリベルの手を、レヴィアスが笑って握りしめる。

「だから俺が買ってやるって言ってるだろう」

「でも……」

「いいから。ほら、行こう」

ふたたび手を引かれて歩きだす。彼と手を繋いでいることを意識して、リリベルは赤くなった。

(……大きな手)

リリベルの手がすっぽりと収まってしまうくらい大きくて、がっしりと武骨な手だ。リリベルを抱き上げて難なく肩に載せてくれた腕。驚くほど力強いのに、すごく優しくて。思いやってくれるその気遣いが、嬉しい。

おずおずと手を握り返すと、振り向いてレヴィアスが微笑んだ。ズキンと胸が痛む。

もしかして、本当に彼のことが好きになってしまったのだろうか。

(いいえ、これもきっと勘違いよ)

レヴィアスが『王子様』に似すぎているから、勘違いしてしまうのだ。ときどき彼が『王子様』に見えてしまう。あの屈託ない笑顔が、嬉しそうに笑った少年の顔に重なって……。

(違う。彼は『王子様』じゃない。聖王に頼まれてわたしを迎えにきただけ)

リリベルが生贄に捧げられると知っているのに、同情のかけらも示さないような人非人だ。

(いいえ! いいえ、違うわ。彼はわたしを気遣ってくれてるわ)

楽しませ、笑わせてくれる。今はそれを、素直に受け取ろう――。

大神殿の外周りは回廊になっていて、お守りや御札《おふだ》、メダル、数珠玉などがたくさん売られていた。手頃な価格のものには人だかりしているが、高級素材を使ったものはさすがにひやかしも少ない。

大神殿でしか手に入らない巡礼記念メダルは、素材も形もさまざまなものがあった。ほとんど宝飾品のように豪華なものもあって、裕福そうな参拝者が品定めしている。

造っているのは技術のある神官たちだが、売り子は市井の商人だ。宝石を多用したような複雑なものは、神官が造ったメダルを、さらに専門の宝飾職人が加工を施したものだ。

リリベルの身なりや、長さはなくても上等な珊瑚珠《さんごじゅ》ばかりを連ねた数珠を見て、お金持ちの令嬢だと見込んだ売り子は抜け目なく高価なものを勧めてきた。

「好きなものを選べ。遠慮なんてするんじゃないぞ」

そう言われて迷いながら頷くと、身を屈めたレヴィアスが耳元で悪戯っぽく囁いた。

「金ならある。なくなったらまた海底からお宝を引き上げればいい」

自信満々な言葉にリリベルは小さく噴き出した。

「そんな簡単に見つかるものなの？」

レヴィアスはニヤリとした。彼なら本当に難なく見つけ出してしまいそうだ。

「あなた、詐欺師になれるわよ」

茶化《ちゃか》してみると、彼はくっくと笑った。まったく悪童みたいだ。

「それよりほら、どれがいいんだ？　珊瑚の数珠玉に似合うやつがいいんだろう？」

「そうね……。あなたはどれがいいと思う？　シェルカメオがお勧めって、確か言ってたけど」

「シェルカメオならこちらにございますよ」

売り子が張り切って陳列台の一角を示す。そこには大小様々のシェルカメオが並べられていた。

「珊瑚やターコイズを使ったものもあります。お持ちの珊瑚の数珠にはぴったりかと」

「そうね……。でも、対比がはっきりしていたほうがいいわ」

瑪瑙のような赤茶色の地に白い海竜の浮き彫りが施されたものを選び、手にとって眺める。

「どれも素敵だけど……。やっぱり地は青っぽいほうがいいかしら」

「でしたら瑪瑙ですね。青、緑、黒などいろいろあります。黒といっても実際には濃い青で……」

目移りしてしまってなかなか決められない。元に戻ってまたシェルカメオを眺めていると、隅のほうにあった一品をレヴィアスが指さした。

「あれなんかどうだ？」

売り子に取ってもらうと、それは楕円形《だえんけい》のシェルカメオを銀細工のフレームで囲み、ターコイズを散りばめたものだった。カメオ自体はわりと小さめだが、フレームで一回り大きく見える。彫られているのは海竜神《レヴィヤタン》の横顔で、小さなものなのにその姿は堂々として力強さが感じられる。

「素敵！　これにしようかしら」

レヴィアスを見ると彼は値段も確かめずに頷いた。

「海竜神《レヴィヤタン》のご加護がありますように！」

満面の笑みを浮かべた売り子の表情から、かなり高価な逸品だったようだ。

お付けしましょう、と言われ、数珠を外して渡した。ちょうど真ん中に来るようにカメオを取り付けてもらい、首にかけ直す。

どう？　とレヴィアスを窺うと、彼は満足げに頷いた。

「よく似合ってる」

にっこりと笑まれ、リリベルは少し赤くなってそっと数珠に触れた。美しい彫刻の施された珊瑚玉の間に、こぶりのカメオがしっくりとなじんでいる。

レヴィアスが支払いを済ませるのを、少し離れてリリベルは待った。値段は聞かないことにした。何か言い合っているので心配になったが、戻ってきたレヴィアスに聞くと、ぼったくられそうになったから適正価格を教えてやったのだと、けろりと答えた。

「……さて、どこかで軽く何か食べるか。疲れただろう」

「そうでもないけど、お腹は空いたわね」

「三時からの茶話会でも軽食が出るから、あまり腹に溜《た》まらないものにしておこう」

どうせなら、お姫様が行かないような店に連れてってやる、と言われ、ドキドキしながら付いていく。連れて行かれたのはシーフードを串焼きにして売っている屋台だった。ホタテやイカ、エビ、タコ足などを串に刺して直火《じかび》で炙《あぶ》っている。

さすがに王宮では串焼きは出てこない。港で見かけたことはあるのだが、食べてみたいわと言ったらお供の侍女にとんでもないと止められた。王女たるもの焼き串を横銜《よこぐわ》えにするなんてはしたないまねをしてはなりません！　と眉を吊り上げられ、しぶしぶ諦めた。

皿に取ってもらった串焼きを、リリベルはまじまじと見つめた。

「どうした？　食べないのか」

白ワインを一口飲んで喉を潤したレヴィアスが尋ねる。彼は、リリベルのとまどった様子に、ああと頷いた。

「お姫様が大口開けてかぶりつくわけにはいかないよな。ナイフとフォークをもらってこよう。すまん、もっとお上品な店のほうがよかったか」

リリベルは目を瞠ってぷるぷるとかぶりを振った。

「ううん！　とっても美味しそうだわ。……あの、これ……、直接かじっていいのかしら」

「手本を見せてやる」

ニヤッとしてレヴィアスはおもむろに串を取り上げると、横銜えにして一番上に刺さっていたイカを銜えて滑らせた。もぐもぐ、ごっくん、と呑み込むのを、目を丸くして見ていたリリベルは早速まねして串にかじりついた。慣れないので滴る肉汁が唇や口角にべったりついてしまったが、どうにか串から外して口に入れる。

「……美味しい！」

リリベルは笑顔で目を輝かせた。

「ソースもかかってないのに、香ばしくてすっごく美味しいわ」

「捕れたてだからな。海水の塩味だけで美味いのさ」

「本当ね」

リリベルはさっそく二番目のホタテを口に入れ、ハフハフと咀嚼した。

「気をつけろよ、火傷《やけど》するぞ」

差し出されたワインを飲んで、口中を落ち着かせる。辛口のさっぱりしたワインがよく合う。レヴィアスはフォークとナイフを持ってきてくれたが、串から直接食べるのがおもしろくて、下のほうにささった具材もがんばって歯で取った。

二本目は彼の勧めでライムを絞ってみた。酸味が加わってさらに美味しい。

串焼き二本も食べるとリリベルはすっかりお腹いっぱいになってしまった。

「ああ、美味しかった」

満足の溜息をつくと、レヴィアスが手を伸ばし、リリベルの唇をぬぐった。

「汁がついてるぞ。子どもみたいだな」

笑って彼はぺろりと舐《な》める。リリベルはボフッと赤くなった。自分の唇に触れた指を、彼が口に含

んでいる。間接的にキスしたみたい……と思っただけで、心臓が飛び跳ねそうになる。

彼にとってはなんでもないことなのだろうけど。子どもみたいだと言われたし……。

子どもっぽいと思われたのは悔しいし、恥ずかしかったが、それ以上に思わぬ親密な仕種《しぐさ》にうろたえてしまう。

精一杯睨んでみても、彼は涼しい笑顔を返すだけで。余計に頬が熱くなる。

レヴィアスは空を見上げ、ちょっと目をすがめた。

「……そろそろ戻るか」

「もうそんな時間？」

まだ帰りたくない。そんな思いからすがるようにレヴィアスを見つめると、彼はなだめるようにリリベルの頬を一撫でした。

「まだ余裕はあるが、着替えたり身繕いの時間が必要だろう？　あまりバタバタするのもいやだろうしな」

「そうね……」

しゅんとリリベルは頷いた。すでに代金は支払っていたので、テーブルを離れてぶらぶら歩きだす。

相変わらず大神殿の周りは大勢の参拝者でごったがえしていた。リリベルはレヴィアスのチュニックの袖をおずおずと引いた。

「ん？　どうした」

「あの……。手……繋いでも、いい……？」

軽くレヴィアスが目を瞠り、カッと赤くなってそっぽを向く。

「ま、迷子になりそうなのよ。こんなに人が多いと」

我ながら言い訳じみていると思う。だが、彼はくすりと笑ってリリベルの手をそっと握った。

「大丈夫。姫のことは、いつでもちゃんと見てるから」

鼻の奥がツンと痛くなって、唇の裏を強く噛む。

本当に、迷子になりそうだった。心が方角を見失って……。

「──おっと。忘れるところだった」

急に彼が足を止め、リリベルは面食らった。レヴィアスはリリベルの手を引き、行き交う馬車を避けながら道路の反対側へ渡った。

「何？　どうしたの？」

「アレータに頼まれたんだ」

彼はとある屋台の前で足を止めた。甘い香り。売っているのは砂糖のかかった揚げ菓子だ。レヴィアスは店主に言って二袋買った。ひとつ摘んでリリベルに差し出す。かじってみるとサクサクとした歯触りで、思ったほど油っぽくはなかった。

「アレータは菓子が好きでな。特にこれがお気に入りなんだ」

出掛けに彼女が頼んでいたのはこれか。

待ち合わせ場所まで少し歩く。馬車に乗っても彼は手を握っていてくれた。聖王宮に帰り着くと、レヴィアスは菓子の袋をふたつとも差し出した。

「ひとつは姫にやるよ。夜中に腹が減ったときのために」

「夜にお菓子なんて食べたら太っちゃうじゃない」

「じゃ、朝にでも食え」

ニヤリとしたレヴィアスがかすかに目を細めて囁いた。

「忘れるなよ」

「え？　何」

「俺の名前。怖くなったら呼ぶんだぞ」

真摯な囁きに声が詰まる。わかったな？　と念を押され、こくりと頷いた。到着の知らせに、メアルゥとアレータが迎えに現れた。入り口で振り向くと、レヴィアスは微笑んで手を振った。かろうじて微笑み返し、リリベルは後ろ髪を引かれる思いを振り切って建物の中に入った。


レヴィアスが余裕を持って戻ってきてくれたので、身繕いには充分な時間が取れた。湯浴みして汗と埃《ほこり》を落とし、肌には薔薇油をすり込んで少し身体を休めてから身支度に取りかかった。

ラドニアから持参した水色のシャンタンシルクのドレスを着ることにした。パフスリーブの半袖や広めの襟ぐりには繊細なレースがたっぷりとあしらわれている。公式謁見のように仰々しい支度はしなくていいと言われたが、敬意を表して略式正装のレースの手袋をした。

アレータはリリベルの金髪を丁寧にブラッシングし、綺麗に結ってドレスと似た色のリボンを飾ってくれた。

頃合いを見計らって女官長のメアルゥが現れた。お辞儀するアレータに見送られて部屋を出る。案内されたのはリリベルが滞在しているのとは別の翼棟だった。

「こちらが聖王猊下のお住まいになります」

歩きながらメアルゥが説明してくれた。聖王宮は大きくわけて公務用、住居用、客の滞在用の三つの区画にわかれている。正面が公務用区画で、入り江に面した建物の左側が客人用、右側が住居だ。正面玄関に続く中庭の渡り廊下を右手に見ながら、入り江に面した回廊をまっすぐ進むと聖王とその家族が私的な時間を過ごす区画に入った。

回廊の端は階段で少し下るようになっていて、そこには入り江が見渡せるテラスが設《しつら》えられていた。崖の一部をくり抜いて、表側の庭園につながるようになっている。ちょっと洞窟《どうくつ》住居めいた、おもしろい造りのサロンだ。

いろいろな種類の観葉植物を植えたテラコッタの鉢が適度に配置され、真ん中には大きな円卓がある。そこに三人の人物がいた。

男性がひとりと女性がふたり。男性は昨日面会した聖王ヨシュアで、女性のうちひとりは彼と同じかほんの少し年上らしい、たおやかな貴婦人だった。もうひとりは十二、三歳くらいの可愛らしい少女である。

リリベルはドレスの裾を摘んで一礼した。

「お招きありがとうございます、聖王猊下」

「よく来たね」

ヨシュアは気さくに立ち上がり、リリベルの手をとって自ら席へと導いた。向かいの席に着いている女性を指し示して紹介する。

「彼女は私の連れ合いのミュリエルだ」

「初めまして、リリベル姫」

「王妃様」

膝を折ってお辞儀する。

「この子はミュリエルの妹、つまり私の義妹《ぎまい》だね。カティアという」

「こんにちは」

にこっと人懐っこく少女が笑う。リリベルも微笑み返した。

「初めまして、カティア様」

ヨシュアが椅子を引いてくれて、リリベルが座ると彼は左隣の自席に戻った。彼が頷くと、侍従が一礼して茶器類が運ばれてくる。柑橘系《かんきつけい》の香料の入ったお茶を飲みながら、しばしなごやかに歓談した。

ミュリエルは夫より三つ上の二十六歳で、おっとり気品のある美しい女性だ。カティアははきはきと明るい十二歳。末の妹なのだそうだ。まだ子どもがないせいか、聖王夫妻はカティアを娘のように可愛がっている。

しばらくすると、ミュリエルはカティアを連れて退出した。仲良く手をつないで庭のほうへ出て行くふたりを、ヨシュアは優しい笑顔で見送った。

「――さて、リリベル姫」

向き直った聖王の表情は、家族と一緒だったときとはまったく違うものに変わっていた。ドキリと鼓動が不穏に跳ねる。ヨシュアは薄青緑の透徹した瞳でリリベルをじっと見つめて尋ねた。

「覚悟はできたかね？」

一呼吸置いてリリベルは答えた。

「はい。聖王猊下」

わかっていた。彼らの示す気遣い、思いやり、優しさ――。そのすべてが、海竜神《レヴィヤタン》に呑み込まれる運命の自分に対する最後の心尽くしなのだと。

「……もう、ずっと前から決まっていたことですから」

十歳の誕生日。虚しいパーティーから抜け出して泣いていた自分の前に現れた巨大な海竜。

『何を泣いているのだ？』

彼がそう尋ねたとき、すでにリリベルの運命は決まっていた。彼の『花嫁《いけにえ》』になることが。

黙ってリリベルを見つめていたヨシュアが、軽く吐息をつく。困ったような、迷ったような顔で彼は尋ねた。

「彼を恨んでいる？」

「海竜神《レヴィヤタン》を？――いいえ。恨んではいません。ただ……」

「ただ？」

「少し……、怒ってるかも」

肩をすくめると、まじまじとリリベルを見つめていたヨシュアが、ふっと苦笑した。

「当然だね」

「それ、言ってもかまいませんよね。……食べられちゃう前に」

「もちろん、全部吐き出すといい。彼は……」

ヨシュアはふと言いよどみ、かすかに眉根を寄せて嘆息した。

「彼は、人ではないからね。人間の感情を、よく理解できないところがある。悪気がなくても誤解を招くことが、あるかもしれない」

リリベルは頷いた。そう、彼にとっては人間を『喰う』ことも、けっして悪いことではないのだろう。リリベルが大好きなエビを喜んで食べるように。

珊瑚の数珠につけたカメオを無意識に触っていると、ヨシュアが微笑んだ。

「大神殿のメダルだね」

「あ……、ええ。レヴィアス卿に買っていただいたんです。手持ちのお金は全部、神像の安置された水盤のなかに入れてしまったので」

よく考えたら、海竜神《レヴィヤタン》の生贄になるのに、海竜神《レヴィヤタン》の加護を願うメダルなんて手に入れたって意味などなかったかもしれない。リリベルはこれから彼に食われてしまうのだから。

それでも、レヴィアスとふたりでメダルを選ぶのは楽しかった。たくさん笑った。彼の肩に載って眺めた景色。すごく綺麗だった。あの景色を一緒に見たかった。白い断崖のあいだから朝日が射し込む、その瞬間を、ふたりで手を繋いで眺めることができたなら——。

「……彼は何か言っていた？」

穏やかに問われ、リリベルはハッと我に返った。

「レヴィアス卿ですか？　いいえ、特には何も……」

最後に彼が囁いた台詞《せりふ》を思い出して、リリベルは少し顔を赤らめた。

「怖かったら名を呼べ……って、言ってました」

「そう……」

ヨシュアは困ったように苦笑した。沈黙が降り、遠い波音と入り江をわたる風の音だけがかすかに響いた。

「……彼は滅多に人を欲しがらない」

ぽつりと呟いた聖王を、リリベルは面食らって見返した。

「海竜神《レヴィヤタン》様ですか？」

ヨシュアは海を見つめたまま言葉を継いだ。

「ああ。人と関わることも、滅多にない。彼はロズメール海の支配者だが、いつも気ままに泳ぎ回っている。大神殿島《タルカロン》に現れることも非常に稀《まれ》だ。彼はどこにいても、すべてを知っている。ロズメール海全体が彼自身なのだと言ってもいい」

リリベルは黙って頷いた。

「聖王のなかには生涯でほんの数回しか海竜神《レヴィヤタン》と会わなかった者も多い」

「そうなんですか……」

「私も、八年前までは一度も会ったことがなかった。生後一年の『洗礼式』で出会ってはいるのだが、覚えていなくてね」

それはそうだろう。そういえば、あの『王子様』はわたしの洗礼式のことも知っていたっけ、とリリベルは思い出した。

「だが、八年前。私が十五歳のときに彼は突然現れ、ラドニアのリリベル姫がとても気に入ったので、姫が十八になったら連れてくるようにと命じたんだ。それから彼はちょくちょくやって来るようになった」

「え……⁉　じゃあ、八年前からこのことをご存じだったんですか⁉」

驚くリリベルにヨシュアは肩をすくめた。

「彼は八年前から準備していたよ。それこそ、呆れるほど用意周到にね」

ぽかんとしたリリベルは、肩を落として嘆息した。

「……逃げられっこないですね」

「逃げたかった？」

リリベルは眉根を寄せた。

「どうでしょう……。生贄って聞いたときはショックでしたけど」

今でもそれを考えると、とても落ち着いてはいられない。でも、その運命から逃げ出したかったかと問われれば少し違う気がした。

「逃げるより、面と向かって文句言いたい気分……かしら」

結婚だなんて言うから誤解しちゃったじゃない。

わたしが食べたいなら、最初からそう言いなさいよ！

って。まっすぐ彼を見据えて言ってやるのよ。

呟くと、目を丸くした聖王が軽く噴き出すように笑った。

「彼があなたを気に入った理由がわかる気がするな……。リリベル姫、あなたにとっては災難としか思えないだろうが、彼はあなたを愛している。心の底から、ね」

聖王の言葉には真摯な響きがあって、リリベルは思いがけず胸を衝《つ》かれた。ヨシュアは穏やかに微笑んだ。

「あなたは海竜神《レヴィヤタン》の花嫁。彼の愛は文字通り海のように深い。そう、時として怖いくらいにね。あなたはきっと幸せになれるだろう」

食べられちゃうのに？　とは言い返さなかった。いくらリリベルが勝気な性分でも、聖王に対してはさすがに遠慮がある。

「だといいんですけど」

控えめに言って、リリベルはそっとカメオを握った。聖王が指を軽く振ると、離れたところに控えていた侍従が歩み寄り、ティーポットを下げる。すぐに別の侍従が淹れたての熱いポットを持って現れた。

「日陰にいると風が涼しいから、熱いお茶も悪くないだろう？」

「はい、とてもおいしいです。エキゾチックな香りがしますね」

「タイフォニアから取り寄せた東方のお茶なんだ。ミュリエルはかの国の出身でね」

「そうでしたか」

東の王国タイフォニアは四王国のなかで最も力のある国だ。昔から東方貿易で栄えている。海竜神《レヴィヤタン》の恩寵により、ラドニアの国力はタイフォニアに比肩するようになったと言われているが、実際にはまだまだだと思う。北の大陸との交易も、やっと軌道に乗り始めたばかりだ。

「タイフォニアは大国だから、やはり大神殿島《タルカロン》との結びつきも深いのでしょうね」

何気なく呟くと、ヨシュアは小さく眉根を寄せ、ためらいがちに呟いた。

「ミュリエルは、故国では死んだことになっている」

「えっ……!?」

「昔から、そういう決まりなのだよ。聖王家は四王国のいずれとも特別な縁を持たないように気をつけている」

「……ふつうとは逆なんですね」

通常、王家はどこも政略結婚が基本だ。互いに婚姻関係を結び、絆《きずな》を深め、無用な争いを避ける。だが、聖王家はあえて孤立を選んでいるのだ。

「だから彼女は各国の外交使節と会うときには素顔を見せないようにしている。たとえ家族が同席していても、それを悟られてはならない」

「それは……ちょっとせつないですね」

ヨシュアは溜息をついた。

「可哀相なことをしていると思うよ。……だから、できるかぎり大事にしたい」

ミュリエルとは当たり障りのない会話をしただけだが、彼女の夫を見るまなざしには愛情がこもっていたように思う。

聖王は表情を改め、リリベルに向き直った。

「あなたには今夜、海竜神《レヴィヤタン》の元へ赴《おもむ》いていただく」

「今夜……ですか」

リリベルは息を呑んだ。そのために連れてこられたのだとわかっていても、いざ告げられれば身体が震えてしまう。唇を噛み、テーブルの下で強く拳を握りしめると、ヨシュアが手を伸ばし、こわばる拳にそっと手を添えた。

ハッと顔を上げると、彼は意味深な微笑を浮かべて囁いた。

「こわがらないで。彼はあなたを愛しているのだから」

黙って頷いた。口を開いたら詰《なじ》ってしまいそうで……。

別れ際、いったん背を向けたリリベルは、たまらずに振り返った。

「あの……！」

「なんだい？」

聖王の穏やかな顔に、たちまち気力が萎《しぼ》んでしまう。リリベルは力なくかぶりを振った。

「いえ……、なんでもありません。失礼します」

リリベルはもう一度お辞儀をして階段を上がった。控えていたメアルゥが一礼して案内に立つ。リリベルは歩きながら首にかけた数珠玉をまさぐり、ぎゅっとカメオを握りしめた。

もう一度、レヴィアスに会いたい。

願い出れば叶《かな》えられたのだろうか……。

(……だめよ。会ったらきっとすがってしまう)

連れて逃げてほしいと。そんなこと言うべきではない。言ってはいけない。

リリベルは彼の顔が思い浮かぶたびに、懸命にそのおもかげを振り払った。


その日の晩餐は辞退した。笑顔を取り繕える自信がない。聖王やその家族の前で、みっともなく泣きだすのはいやだった。部屋で召し上がりますか、とアレータに訊かれたが、いらないと断った。

ただテラスからぼんやり海を眺めていた。夕陽が断崖の向こうに沈み、やがては海に没した。薔薇色の残照が水面を照らし、次第に色合いを深めていくのを、リリベルはいつまでも見つめていた。

「あの……、姫様。お菓子、一緒に食べませんか？」

おずおずとした声に振り向くと、紙袋を抱えたアレータが眉を垂れてリリベルを見つめていた。昼間、レヴィアスが買ってきてやった揚げ菓子だ。リリベルは二袋ともアレータに渡していた。断ろうとしてふと思いなおし、頷いた。

「そうね。いただくわ」

アレータは嬉しそうな笑顔になった。

「じゃ、お茶淹れますね！」

いそいそと支度を始めるアレータを眺め、リリベルは微笑んだ。ほんの少し自嘲ぎみに。

（もう太ることを心配する必要なんてないじゃない）

それに、せっかくのアレータの気遣いを無下にしたくない。

アレータは、ほんのりと松脂《まつやに》の香りのする渋めのお茶を用意した。

「揚げ菓子にはこのお茶が合うんですよ」

言われて試してみると、確かに口中の脂っこさが消えてさっぱりする。

「美味しいわ、お茶もお菓子も」

「でしょう？　あたし、大好きなんです」

ニコニコと無邪気にアレータは笑う。その笑顔に思わぬ腹立ちを覚え、ぎくっとした。あなたはいいわね、これから好きなものをいくらでも食べられるのだもの。

うっかりそんな厭味《いやみ》を言いそうになって、無理やり口角を持ち上げた。自分より年下の少女に当たるなんて見苦しい。わたしは一国の王女なのだから、最後まで毅然としていなければ。

ぱくぱくと美味しそうにお菓子を摘まんでいたアレータは、お茶で喉を湿すと居住まいを正した。

「あの、姫様」

「なぁに」

「あたし、姫様のこと、すっごい好きです」

いきなりな宣言に驚いてリリベルは目を瞬いた。

「あら……、ありがとう」

「うまく言えないんですけど、あたし、姫様に出会えてよかったです！」

焦りながら懸命に告げる少女に目を丸くしたリリベルは、瞳を潤ませて微笑んだ。

「ありがとう。わたしもアレータに会えてよかったわ。船からずっと、世話になったわね」

「とんでもない！　至らないことばかりですみません！」

「そんなことないわ。とっても楽しかった」

にこっと笑いかけると、少女は顔を赤くしてうつむき、またひとつ菓子を口に押し込んだ。

「……本当よ。最後に素敵な人たちと出会えて幸せだわ」

「姫様……」

アレータは瞳をうるうるさせてリリベルを見つめた。

「あっ、あたしっ、うまく言えないんですけど……、ご、ご主人様は、とってもいいご主人様で……、その……、あの……っ、ご、ごめんなさいっ」

「何を謝ってるの？　レヴィアス卿が善い方だということは、ちゃんとわたしもわかってるわよ」

リリベルは面食らい、手近なナプキンを急いで取った。えぐえぐと嗚咽している少女の涙をそっとぬぐっていると、濡れた睫毛をぱちぱちさせてアレータはリリベルを見つめた。

「ご主人様のこと、怒ってないですか……？」

「怒ってないわ」

正直に答えたつもりだが、さらに念押しするようにじーっと見つめられて苦笑する。

「怒ってないわよ。——ほら、このカメオ。大神殿の参詣メダルよ。レヴィアス卿に買っていただいたの。素敵でしょ」

摘まんで示すと、アレータはまじまじと見つめて大きく頷いた。

「はい！　ご主人様によく似てます！」

「えっ、そう？」

リリベルはとまどい、眉根を寄せてカメオの浮き彫りを凝視した。

「う～ん……。そうねぇ、そう言われれば、似てる……かしら……？」

竜と人間を比べるのもなんだが、横顔の凛《りん》とした雰囲気が似てる……かもしれない。レヴィアスはすぐにふざけて、ニヤリと悪童めいた笑みを浮かべるから、残念ながらそんな気高い雰囲気はたちまち薄れてしまうのだけれど。

アレータに視線を戻すと、少女は何故か青くなったり赤くなったり、おろおろしている。

「どうしたの？」

「あっ、あたし、お風呂の支度をしてきますっ」

首を傾げるリリベルから逃げるように、アレータはベランダから飛び出していった。その勢いで、テーブルに置かれたランプの炎が火屋のなかでゆらゆら揺れる。

リリベルは肩をすくめた。わけがわからないが、彼女のおかげで湿っぽい雰囲気が薄れた。

「……ここまで来たら、あとは度胸よね」

そう、度胸で海竜神《レヴィヤタン》に気に入られたのだから、最後の最後まで堂々と胸を張っていたい。王女としての矜持《きょうじ》を持って、海竜神《レヴィヤタン》の花嫁《いけにえ》になるのだ。

リリベルは首にかけた数珠を爪繰《つまぐ》り、カメオにそっと唇を押し当てた。


湯浴みを終えてアレータに髪を拭いてもらっていると、数人の女官を伴ってメアルゥが現れた。

「お支度のお手伝いをさせていただきます」

揃って頭を下げる女官たちに、リリベルは黙って頷いた。

母が指揮して大急ぎで作らせた死に装束ならぬ婚礼衣裳の仕上がりは、期日の短さを思えば驚くほどよくできていた。

きっと母は前もってリリベルの嫁入り支度として上等な生地やレースなどをたくさん揃えていたのだろう。ドレスの裾のレースには、小粒の真珠が無数に縫いつけられ、身頃にも打ち寄せる波を表わすように何重にもレースがあしらわれている。白一色のドレスは完全に花嫁衣裳にしか見えない。

指無しのレースの手袋。手首には粒揃いの真珠を三連にしたブレスレット。ラドニア産の大粒の真珠で、うっすらと薔薇色を帯びたものを集めてある。

首飾りの代わりに、このまま巡礼の数珠をかけていきたいと言うと、メアルゥは頷いた。姿見の前に立つリリベルにメアルゥはにっこりと微笑んだ。

「お美しゅうございますわ、姫様」

首もとの数珠だけが異色だが、それ以外は立派に『花嫁』だ。リリベルが頷くと、女官たちは最後の仕上げに取りかかった。髪に銀のティアラを挿し込み、羅《うすぎぬ》のヴェールをかぶる。後ろは長く、ドレスの引き裾《トレーン》と同じくらいある。前は胸元まで垂らして顔を隠した。ごく薄い生地なので視界は遮られない。

やがて、コツコツと扉が鳴って、聖王ヨシュアが現れた。彼は鮮やかな青い上着《ジュストコール》にレースのクラヴァット、銀糸の縫い取りの入ったウェストまでのジレ、上着と揃いのブリーチズに白い絹靴下という正装姿で微笑んだ。

「実にお美しい。リリベル姫」

リリベルは軽く膝を折って黙礼した。喋ってはいけないと言われたわけではないが、なんとなく口を開きたくなかった。ヨシュアは何も言わなかった。

時刻はもうすぐ真夜中だ。

リリベルは彼の腕に手を添えて、部屋を出た。後ろにはメアルゥとアレータ、女官たちが付き従ってドレスの裾やヴェールを持ち上げる。廊下には、いつのまにか緋色《ひいろ》の絨毯《じゅうたん》が敷かれていた。

絨毯は入り江に下りる階段室へと続き、長い階段にも途切れることなく敷き詰められていた。一段一段、重い真鍮《しんちゅう》の棒できちんと押さえてある。

昨日、アレータと一緒に下りた階段を、ヨシュアに掴《つか》まりながらゆっくりと降りてゆく。崖をくり抜いて作られた階段の壁には一定間隔でランタンが吊り下《さ》げられ蜜蠟《みつろう》の甘い香りがほんのりと漂っていた。

浜辺には即席の桟橋が作られ、絨毯の終点に銀の小舟が一艘《そう》浮かんでいた。反り上がった船首と船尾には竜をかたどった彫刻が施されている。船首部分の竜の頭部で、瞳に嵌《は》め込《こ》まれた大粒のアクアマリンが、月光を反射してキラキラときらめいた。

ヨシュアの手を借りて舟に乗り、真ん中に据えられた背もたれ付きのベンチに座る。座面は青い天鵞絨《ビロード》張りの座り心地のよいクッションになっている。

女官たちがドレスの裾やヴェールをていねいに舟のなかに収める。漕ぎ手は聖王自らが務めた。櫂《かい》で桟橋を押すと、ゆっくりと小舟は水面を漂い始めた。桟橋で女官たちが恭しく頭を下げた。

櫂を漕ぐ音だけが静かな入り江に響く。真上から煌々と月が照らしていた。満月なんだわ、とそのときになってリリベルは気付いた。

どこへ行くのかと尋ねようとして思い直し、ただ黙って月を眺めた。そういえば、最初に海竜神《レヴイヤタン》と出会った夜も、美しい満月だった気がする。

気がつくと、白いテラスが近づいてきていた。大神殿の最奥殿だ。リリベルは息を呑み、真っ白な大理石のテラスを見つめた。

テラスに横付けした舟をヨシュアは手早く繋いだ。差し出された手を取ってテラスに上がる。テラスの真ん中には水路があって、奥の扉から続いていた。リリベルは昼間見た光景を思い出した。この上にある奥殿の水盤から流れてきた水は、ここを通って入り江に排出されるのだ。

テラスにはかがり火もランプもなかったが、月光だけで充分に明るかった。精緻な彫刻の施された扉には閂《かんぬき》がかけられ、鎖と錠前が下がっている。ふと、疑問が湧いた。こちら側から鍵をかけてあったら、神殿から入れないのでは？

リリベルの視線に気付いてヨシュアがかすかに笑った。

「鍵は私が持っている。海側から舟で来て、鍵を開けないかぎり、誰もここには入れない。たとえ大神官長でも」

もちろん私は好きなときに来られるけどね、とヨシュアは悪戯っぽく微笑んだ。

テラスに置かれているのは、波濤《はとう》をかたどった脚のついた優美な白い長椅子だけだった。ヨシュアはリリベルをそこに座らせると、ドレスの裾やヴェールをきれいに整えてくれた。

それが終わると彼はリリベルの正面に立ち、丁重にお辞儀をした。

「リリベル姫。私はこれで失礼します。まもなく海竜神《レヴィヤタン》が迎えに来るでしょう」

ひとり置いて行かれるのかと思ったとたん、不安が押し寄せる。ヴェールの陰で唇を噛みしめ、黙って頷いた。

ヨシュアは少し迷った風情でリリベルを見つめ、もう一度お辞儀をすると舟に戻っていった。

銀の小舟が視界から消えるまで、じっと見送る。舟が見えなくなり、水脈《みお》も消えしまうと、辺りはしんと静まり返った。聞こえるのはただテラスの階段に打ち寄せる波の音だけ。

リリベルはヴェールを上げ、眩《まばゆ》いほどに輝く満月を見上げた。心細さと投げやりな感情とがせめぎ合う。自分が馬鹿みたいに思えた。こんなところでたったひとり、花嫁衣裳なんか着て。

「……何よ」

思わず呟きが洩れる。一度声がこぼれると、底が抜けたみたいに止まらなくなった。

「何よ、何よ、何よ……！　王子様の馬鹿！　馬鹿！　馬鹿！　嘘つきっ、食いしん坊っ、悪食っ」

誰もいない入り江にリリベルの声が反響する。それさえ腹立たしくて、ぽろぽろと涙がこぼれた。

純白のドレスに涙がしみを作る。たまらなくなって顔を覆い、わっとリリベルは泣きだした。

しゃくりあげながら『王子様』を罵っていると、ざぷん、と高い波の音がした。

『何を泣いているのだ？』

頭のなかに声が響く。あのときと同じ声。同じ言葉。顔を上げたリリベルは息を呑んだ。いつのまに現れたのか、巨大な海竜が眼前に迫っていた。

ひくり、とリリベルは喉を鳴らした。八年前よりさらに大きくなった気がする。黒曜石を連ねたような黒光りする鱗。瞬きするたびに燐光が弾ける不思議な瞳。銀色の細い瞳孔は刃のように鋭く、それでいて、どこか苦笑いしているように感じるのは気のせいだろうか……。

『何を泣いているのだ』

ふたたび海竜神《レヴィヤタン》が尋ねた。今度はなだめるように。あるいはおもしろがるように。リリベルはムッとして巨大な海竜を睨み付けた。

「決まってるでしょう。悲しいのよ。嘘をつかれたから」

『我は嘘などついていないぞ？』

「そうね、あなたは最初からわたしを食べるつもりだったのよね！　神にとってはそれが『結婚』の意味なんでしょう⁉　だけどね、人間は違うの。結婚するというのは一緒に生きるってことなの」

海竜神《レヴィヤタン》はゆっくりと瞬きをした。美しい燐光が散る。

『我がそなたを喰らえば、ともに生きることになるな』

おもしろがるような声に、リリベルは絶句した。なるほど、それが神の考え方なのか。悔しいけど納得してしまう。ものすごく悔しいけれど。

「――じゃあ、さっさと食べちゃって」

『いいのか?』

「いいわよ、約束だもの」

リリベルは海竜を睨み付けた。ぐっと彼が顔を近づけると、鏡のような鱗に自分が映っていた。恐怖に引き攣った顔。反射的にぎゅっと目をつぶる。

強がっても、本当は怖くてたまらない。あんな牙が突き刺さったらものすごく痛いに決まっている。想像しただけで勘弁してほしいと泣きわめきたくなった。

怖い。怖い。怖い……!

怖くなったら俺を呼べ、と言ってくれたレヴィアスの顔が鮮明に思い浮かんだ。

ああ、レヴィアス。怖いわ。すごく怖い。我慢できそうにないわ。

拳を握りしめる。――だめ、やっぱりいや。

「……た……すけて……っ、レヴィアス……!」

潮の香りが強くなる。これまでか、と身を縮めた瞬間、温かくやわらかいものが、優しく額に押し当てられた。

想像したような痛みはない。おそるおそる目を開けると、ここにいるはずのない人物が微笑んでいた。

「やっと呼んだ」

くすりと悪戯っぽく笑う男を、リリベルは呆然《ぼうぜん》と見つめた。

「……レヴィアス……?」

「最後まで呼ばないんじゃないかと心配したぞ。何しろ姫は意地っ張りだからな」

ぽんぽん、と子どもをあやすように頭を撫でられる。

「ど……して……？」

「ん？　まだ気付かないのか？　まさかここまで鈍いとは思わなかったな」

顔をしかめる不遜な男に、リリベルは眉を吊り上げる。

「し、失礼なっ……」

「これでどうだ？」

ニッと笑った男が、瞬時に巨大な海竜に変じる。楽しげに口先を唇――というより顔全体に押し付けられ、リリベルは硬直した。

『本当に、姫はおもしろいな』

頭のなかで響く声。くっくと笑うその声は、もはや完全にレヴィアスの声になっている。

海竜神《レヴィヤタン》はリリベルから頭を離すと、ふたたび人の姿になった。とはいえ今度はさっきまでのレヴィアス卿の姿とも少し違っていた。

うなじにかかるくらいだった黒髪は腰まで伸び、耳は先端が尖って半透明の美しい鰭《ひれ》がついている。耳たぶには大きな黒真珠の耳飾り。紺碧の瞳を縦に二分する、金色の光彩。長く尖った爪は黒蛋白石《ブラックオパール》のきらめきを放ち、ニッと笑った唇からは人間の二倍はありそうな細く尖った牙が覗く。

半神半人の妖美な姿で、彼はニヤリとした。その笑みだけは、すでに見慣れたレヴィアスの笑い方と一緒だ。

「レヴィアス……あなた……。あなたが海竜神《レヴィヤタン》なの⁉」

悲鳴のように叫ぶと、彼はくつくつと愉快そうに喉を鳴らした。

「いつ気付くかと期待してたんだが、まさか最後までとはね」

「あのときの……王子様……なの……⁉」

「あのときは姫の年齢に合わせて人間の子どもっぽい姿にしてみた。こんな姿を現したら余計に泣かれそうだったしな」

レヴィアスは目を細め、呆然としているリリベルの頬を指の背でそっと撫でた。分厚い皮だって難なく切り裂けそうな鋭い爪。その先端がわずかでも皮膚をかすめないようにと、慎重な仕種で。

「……わたしを食べるの？」

「姫がエビを食べるようには、食べないさ」

甘い囁きに頬が熱くなる。人間離れした瞳で見つめられてドキドキした。怖いのではない。その瞳があまりに美しくて。そして、紛れもない誘惑をはらんでいて。

彼はリリベルの頬を撫でながら囁いた。

「俺と結婚してくれるな？」

「……それは、人間的な意味で……？」

「もちろん」

くすりと彼は笑った。

「本当に食べてしまったら、一度で終わりだろう？　俺は何度でも姫を味わいたい。だから大切にして、ずっと食べ続けるんだ」

「そういう言い方は、あんまり人間的じゃない気がするけど……」

「そうか？　人間の言葉は難しくていかん」

レヴィアスは顔をしかめ、機嫌を取るように優しくリリベルの顎を摘んだ。

「こう言えば通じるか？　リリベル、おまえを愛している。生涯大切にするよ」

微笑んだ彼の瞳は、ハッと胸を衝かれるほどに深く、真摯だ。リリベルはそっと彼の頬に触れた。真珠のような手触り。それでいてやわらかく、温かい。

「……ずっと待っていたのよ、あなたを」

「ああ。俺はずっと見ていたよ。おまえが美しく成長していく様子を」

彼の胸に顔を埋めて頷く。見守られているという感覚は思い込みではなかった。彼はいつでも側にいてくれた。姿は見えなくても、守られていた。

「レヴィアス。わたし、あなたのお嫁さんになるわ」

それは、幼い日に『王子様』に告げた言葉。

レヴィアスは幸せそうに微笑んでリリベルにそっとくちづけた。あのときの約束のように。

彼はリリベルを軽々と抱き上げ、海へ向かって歩き始めた。階段を降り、こともなげにざぶざぶと水の中へ降りていく。リリベルは焦って身を縮めた。

「レ、レヴィアス⁉　わたし、泳げるけど、水中で息はできないわよ⁉」

「大丈夫さ」

彼の声と同時に、波がダンスを踊るように逆巻いた。反射的にぎゅっと目を閉じ、レヴィアスにしがみつく。不思議な感覚が全身を包んだ。水をかぶったときとは全然違う。濡れた感覚はなかった。息苦しくもない。水を掻《か》くときのような抵抗感をほんの少し感じただけだ。

「大丈夫だから、目を開けてごらん」

ふつうに彼の声が耳に届く。こわごわと開けた目を大きく瞠った。水の壁が四方に広がっている。いつのまにか、巨大なホールのような場所にリリベルはいた。レヴィアスの腕のなか、首にしがみついた腕をゆるめて呆然と辺りを見回す。天井も壁も床も、水でできている。

「魚が泳いでるわ！」

壁の向こうに、色鮮やかな魚が悠々と泳いでいた。それは壁から飛び出たかと思うと、放物線を描いて床に吸い込まれた。ぽちゃん、と小さな音がして、水滴が跳ねる。本当に水なのだ。

「不思議……」

リリベルは水の壁の向こうをくるくると泳ぎ回っている魚たちをまじまじと見つめた。みな踊っているかのように楽しげだ。

レヴィアスがふたたび歩き出す。通路はゆるくカーブしていて、水の重なり具合と月光とで幻想的な光景だ。ふと床を見てリリベルはぎょっと目を瞠った。そこは平らではなく階段になっていた。床や天井と同じく、魚がたくさん泳いでいる。

レヴィアスが歩くたびに、ほんのわずか水滴が散る。水溜《みずた》まりを歩くよりももっと少なかったけれど、そこは玻璃《ガラス》で出来た床ではなく、やはり水面なのだった。

（本当に、レヴィアスは海竜神《レヴィヤタン》なのね……）

半神半人の姿を見ても、まだどこか信じられなかったが、こんな場所に連れてこられては信じるしかない。

（それとも、全部幻覚なのかしら？）

本当は自分はとっくに海竜神《レヴィヤタン》に呑み込まれ、食われてしまって……。

リリベルはぎゅっとレヴィアスにしがみついた。幻覚でも夢でもいい。彼と一緒にいられるなら。

「どうした？　怖いのか」

優しく問われ、ふるふるとかぶりを振った。

「あなたと一緒だもの」

彼はリリベルの額にそっとくちづけた。

「落とさないから安心しろ」

「……落ちたらどうなるの？」

頷きながらもつい気になって尋ねる。

「沈むな」

「やっぱり!?」

こわごわと再び床を見下ろすと、笑ったレヴィアスがリリベルを抱いたまま床に跪いた。

「ほら、触ってみるといい」

おそるおそる手を伸ばしてみる。指先がつぷりと沈み、リリベルは驚いて手を引っ込めた。濡れた指先をまじまじと見つめ、思い切って舐めてみた。

「……しょっぱい！　本当に海水だわ」

レヴィアスは愉快そうに笑って立ち上がった。歩いていくと、すぐ目の前を壁から飛び出した魚がかすめ、リリベルは思わず歓声を上げた。魚たちは壁や天井、床からも、飛び出しては別の面に飛び込むという動作を繰り返し、そのたびに水滴が空中でキラキラと輝いた。

「遊んでいるんだ」

苦笑まじりにレヴィアスが言う。

「わたしを歓迎してくれているみたいだわ」

「もちろんさ。――こら、あまり浮かれて花嫁の衣裳を濡らすな」

主にたしなめられた魚たちは、少し距離を取ったものの、相変わらずパシャパシャと楽しげに跳ね回っている。

曲がりくねった通路を進んで行くと、やがて銀色に輝く床が広がる大きなホールに出た。そっと下ろされ、おっかなびっくり立ってみると、しっかりした固い床だったのでホッとした。綺麗な床だと思ってよく見れば、すべて真珠光を放つ美しい貝でできていた。ただ敷きつめてあるのではなく、精緻な文様が描かれている。

全体を見回してみると、ホールは大きな円盤のように水中に浮かんでいた。壁と天井は水面そのままだ。レヴィアスに手を引かれて歩いていくと、水の壁が割れて通路が現れた。かなり深くまで降りてきたようで、月光はもう届かない。そのかわり、不思議な光が揺らめいている。なんだろうと思ったら、それは様々な種類のクラゲだった。

「クラゲが光ってる！」

驚いて声を上げるとレヴィアスが笑った。

「光の届かない深海のクラゲは光るんだよ」

「綺麗ね……」

感心して眺めていると、ふわりと目の前に虹色の光を放つクラゲが現れた。

「きゃっ」

リリベルはびっくりしてレヴィアスの背後に隠れた。

「大丈夫だ、おまえを刺したりしない」

「で、でも、それ空中にいるわ！　どうなってるの？」

レヴィアスの陰から目だけ覗かせて窺う。魚たちと違って、そのクラゲはリリベルと同じ空間をゆらゆらと漂っている。しかも水中を泳ぐ姿そのままだ。

「照明係として特別にそのような力を与えている。まぁ、一種の精霊だな。水中では火が使えないから、蝋燭もつけられない」

「でもわたし、呼吸してるわ。どこも濡れていないし」

自分の身体を見下ろして確かめる。顔にも触れてみたが、やはり濡れてはいない。レヴィアスは謎めいた微笑を浮かべた。

「それでも水中なのだよ、ここは」

リリベルは素直に頷いた。いくら考えたところで常識的な答えが出るとは思えない。自分がこうして今ここにいること自体、そもそもありえないのだから。

光るクラゲは先導するようにゆらゆらと前を漂っている。やがて琥珀色《こはくいろ》の巨大な扉が見えた。いや、琥珀色ではなく本物の琥珀だ。リリベルが呆気《あっけ》にとられていると、両開きの扉はしずしずとひとりでに開いた。

室内はこれまでと違って壁があった。やはり天井は水だが、すごく高いようで暗くてよく見えない。小型の光るクラゲが寄り集まってゆらゆらしているのはシャンデリアみたいだ。

ぱしゃんと小さな水音がして、顔を戻すといつのまにか数人の女性が現れてふたりに向かって恭しくお辞儀をした。全員とても美しいが、どこか人間とは違っている。

「いつまでも婚礼衣裳では窮屈だろう。楽な恰好《かっこう》になるといい」

そっと肩を押されて、進み出た女性たちににっこりと笑いかけられた。どうやら彼女たちはこの『宮殿』の女官らしい。

「……レヴィアス！」

焦って呼び止めると、彼は引き返してリリベルの目許に優しくくちづけた。

「大丈夫。ここにはおまえを不快にさせる者も、害を与える者もいない。……着替えたら我々の結婚を祝って乾杯しよう」

もう一度、今度は額にキスされてリリベルは頷いた。女官たちに笑顔で促されるまま別室へ入る。

そこは地上の住居とほとんど変わらない造りで、リリベルはホッとした。床は螺鈿《らでん》ではなく見慣れた板張りだ。長椅子やテーブルといった家具調度はどれも使いやすそうでありながら、同時に素晴らしい工芸品でもある。どこかの王宮の一室と言われてもまったく違和感はない。

（そうだわ、ここは王宮なのよね）

海竜神《レヴィヤタン》が住まう、海中の王宮——。

女官たちはリリベルを囲むと慎重な手つきでドレスを脱がせ始めた。彼女たちは一切口をきかないが、目が合えばにっこりと微笑んでくれる。もしかしたら喋れないのかもしれない。ここにいるからには人間ではなさそうだし……。

（魚の精霊とか……だったりして）

そうであっても全然おかしくはない。

女官たちはリリベルを裸にすると、薔薇水をしぼった布でていねいに全身を拭いた。それから白いレース生地を重ねた可愛いキャミソールドレスを着せ、珊瑚色の絹の室内履きを履かせると手を取って別の扉に導いた。

扉の向こうは着替えた部屋より少し暗く、大きな発光クラゲがふわりふわりと漂っていた。リリベルの前で円を描いたクラゲが、こちらへどうぞ、とでも言うように空中を泳ぎ始めた。

後についていくと、壁と壁の間が大きな窓のようになった場所があり、その前に十人くらい余裕で座れそうな巨大な半円形のソファがあった。

ソファの真ん中でくつろいでいたレヴィアスに手招かれ、側にいくと彼はリリベルの手を取って座らせた。

「綺麗だ」

衒いもなく囁いて、彼はリリベルにくちづけた。確かめるように何度も唇を重ね、軽く吸い、やんわりと食《は》む。ぞくぞくしながらリリベルは彼に身をゆだねた。

ようやく唇を離すと、レヴィアスはリリベルの瞳を覗き込んで微笑んだ。人間の姿をしているときとは違って紺碧の瞳に金色の縦の光彩。なのに不思議と怖さは感じない。

彼は愛おしそうにリリベルの頬を撫でた。黒蛋白石《ブラックオパール》を思わせる爪はさっきよりずいぶん短くなっていた。やはり彼は望むままに姿を変えることができるのだ。

ふと目についた彼の尖った耳に、そっと触れてみた。半透明の鰭がすごく不思議。

「完全に人間の姿になったほうがよければ、そうするぞ?」

甘やかす声音で囁かれ、リリベルはかぶりを振った。

「このままがいいわ。すごく綺麗だもの。トビウオの鰭《ひれ》みたい。——あ、その、褒めたのよ？」

「わかってるさ」

レヴィアスは笑い声を上げ、ちゅうと軽くリリベルの唇を吸った。

またしばらくキスしあうと、彼はテーブルに向き直った。そこには古風な造りの玻璃のゴブレットがふたつと、赤、白のワインの入ったデキャンタがふたつ置かれていた。

「赤はラドニア産、白はコラリオンのものだ」

「コラリオンでもワインを作っているのね」

「ほぼ自家用だから、領内でしか流通していないけどな」

彼はグラスにまず白ワインを注いだ。ひとつをリリベルに手渡してグラスを掲げる。

「まずは、最初に出会えた幸運に」

「……最初に出会えた幸運に」

静かにグラスを触れ合わせ、一息に飲み干す。

次に赤を注ぎ、「再会の喜びに」と囁かれる。リリベルが繰り返して同様に飲み干した。

それから彼はふたたび赤を少量グラスに注ぎ、そこに白ワインを、液体が美しい薔薇色になるまで注いだ。リリベルにグラスを渡して彼は微笑んだ。

「そして、共に過ごす日々の幸福に」

「……共に過ごす、日々の幸福に」

鼻の奥がツンとして、リリベルは囁き声で返した。

混ぜ合わされたワインは不思議な味わいがした。ふくよかに甘くて、かぐわしく芳醇《ほうじゅん》でありながら、海風の爽やかさを感じる。空になったグラスをテーブルに置き、レヴィアスはリリベルの頬を両手で挟んでコツリと額を合わせた。

「愛してる、リリベル」

「わたしも。愛してるわ、レヴィアス」

もう何度目かわからないくちづけを交わした。何度だって交わしたい。唇が重なるたびに、彼を愛する喜びと、彼に愛される悦《よろこ》びとが心の奥底から噴き上がってくる。

舌先で唇の裏側を舐められ、ぞくっとして口を開けると彼の舌が滑り込んだ。舌を絡めとられ、優しくこすりあわされると、下腹部に痺《しび》れるような疼《うず》きが生まれる。頬を染めながらリリベルはうっとりと舌をなぶられるにまかせた。

ちゅくちゅくと舌を吸う水音が互いの吐息に混じる。気がつくとレヴィアスの大きな手がリリベルの胸のふくらみをそっと包んでいた。ごく薄い生地を重ねたキャミソールドレス越しに、彼の掌の温《ぬく》みが伝わってくる。

レヴィアスはくちづけを繰り返しながらリリベルの乳房をやわやわと揉《も》みしだいた。

「ふかふかだな」

嬉しそうに言われてリリベルは赤くなった。

「やめてよ、そんな、クッションか何かみたいな……」

「クッションなんかよりずっとやわらかくて触り心地がいいぞ？」

ちゅ、と頬にキスして、彼は両手で乳房を捏《こ》ね回《まわ》した。彼の掌のなかで、刺激された先端がぷくりと勃ち上がる。布地越しに尖りを摘まみ、くりくりと左右に転がされて、リリベルは思わず肩をすくめた。

「可愛いぞ、リリベル」

囁いた彼が唇をふさぎ、絡めた舌を吸いねぶりながら乳房を縦横無尽に捏ね回される。

「んッ、んッ、んぅ」

次第に深くなるくちづけに恐れをなし、遠慮がちに彼の肩を揺する。やめるどころか、さらにきつく舌を吸われてリリベルは涙目になった。

「ふ……、ん……、んんッ……」

乳房をいじる手もさらに淫靡《いんび》さを増す。掬《すく》い上《あ》げ、円を描き、揉みしだきながら捏ね回されて息が弾む。

「んゃ……、はぁ……ん……、ひゃっ……!?」

やっと唇を解放されて喘《あえ》いだとたん、布地越しにちゅうと乳首を吸われてリリベルは悲鳴を上げた。

ドレスは透けるように薄い生地の上に左右からレースを重ねてあるのだが、それをめくって薄い生地ごと舐められる。たちまち生地は透け、濃桃色に充血した乳首がくっきりと浮き上がった。

「や……、やだ……」

剥《む》き出しより透けて見えるほうがはるかにいやらしく思える。レヴィアスは真っ赤になってうろたえるリリベルを、唾液で濡れた生地の上から乳首をくりくりと刺激しながら愉しげに見つめた。

「薔薇の蕾《つぼみ》のようだな。さっきよりずいぶん赤くなった」

「そんな……しないで……」

「痛いか？」

「痛くは……ないけど……。恥ずかしいもの……」

色づいてぷっくりと立ち上がった乳首は、なんだかすごくいやらしくて、自分のものではないみたいだ。レヴィアスは恥じらうリリベルに目を細めた。

「……そうやって恥ずかしがられると、もっとしてやりたくなる」

「い、意地悪ね」

「おまえのいろんな顔が見たくてな。特に腹を立てたり、恥ずかしがったりすると、ことのほか可愛くなるのだから困りものだ」

愉しげに言ってレヴィアスはキャミソールドレスの裾を大胆に捲《まく》り上《あ》げた。

「ひゃんっ」

あっというまに裸体を剥き出しにされてしまい、リリベルは腕で胸を隠しながら身体を丸めた。

「隠すなよ」

「み、見ちゃだめ」

「俺はおまえの夫だぞ？　妻の裸体を見る権利があるはずだ」

「そ、そうだけど……」

「夫婦が閨《ねや》ですることは知っているのだろう？」

おずおず頷くと、レヴィアスは微笑んでリリベルの頬を撫でた。

「怖いのか」

「それは……。だって、初めてなんだもの……」

「そうだな」

レヴィアスは頷き、リリベルの額にキスした。

「優しくするよ」

囁いた彼に促され、キャミソールドレスを脱ぐ。下着はつけていないから、もう身体を隠すものは何もない。やさしく横たえられ、リリベルはいつのまにかそこが広い寝台に変わっていること気付いた。さらりと手触りのよいリネンの感触が背中にある。

見上げるリリベルに微笑みかけると、レヴィアスは悠然と衣服を脱いだ。白いチュニックを脱ぎ捨て、脚衣《ショース》も下穿《ブレー》きも脱いで躊躇《ちゅうちょ》することなく全裸になる。ドキドキしながらリリベルは彼の裸体を眺めた。

たとえ仮の姿でも、彼の裸身は神々しいほどに美しかった。均整の取れた体つきはけっして筋骨隆々といった体躯《たいく》ではないのに、圧倒されるような力強さに満ちている。彼が身じろぐたび、なめらかな皮膚の下でしなやかな筋肉が動く様に、リリベルはうっとりと見とれた。

彼は軽く髪を払って微笑んだ。黒絹のような髪から燐光がふわりと漂う。

（なんて美しいのかしら……）

リリベルは感嘆して自分の夫を見つめ、感動に震えた。レヴィアスが身を屈め、唇を重ねる。リリベルは彼の背に腕を回してくちづけを受け入れた。優しく吸っては離し、互いに見つめ合って微笑む。レヴィアスは身体を起こすと、リリベルの膝を立てさせ、金色の茂みにそっと指を差し入れた。ぬるっ……と彼の指が滑るのを感じ、リリベルは焦った。

「ご、ごめんなさい」

「謝ることはない。くちづけでこんなに感じてくれたんだな。嬉しいよ」

彼は囁き、くちゅくちゅと媚肉を掻き回した。こんなふうになるとは思わなくてうろたえてしまったが、レヴィアスが不快に思っている様子はないのでホッとした。

自分でも驚くほど、そこは豊潤に蜜を溜《た》め込んでいた。谷間の奥に隠れていた花芽を探り当て、レヴィアスは指の腹で優しく愛撫《あいぶ》し始めた。

「んッ……」

ぞくんと快感が迸《ほとばし》る。

「な……に……？」

「気持ちいいだろう？」

「え、ええ……」

閨の心得はあるといっても、殿方が股間にぶら下げているものを自分の股のなかに迎え入れるのですよ、という、なんとも身も蓋もない教えかたで、媾合《こうごう》がもたらす快楽については無知に等しかった。

痛そうでいやだわと顔をしかめたくらいだ。

新婚の侍女が同僚に冷やかされて照れているのを見て、好きな相手とするのはそう悪いものではないらしいと思い直したが、やはり、あまりよくわかっていなかった。

レヴィアスはとまどうリリベルの目許に唇を押し当てた。

「いっぱい気持ちよくしてやる。リリベルは初めてだから、念入りに濡らしておかないとな」

「ま……任せるわ。よく……わからないし……」

くすりと笑ってレヴィアスはリリベルの鼻先にちょんとキスした。

「姫は可愛いな」

囁きながら、濡れた谷間を掻き回し、ふくらみ始めた花芽を刺激する。根元から丹念に撫《な》で上《あ》げられ、摘まんで扱かれると腰の辺りがうずうずして、じっとしていられない。

「あ……！　レヴィアス……っ」

「気持ちいいか」

そそのかすような囁きに、がくがくとリリベルは頷いた。

「い、い……、けどっ……。なんだか、わたし……っ」

「そのまま感じていればいい」

「で、も……っ。んッ……、あ！　やぁ……、あ……、あぁあ……っ！」

花芯を摘まんでにゅくにゅくと扱かれ、下腹部の奥が耐えがたいほどに疼いた。目の前で白い閃光《せんこう》が弾け、リリベルは生まれて初めての絶頂を味わった。

「はぁ……っ、あ……、ん……」

身体のこわばりがようやく解け、リリベルは涙目で喘いだ。乱れた髪をそっと払い、レヴィアスが顔を覗き込む。

「どうだった？」

「いまの……なに……？　気絶したかと……思った……」

「快楽の極みに達したんだ。気持ちよかっただろう？」

未だに花襞がひくひくと戦慄《わなな》いているのを意識して、赤くなりながらリリベルは頷いた。

「もっと悦くしてやるからな」

「えっ⁉　これで終わりじゃないの⁉」

「馬鹿言え。こんなのほんの序の口だ」

レヴィアスはニヤリとしてふたたびリリベルの秘処を弄《いじ》り始める。あふれ出した蜜が会陰を伝い、いつのまにか後孔まで濡らしてしまっていることに気付いてリリベルは赤面した。

「んッ」

媚蕾の根元を弄っていた指先が、つぷりと隘路《あいろ》に沈む。すでに蜜をまとっていた指は、ずぷぷっとなめらかに付け根までもぐり込んだ。挿入した指をゆっくりと前後しながら、レヴィアスが尋ねる。

「痛くないか?」

「ん……」

頬を染めてこくりと頷く。そんなところに指を挿れられるなんて思ってもみなかったが、優しく抽挿されるとなんともいえない心地よさで下腹部が甘く疼いた。はぁっ、と熱い吐息を洩らし、リリベルは指の動きにつられるように、ぎこちなく腰を揺らした。

こんなことをされて気持ちよくなってしまうなんて……。でも、レヴィアスにされているのだから、いいのよね……?

窺うようにちらりとレヴィアスを見ると、彼はぞくっとするような魅惑的な笑みを浮かべた。このまま感じていていいのだと安堵して、リリベルはうっとりと心地よさを味わった。

指を出し入れされるたびにくちゅくちゅと淫靡な水音が響く。同時に花芽を弄られて、あっけなくリリベルは二度目の絶頂に達した。

四肢を弛緩《しかん》させてはぁはぁ喘いでいると、レヴィアスが蜜で濡れた指を舐めるのが目に入り、リリベルはカーッと赤くなった。彼はわざと見せつけるように指に舌を這《は》わせ、くすりと笑った。

「睨んでも無駄だ。可愛いだけだからな」

言い返そうとしても咄嗟《とっさ》に声が出ない。唾で喉を湿すあいだにふたたび脚を押し開かれ、蕩《とろ》けた粘膜にずぷりと指を突き立てられた。しかも、今度は二本だ。

「ひぁ⁉」

「だいぶほぐれてきたし、もう少しがんばってみようか」

「えっ、やっ、何っ……⁉　やだっ、レヴィ……」

焦って身じろいだが、ずぷずぷと指を前後されるとたんに下腹部は甘く疼いて力が入らなくなってしまう。

「あっ、あっ、あっ、あぁんっ」

リリベルは甲高い嬌声《きょうせい》を上げて悶《もだ》えた。重ねた指を未熟な花筒のなかでバラバラに動かされると繊細な襞が愉悦に戦慄き、淫らに蠕動《ぜんどう》した。

リズミカルな抽挿で誘いだされた蜜しぶきが淫靡に腿《もも》を濡らしてゆく。経験のないリリベルは彼に翻弄されるまま、喘ぎ、はしたない悦がり声を上げることしかできなかった。

指だけで続けざまに絶頂させられて、すっかり意識が朦朧《もうろう》となる。初めてなのに、こんな激しい快楽を教えられたらおかしくなってしまいそうだ。

いや、すでにおかしくなっているに違いない。理性は愛撫に蕩けた媚肉同様、ずくずくに崩れて愉悦を貪る以外に何も考えられない。レヴィアスは失禁したようにトロトロと蜜をあふれさせるリリベルを愛おしそうに見つめ、膝の脇に唇を押し当てた。優しく腰を膝の上に引き上げると、彼は猛《たけ》った雄茎を蜜窟の入り口に押し当てた。

快楽に溺れてぼんやりしていたリリベルは、何か固くて太いものが押し入ってくるのを感じて頭を上げた。腰を抱え上げられているので、彼の下腹部から突きだした雄根が自分の隘路を征服してゆく様がはっきりと見えてしまう。

とっさに恐れを感じ、身体をこわばらせると、レヴィアスが苦笑した。

「そんなに締めたら入らない」

「ご、ごめ……なさ……、でもっ……」

怯《おび》えてふるふると頭を振ると、レヴィアスはなだめるように膝頭を撫でた。

「俺とひとつになるのはいやか？」

「いやじゃないわ！　いやじゃないけど……っ」

「ゆっくりでいい。落ち着いて、力を抜いて。……そう、いい子だ」

張り詰めた欲望が、閉ざされた乙女の隧道《ずいどう》をめりめりと穿《うが》ってゆく。濡れた瞳をぎゅっと閉じ合わせ、リリベルはきつく唇を噛みしめた。

最後にぐっと腰を押し付け、レヴィアスは吐息を洩らした。

「……ほら、これで全部だ」

囁いて、こわばる腿を優しく撫でる。リリベルは詰めていた息をゆるゆるとほどいた。視線を下げると、自分の脚のあいだにレヴィアスの下腹部が密着していた。本当に、彼の雄が自分のなかに収まったのかと思うと、不思議な感動が込み上げた。

「繋がってる……の……？　わたしたち……」

「そうだよ」

レヴィアスは優しく微笑み、ゆっくりと腰を揺らした。みっしりとした太棹《ふとざお》に濡れた隘路をこすられる初めての感覚に、リリベルは頬を染めた。貫かれた瞬間の鋭い痛みはまだ残っていたが、じんわりとした疼痛《とうつう》に変わりつつある。

「痛くはないか」

気遣いの言葉に少したためらい、正直に答える。

「ちょっとだけ……。でも、大丈夫よ」

「なじむまで、ゆっくり慣らそう」

彼は手さぐりするような慎重な動きで雄茎をごくゆっくりと前後させた。何度か抽挿しては動きを止め、反応を確かめる。じわじわと快感が込み上げて、リリベルは熱い吐息を洩らした。

無意識のうちにうっとりと腰を揺らし始めたリリベルに、レヴィアスが目を細める。

「悦くなってきたようだな」

「ん……」

リリベルは恥じらいながら頷いた。痛みはまだ残っていたが、今や抽挿がもたらす快感のほうがずっと大きくなっている。

「少し動くぞ。痛かったらいつでも言えよ」

囁いて彼は律動を速めた。ずくずくとリズミカルに穿ったかと思うと、大きく腰を引いて、ぐちゅりと突き込む。先端でぐりぐりと奥処を抉《えぐ》られてリリベルは悶えた。最初のうちは内臓を押し上げられるような感覚が怖かったけれど、すぐに悦楽に取って代わられた。

「あっ、んっ……、や……、ぁは……ッ」

汗の浮いた背をのけぞらせ、リリベルは絶頂に達した。花襞の戦慄きを心ゆくまで味わい、レヴィアスはホッと溜息をついた。

「初めてでこんなにきゅうきゅう締めつけて……。思った以上に感じやすいのだな」

のしかかられ、唇をふさがれる。腰が浮き上がり、彼の屹立《きつりつ》がさらにぐっと奥処を抉った。ねっとりと舌を扱かれ、銜え込んだ雄茎の質感が鮮明さを増して下腹部がぞくぞくと疼いた。

(わたしのなかに……彼が、いる……)

実感すると拓《ひら》かれたばかりのうぶ襞がぞくんと震えた。隙間なくぴったりと密着して、熱く脈打つ確かな存在。こんな溶け合うような一体感を誰かと共有するなんて、想像したこともなかった。

なめらかに筋肉の浮き上がる背を掻《か》き抱《いだ》き、夢中でくちづけに応えた。互いの舌を絡め、こすり合わせては吸い合う。ぴちゃぴちゃと淫らな水音がこぼれ、含みきれない唾液が口端から滴る。レヴィアスはそれさえ愛おしそうに丹念に舐め取っては、繰り返しリリベルにくちづけた。

深く挿入された体勢で唇を貪られているうちに、リリベルはまたもや恍惚《こうこつ》に達してしまった。

「ふっ……ぅ……」

快感で浮かんだ涙が睫毛を重く濡らす。まるでお腹の奥で火が燃えているかのよう。ほんの少し彼が動くだけで、熾《おき》を掻《か》き立てるように新たな快感が揺り起こされる。

「ゃ……、レヴィ……、も……」

「ん?」

「も……、だめ……なの……。へん、に……なっちゃ、ぅ……」

口腔《こうこう》を舐《な》め回《まわ》されながら、必死に訴える。彼はくすりと笑って妖美な瞳を細めた。

「そんなこと言えないくらいにおかしくなればいい」

「そん、なっ……」

いやいやとかぶりを振ったが、怒張に突き上げられれば乱れた嬌声がひっきりなしにこぼれ出す。

「ぁふっ……、んっ、ひや……、も、らめ……、らめッ……」

快楽に酔《よ》い痴《し》れ、唾液が絡んで呂律《ろれつ》が廻らなくなる。

「ひんッ……」

びく、と大きく身体をのけぞらせ、リリベルはまた絶頂した。もはや頭のなかは白く発光する霧に覆われたようになって、強烈な快楽になすすべもなく翻弄される。

度を越した快楽に頼りなく泣きじゃくりながら、揺さぶられるまま何度も達した。狂い咲く愉悦の花に埋もれて窒息してしまいそうだ。蜜襞はひくひくと際限なく戦慄き続け、恍惚の園で迷子になったまま抜け出せない。

がつがつとリリベルの蜜壺を穿っていたレヴィアスが溜息をついた。

「……もう少し愉《たの》しみたいが、初手からこれでは本当に壊してしまうな」

レヴィアスは唾液に濡れたリリベルの唇を優しく吸った。甘やかすように頬を撫でられるうちに跳んでいた意識がやっと戻ってきて、リリベルは彼にしがみついた。

「レヴィ……レヴィ……、わたし、死んじゃったの……⁉」

泣きじゃくりながら取りすがられ、レヴィアスが苦笑する。

「もちろん生きてるさ。死ぬほど悦かったか?」

「んん」

こくこく頷いてしがみつくリリベルを、愛おしそうに抱きしめ、額にキスをする。

「さぁ、これで最後だ。一緒に達こう」

「いっしょ、に……？」

ああ、と頷くと、リリベルは涙に濡れた瞳を瞬き、とろけるような笑みを浮かべた。その貌《かお》を見ただけで、レヴィアスの欲望はさらに猛々《たけだけ》しく奮い勃ってしまう。濡れた肌がぶつかり合って、ぱちゅぱちゅと淫靡な音を薄闇に響かせる。

「く……、リリベル……！」

端整なレヴィアスの美貌が愉悦に歪《ひず》むのを、うっとりとリリベルは見つめた。快楽に没頭する彼は、ぞくぞくするほど官能的で魅惑的だ。彼に快楽を与えているのが自分なのだと思うと、嬉しくてたまらない。一方的に与えられるのではなく、文字どおり一体となってこの愉悦を共有している。誰よりも愛しいひとと……。

律動が一際激しくなり、ぐっと押し付けられると同時に熱い奔流が押し寄せた。ひくひくと戦慄《わなな》く花弁が注がれる精を蜜壺の奥へと誘ってゆく。リリベルの意識もまた真っ白な快楽の只中《ただなか》に呑み込まれていった。

第三章　蜜月は果てなく甘く

ふっ、と意識が戻り、リリベルは薄目を開けた。周囲の明るさが眩しくて、一旦目を閉じる。ふたたび目を開けると窓辺にかけられた薄布が微風にそよいでいる光景が目に入った。

横たわったまましばしぼんやりとそれを眺めていたリリベルは、はたと我に返って目を見開いた。

起き上がり、自分が広い寝台で寝ていたことを知る。上を見上げると、ふつうの天井だった。下はオレンジがかった素焼きのタイルが敷きつめられた床だ。さわさわと、心地よい風が吹き抜けた。

リリベルは身体にかけられていたリネンを引き寄せ、呆然と周囲を見回した。まったく見覚えのない部屋だ。聖王宮で与えられていた部屋でもなければ、もちろん故郷の自分の部屋でもない。

広々とした室内には趣味のよい家具調度類がすっきりと配置されている。

(夢……見てたの……？)

海竜神《レヴィヤタン》の正体を現したレヴィアスに、海中の不思議な宮殿に連れて行かれ、そこで彼と誓いの杯を交わし、愛し合った。あれは夢だったのかしら……。

夢だったとしても、ここはいったいどこなのだろう。花嫁衣装を着て大神殿の最奥殿へ連れられていったのは夢ではない……はずだけど。

しかし今リリベルが身につけているのは、白い麻のネグリジェだった。夢のなかで着せてもらったキャミソールドレスとよく似ているけれど、やはり違うものだ。

どうしようかと迷っていると、窓の反対側にあった扉が開いた。入ってきたのはレヴィアスだった。

彼はリリベルが起き上がっているのを見るとにっこりしてベッドに歩み寄った。

「起きたか。気分はどうだ？」

「えっ、ええ……、悪くないわ……」

親しげな口調にどぎまぎしながら答える。顔を赤くして上目遣いに見ていると、レヴィアスは困ったように眉根を寄せた。

「まさかとは思うが……、昨夜のことを覚えていないのか？」

リリベルはぽかんとし、次いでカーッと耳まで赤くなった。

「ゆ、夢じゃなかったの……ね……!?」

「ひどいな。夢にして忘れるつもりか」

「そんなんじゃ……」

コツリと額を合わせて含み笑われ、リリベルはうろたえた。

「違うの。だって、昨夜はすごく……違って見えたし……」

「あの姿でうろつくわけにもいかないさ。目立ちすぎる」

そう言って瞬きすると、片目だけが紺碧の瞳に金の細い虹彩《こうさい》に変わる。リリベルは一瞬詰めた息をほっと解いた。

「……夢じゃないのね」

彼の頬に手を添えて囁く。くすりと笑ってレヴィアスはリリベルにくちづけた。唇を離して瞬きすると、両目とも黒に戻る。

「……髪、短くなってる」

そっとうなじに触れて囁くとレヴィアスは微笑んだ。

「今の時代、男の髪は大抵短いからな」

「好きなように変えられるのね？……こうして実際に見ても、やっぱり不思議」

この人は、本当に『人』ではないのだ。

「怖くなった？」

優しい問いに、ふるっとかぶりを振って微笑む。

「ううん。嬉しい。あなたの本当の姿を見られたんだもの」

「気に入ったか」

「もちろんよ」

レヴィアスは嬉しそうに笑ってリリベルにキスした。くすくすと忍び笑いながら互いの唇をついばみあい、追いかけっこするように舌を絡めているうちに、だんだんと下腹部が熱を帯びてきてリリベルは無意識にもじもじと腿をこすり合わせた。

「……身体、つらくないか？」

唇を触れ合わせながらレヴィアスが囁く。

「ん……」

頬を染めて頷くと、彼はニヤッと悪戯な笑みを浮かべた。リリベルの頭のなかで警鐘が鳴り響いた次の瞬間、ふわりと身体が浮いてベッドに横たえられていた。

「……っ、ちょ……、レヴィアス⁉」

「この目で確かめないと安心できないな。何しろ昨夜は浮かれすぎて、ずいぶん無理をさせてしまった。手加減したつもりだが、リリベルがあんまり可愛くてな」

愉しげに言いながら彼はネグリジェの裾を大胆に捲《まく》った。へそまで一気にあらわにされて悲鳴を上げる。

「きゃあっ。や、やめ……っ、大丈夫だからっ……」

「こら、暴れると見えない」

「見ないでっ」

真っ赤になってじたばたもがいたが、膝裏に手を入れて強引に押し開かれてしまう。下着は身につけていないから、秘裂がぱくりと割れてうぶな花園が男の眼前で門扉を開いた。

「うーん……。やっぱり少し充血しているな」

レヴィアスが真面目な声で呟く。リリベルは羞恥で潤んだ瞳をぎゅっと閉じ合わせた。夫とは言え、昨夜結婚したばかりの相手に陰部を覗き込まれるのは恥ずかしすぎる。

「昨夜、風呂に入れたときには気付かなかった」

「……お風呂？」

「ああ、リリベルはよく眠ってて、洗ってやっても起きなかったな」

眠っていたというより気絶していたのではないかと思うが、それもまた恥ずかしいので言わないことにした。

「も……だいじょぶ……だから……」

放して、と言おうとしたのに愉しげなレヴィアスの声に遮られてしまう。

「悪いことをした。早く治るよう、舐めてやる」

「ひっ⁉」

れろ、と縮《ちぢ》かんだ花芯を舐め上げられ、リリベルは硬直した。

「な……、何してるの……、っひぃ⁉」

動転して叫んだとたん、花芽をじゅっと吸い上げられてリリベルは上擦った悲鳴を上げた。たったそれだけで恐ろしいほどの快感が下腹部を貫く。昨夜の余韻がたちまち呼び起こされ、花襞がひくひくと戦慄いた。

「や、やめ、てっ……、レヴィ……っあ！」

焦って上体を起こしたリリベルは必死で彼の肩を押した。しかし、舌先で根元を舐め回しながらちゅううっと吸い上げられるとあまりの気持ち良さに嬌声を上げてのけぞってしまう。

「やぁ……、ぃやぁ……ん……」

羞恥の涙をこぼしながらリリベルは悶えた。明るいところで秘処を覗き込まれるだけでも死ぬほど恥ずかしいのに、こんなところを舐められるなんて恥ずかしすぎて悶絶《もんぜつ》ものだ。いっそ気を失ってしまいたいくらいだが、舌での愛撫がもたらす快感は尖鋭《せんえい》すぎた。

容赦のない刺激に、昨夜の執拗《しつよう》な媾合で過敏になったままの蜜襞はあっけなく陥落した。絶頂に達してひくひくと痙攣《けいれん》するリリベルの花弁を、レヴィアスは褒めるように何度も吸いねぶった。

「本当に、リリベルは感じやすくて可愛いな……」

身を起こしたレヴィアスが、唾液と愛蜜で淫靡に濡れた唇をぺろりと舐める。その様にぞくりとし

てしまい、リリベルは喘ぎながら彼を睨んだ。

「ひ、ひどぃ、わ……」

「気持ちよかっただろう？」

にっこり言われて赤面する。

「そ、そういう問題じゃなくて……」

「少し腫れてるが、蜜もいっぱい出てきたし大丈夫そうだな」

膝立ちになったレヴィアスが、あっけらかんと下穿《ブレー》きを下げる。勢いよく飛び出してきた肉棒の猛々しさに、リリベルは絶句した。

「ん？ どうした。昨夜も見ただろう？」

ふるふると首を振る。見てない。絶対見てない。青ざめるリリベルをおもしろがるようにレヴィアスはニヤリとした。

「心配するな。昨夜ちゃんと挿入《はい》ったんだから」

嘘だ。あんなものを入れられたら身体が裂けてしまう。逃げようと肘でリネンを這いずったが、難なく膝を掴まれて引き戻された。

「無理！ 絶対無理よ、レヴィアス！」

「何を今さら。リリベルの此処《ここ》はやわらかいから大丈夫さ。昨夜だって根元まで全部入った」

「でもっ」

狼狽《ろうばい》しているうちに、蜜口にぬめった先端が押し当てられ、そのままずぷりと貫かれた。隘路を押し開かれる圧迫感に息が詰まる。恐れたほどの痛みはなかった。身を縮めているリリベルの額に、レヴィアスがチュッとキスした。

「ほらな。入っただろう？」

「……信じられない……っ」

ぷるぷると身を震わせるリリベルを、レヴィアスは難なく膝の上に載せた。自然と怒張をより深く銜え込む恰好になり、反射的に彼にしがみつく。ぎゅっと目を閉じると、溜まった涙がひとしずく、ほろりとこぼれた。

レヴィアスはリリベルの髪にくちづけながら背中をなだめるように撫でた。

「俺のかたちを覚えれば、ぴったりなじんで、どんどん悦くなるぞ」

「……ほんと？」

消え入りそうな囁きにレヴィアスは頷き、湿った睫毛を優しく吸った。

「ああ。すぐに覚え込んで、おまえからねだるようになる」

「もうっ……！」

不埒な言いぐさに睨み付けたが、悪戯っぽい笑みを見ればそんな憤りも長続きしない。目許や頬に繰り返しくちづけられ、甘やかす仕種にホッと溜息をついてキスをねだった。

「ん……」

しっとりと甘いくちづけに陶然とする。逞しい胸板に押し付けた乳房の先端がこそばゆくて、リリベルは無意識に豊満な乳房を何度もこすりつけた。

「……いい眺めだ」

含み笑われ、彼の視線をたどって自分の胸の深い谷間を見下ろし、リリベルは赤くなった。

「こんなに大きくないほうがよかったわ。これがなければ、もっとぴったりくっつけるのに」

溜息を洩らすと、笑い声をあげたレヴィアスがなだめるように頤《おとがい》を撫でた。

「ぴったりくっついてるじゃないか。ほら……」

くん、と軽く腰を突き上げられ、リリベルは喘いだ。とても入らないと思った屹立は、あつらえたように蜜鞘に収まっている。

頬を染めて頷き、彼の胸にもたれた。密着した腰を揺らしていると、じわじわと快感が沸き上がってくる。穏やかなピークにリリベルはうっとりと溜息をついた。

(気持ちいい……)

いつまでもこうしていたいくらいに。彼と身体を繋げ、さざ波のように打ち寄せる穏やかな愉悦に身をゆだねていると、幸福感と悦楽が絶妙に混じり合って恍惚としてしまう。

満足するまで愉悦を堪能すると、ふたたびリネンにそっと横たえられた。膝頭を掴んで悠然と腰を押し回され、リリベルの唇から甘い喘ぎ声が洩れた。

「あん……っ、あぁ……、はぁん……」

焦点のぼやけた瞳をとろんとさせ、腰をくねらせながらリリベルは悶えた。太棹を突き入れられるたび、ずぷっ、ぬぷっ、とぬめる水音が響き、ますます下腹部が淫らに疼いた。

「ああ……、レヴィ……」

「気持ちいい？」

「ん……すご……ぃの……」

はぁっと熱い吐息を洩らす。昨日、処女を失ったばかりなのに、こんなに感じてしまうなんて……。はしたない、と恥じ入るほどに、背徳感に昂奮《こうふん》を煽《あお》られる。

「レヴィ……、わたし、へん……？」

「何が？」

「こんなに気持ちよくなるなんて……、おかしい……でしょ……？」

「おかしくなんかないさ。俺に抱かれて悦んでくれて嬉しいよ」

レヴィアスは目を細め、上体を倒すと誘惑の声音で囁いた。

「リリベルはすごく感じやすい身体をしているようだ。これからもっと感じるようにしてやろう」

紛れもない期待で、ぞくっと全身が戦慄く。繰り返される抽挿に花筒から淫蜜があふれてとろとろと滴った。

「はんッ、あん……っ」

がつがつと奥処《おく》を穿たれ、衝撃と快感で汗ばんだ身体が頼りなく揺れる。次第にお尻が持ち上がり、空中でゆらゆらしている自分の爪先を、リリベルはぼんやり見上げた。

「んッ、んん……、レヴィ……、奥処……きもち、ぃ……」

「ここか？」

「あ！　んっ」

「悦いところ、これからいっぱい探してやるからな」

笑った彼の口許から鋭い牙がちらりと覗いた。そういえば、目の色も少し碧っぽく変わっている。

レヴィアスもまた昂奮しているのだとわかって嬉しくなり、リリベルは彼に手を伸ばした。手が届くように上体を傾け、頬に触れたリリベルの手にキスすると、彼は抽挿の勢いを激しくした。

パンパンと淫靡な打擲音《ちょうちゃく》が響き、肉槍《やり》で掻き出された蜜が淫らにしぶく。揺さぶられるまま、リリベルは甘い嬌声を上げ続けた。

「……っふ……」

かすかに呻《うめ》いてレヴィアスが愉悦を解き放つ。痙攣する蜜襞のあわいに熱した精潮がどくどくと注ぎ込まれるのを、恍惚とリリベルは受け止めた。

ほぅっと吐息をついたレヴィアスが、未だひくひくと戦慄き続ける花弁からずるりと己を引き抜く。彼はくたりと放心するリリベルの秘処を覗き込み、含みきれずにあふれた精が会陰を滴り落ちるのを眺めて微笑んだ。

「すまない。また無理をさせたな」

「……悪いなんて、ちっとも思ってないくせに」

絶頂の余韻に浸ったままリリベルが呟くと、レヴィアスは笑ってリリベルのかたわらに身を横たえた。

「リリベルが可愛すぎるからいけない」

「ひとのせいにしないで」

睨んだところで、快感にゆるんだ声と表情では睦言《むつごと》にしか聞こえない。レヴィアスはリリベルを抱きしめ、繰り返し甘くくちづけた。

しばらくそうして抱き合って身体が落ち着くと、レヴィアスはリリベルを抱き上げて浴室へ運んだ。いつのまに用意されたのか、浴槽には適温の湯が張られていた。ハーブのよい香りがする。

レヴィアスは湯のなかでリリベルを膝に載せ、やわらかな海綿を全身に滑らせた。先ほどの交わりで満足したらしく、彼の仕種からは性感を煽る意図は感じられない。安心してリリベルは身を任せた。むしろ、彼にはその気がないのに、丁寧に秘処を洗い清める指先に感じてしまいそうになって焦った。

湯浴みを済ませ、寝室へ戻るとレヴィアスはふと思い出した風情で言った。

「もう午《ひる》だな。腹が減っただろう」

そう言われれば昨日は夕食も食べず、アレータと一緒にお菓子を少し摘まんだだけだ。

「午餐《ごさん》の用意ができてるはずだ。着替えるといい」

レヴィアスは何気なく指をパチリと鳴らした。

「アレータ」

「はい！ ご主人様！」

待機していたのか、すぐに扉が開いてアレータが走り込んでくる。

「奥様の着替えを。済んだら案内しろ」

「かしこまりました！」

レヴィアスがリリベルにキスして出て行くまで、アレータは恭しく頭を垂れていた。扉が閉まると、アレータはパッと顔を上げて満面の笑みを浮かべた。

「姫様！ ご結婚おめでとうございます！ あっ、これからは奥様ですねっ」

目をキラキラさせる少女を、リリベルは唖然と見返した。

「アレータ……？ あなた、ひょっとして……、レヴィアスの正体……いえ、本性を知ってるの……？」

「もちろんです！ あたし、海竜神《レヴィヤタン》様の眷属ですから！」

「に……、人間じゃなかったのね……」

呆気にとられるリリベルに、アレータはどこまでも無邪気に笑いかける。

「はいっ。これからも姫様……じゃなくて、奥様に誠心誠意お仕えします！　よろしくお願いしますねっ」

「こ、こちらこそ」

人外とは思えぬ明るさにたじろぎながら頷く。

「今日は何をお召しになりますか？　お疲れでしょうから、ゆったりしたものがいいですよね」

「そ、そうね」

さっきまで抱き合っていたことを思い出してリリベルは赤くなった。

「どれにしましょう？　ご主人様が用意したドレスが、たーくさんあるんですよ！」

アレータは隣接する衣裳部屋からいくつもドレスを持ってきた。いや、彼女が持っているのは両手で二着だけなのだが、その後ろからさらに三枚のドレスがゆらゆらと空中を漂ってくるのだ。よく見ると、小さなタツノオトシゴがドレスの襟をしっぽの先に器用に引っかけている。無数に枝分かれした海草のようなヒレを揺らめかせているのが一匹。両脇についた羽のようなヒレをパタパタさせるものが二匹いる。

「……そ、それ、何……⁉」

震える指で差すと、怪訝《けげん》そうに振り向いたアレータが眉を吊り上げた。

「何してんの、あんたたち！　――すみません、姫様、じゃなくて奥様！　不気味かもしれませんが害はありませんので」

「あの……、タツノオトシゴ……？　に、見えるんだけど……？」

「あっ、見えるんですね？　そりゃそうですよね～。海竜神《レヴイヤタン》様の奥方になられたんですから、当然でした！　――えっと。この子たちはタツノオトシゴの精霊です。まだ未熟者なので人間の姿になれるのは夜だけなんです」

小さなタツノオトシゴたちはドレスをしっぽにぶら下げたままぺこりとお辞儀をした。

「夜になったら改めてご挨拶させますね」

「海の宮殿でも、光るクラゲが空中をユラユラ漂っているのを見たけど……。照明係とか」

「あれならここにもいますよ。光るし毒もあるんで、何かと便利なんです」

さらっと恐ろしいことを言う。確かに、クラゲのなかには刺された死ぬような猛毒を持つものもいるが。

「大丈夫ですよ～。絶対に奥様を刺したりしません。この子たちも、見た目は可愛いくせにけっこう凶暴なんです。でも奥様にだけはけっして噛みつきませんから、どうぞご安心ください！」

海中宮殿でレヴィアスにも同じようなことを言われた気がする。

（これくらいで驚いていてはだめよね。わたしは海竜神《レヴイヤタン》の妻になったんだもの）

自分に言い聞かせ、リリベルはドレスを選んだ。それにしても、見やすいようにと懸命にドレスを掲げるタツノオトシゴたちは可愛い。ペットにしたいくらいだ。

しかし、よくよく見ると、ふつうのタツノオトシゴとは違って彼らの口吻《こうふん》は上下に開き、しかも小さな牙がずらりと生えているのだった。そこだけ見ればワニみたいだ。

けっこう凶暴だそうだが、やっぱり可愛くて、おそるおそるちょんと撫でてみると、ぴるぴると甲高い声を上げて鰭をパタパタとはためかせた。喜んでいるようなのでホッとした。

アレータの勧めで透明感のある薄い翠のドレスにした。髪をざっくりと結ってもらい、真珠を散りばめた銀の櫛《くし》で留める。

ふと、数珠はどうしたかしらと思い出して尋ねると、お預かりしていますからご安心をと答えが返ってきた。今日は真珠と小粒のアクアマリンを交互に連ねた短めのネックレスにする。

三匹のタツノオトシゴ（精霊）に見送られて部屋を出た。アレータに先導されて歩くうちに、見覚えのある区画に出た。

「ねぇ……。ここってひょっとして聖王宮……？」

「はい。ご主人様は聖王宮にお部屋がありますので」

そういえば、前にもそんなことを聞いた。眠っているあいだに海の宮殿から運ばれてきたのだろう。どうやって連れてこられたのかしら……と首をひねっているうちに、着きましたと言われて我に返ったリリベルは、昨日と同じテラスに案内されたことにようやく気付いた。

丸テーブルに着いていたのは、簡素なチュニック姿のレヴィアスと、やはり同じように普段着の聖王ヨシュア。その妃のミュリエルだった。ふたりともリリベルを見るとにっこりと笑顔になった。驚いている様子は微塵《みじん》もない。

ぽかんとしていると、レヴィアスが立ち上がってリリベルの手を取り、自分の隣に座らせた。我に返って不審もあらわにヨシュアを見ると、彼は困ったように苦笑した。リリベルは眉を吊り上げた。

「ご存じだったんですね⁉」

「それは……。これでも海竜神《レヴィヤタン》の代理人だから、ね」

レヴィアスは長い脚を悠然と組んでニヤニヤしている。彼は玻璃の皿に美しく盛られた果物のなかから小振りの林檎《りんご》を手にとり、カシッと歯を立てた。憤慨して彼を睨むと、ミュリエルが眉を垂れて取りなした。

「お腹立ちはごもっともですわ。沈んでいらっしゃるリリベル様に本当のことが言えなくて、わたくしも落ち着きませんでした」

「ヒントは出していたんだが……」

聖王の呟きに眉をひそめる。

「ヒント？」

「ミュリエルが故国では死んだことになっている、と」

あ、と思ったが、あれで気付けというのも無理がある。今になればわかるけれど。不満げに口を尖らせるリリベルの機嫌をとるように、レヴィアスが顎下をくすぐった。

「そう拗《す》ねるな。黙っていろと俺が命じたんだ。逆らうわけにもいくまい？」

「いかがなものかとお止めしたんですよ、これでも。わざわざ誤解させておく必要はなかろうと」

「誤解？」

「姫は海竜神《レヴィヤタン》に食べられてしまうと思い込んでいたでしょう？　文字どおり、ぱくりと『喰われる』のだと」

「ええ……」

「私はそのようなこと、ラドニア王への通達には一言たりとも書いていません」

「え？　でも、海竜神《レヴィヤタン》の生贄に捧げるように、って……」

眉をひそめるリリベルの隣で、レヴィアスがくっくと笑う。

「ラドニアの人間は素直で素朴だからな」

「リリベル姫が海竜神《レヴィヤタン》に求婚されていることを知っているのだから、通じると思ったんですよ！」

「それじゃ……、『生贄』というのは『花嫁』を意味してたの……？」

リリベルは悲鳴を上げた。まったく逆に捉えていた。海竜神《レヴィヤタン》の言う『花嫁』は『生贄』の意味なのだと。そうではなく、彼が言ったのは言葉どおりで、聖王からの通達にあった『生贄』は『花嫁』の意味だったのだ。

「……わかりにくすぎるわよ！」

憤慨するリリベルにレヴィアスは肩をすくめた。

「文句は兄に言え。アズリルが『喰われちまうんだ！』なんて叫ぶから話がややこしくなったんだ」

善良で単純な兄は文字どおりの意味に捉えたのだ。無理もない。

「そうじゃないって教えてくれたって……」

「いわば暗黙の了解だ。通じないからといって解説するわけにもいかないさ」

「そんなこと言って。本当は面白がってたんじゃないの？」

「リリベルのいろんな表情《かお》が見られて愉しかった」

「やっぱり人でなしね」

プンとむくれるリリベルの機嫌を愉しそうに取っている海竜神《レヴィヤタン》を、ヨシュアはいささかげんなりと眺めた。ミュリエルはホッとした面持ちで、距離を取って控えていた召使にそっと合図をした。

「お詫びにリリベル様のお好きな料理を用意しましたわ。どうぞ召し上がってくださいな」

「そんな、お詫びだなんて！　ミュリエル様が気になさることなどありません。それより、昨夜はせっかくのお誘いを断ってしまって、ごめんなさい」

聖王妃は微笑んでかぶりを振った。

「無理もありません。……でも、お会いできたらこっそり教えてさしあげられたかも」

悪戯っぽい囁きに、リリベルは苦笑した。

料理が運ばれてくる。好物のエビをメインに様々な種類の新鮮な魚介類が盛りだくさんだ。タコのマリネ、スズキとアサリのアクアパッツァ、マグロのカルパッチョ、舌平目のムニエル、オマール海老のフリカッセ、ホタテのムース。そして、キリリと冷えた辛口の白ワイン……。

シーフード大好きなリリベルは、たちまちご機嫌になった。にこにこと美味しそうに食べる様子を、レヴィアスはワイングラス片手に愉しげに眺めていた。

お腹もくちくなり、食後のハーブティーを飲んでリリベルは満足の溜息を洩らした。

「ごちそうさまでした。とっても美味しかった……！」

「――これからどうなさるんですか？」

ヨシュアの問いに、レヴィアスは肩をすくめた。

「領地に戻って結婚式のやり直しだな。領主らしくしないと奥方に怒られる」

にやっとされてリリベルは赤くなった。いつだったか、そんなふうに彼を怒鳴りつけたっけ……。

「やり直し……って、もう一度結婚式ができるの？」

「どうせ茶番劇だが、人間らしくするためにはやむをえんな」

「そんな、茶番だなんて……っ」

期待で輝いたリリベルの瞳がショックでじわりと潤む。慌ててヨシュアが咳払いした。

「レヴィアス卿。その言い方は不適切かと」

「ん？——ああ、すまん。リリベルが喜ぶなら何回だって式を挙げてやるぞ？」

人間の感情の機微をいまひとつ理解していないレヴィアスは、慌ててリリベルの機嫌を取った。

「何回もやらなくていいけど……、やっぱり、周りの人たちにおめでとうって言ってもらいたいわ……」

「俺が悪かった。ただ、自分自身に祝福を願ったり誓ったりしたって意味がないと思って」

「あら、そんなことございませんわ」

ミュリエルが微笑む。

「神よりも前にまずは自分に誓わなければなりませんもの。生涯、伴侶を尊重し、大切にすると」

うんうん、としかつめらしい顔で頷くヨシュアに、ミュリエルはにっこりした。

レヴィアスはリリベルの濡れた睫毛をぬぐい、唇を押し当てた。

「そうだな。俺は俺に誓おう。必ずリリベルを幸せにすると」

ふたりだけの世界でうっとりと見つめ合うふたりに、ヨシュアは苦笑した。

「領地に戻られてからゆっくりやってください……。で、いつ戻られるんです？」

「そんなに俺を追い払いたいのか。向こうの準備が整い次第、出発するよ」

「向こうって……、コラリオン諸島のこと？」

レヴィアスは頷いた。

「一応、嫁探しに出た……ということになってるんだ。結婚相手が見つかったから、式の準備と居館を整えるよう連絡しておいた」

「今さらだけど、どうしてわざわざ人間のふりをしているの？　わたし、あの海の中の宮殿で暮らしてもいいのよ？」

「あそこは休むにはよい場所だが退屈だ。そうだな、寝室みたいなもの、とでも言えばいいか？　心身を休めるためにこもることもあるが、ずっと居るような場所ではない」

そうなのね、とリリベルは頷いた。

「おまえだって、きっとすぐに飽きると思うぞ？　どっちにしろ、あそこは人間にとって住みやすい場所でもないしな。それよりも、王女のリリベルにふさわしい場所を作ってやろうと思ったんだ」

八年前、リリベルに求婚した彼は、まずはヨシュアにその旨を通告した。びっくりしました、と聖王は真顔で言ったが当然だろう。初めて目の前に現れた海竜神《レヴィヤタン》に、人間の娘を嫁にするなどといきなり言われては。

レヴィアスはまず、人間としての生活基盤を整えることにした。人の姿に化身させた眷属を従え、財宝探索人《トレジャーハンター》を始めたのだ。部下の発案だという。元は船が沈没して溺死した航海士だそうだ。

その船はかなりの金銀財宝を積んでいたのだが、とても人間では潜れないほど深いところに沈んでいた。むろん、海竜神《レヴィヤタン》にとっては何程でもない。

それを皮切りに、ロズメール海全域で沈没船のお宝を引き上げては売りさばき、短期間で莫大な財産を築いたのだ。

「まだまだたくさん沈んでる。昔のロズメール海はよく荒れてな」

「荒れていたのはあなたでしょう……」

ヨシュアが額を押さえて溜息をつく。レヴィアスはけろりとして、当分カネには困らないから安心しろ、とリリベルに笑いかけた。顔を引き攣らせつつ頷く。

財産も充分に確保し、どこかよい領地はないかと探していたときにたまたま知り合ったのが前コラリオン諸島伯だった。伯はレヴィアスを気に入り、養子縁組をして彼に領地と爵位を譲った。もちろん対価はしっかり受け取ったが。

「先代伯はあなたの本性を知ってるの？」

「知らないと思うが。教えてないし、訊かれたこともないからな」

「あえて黙ってるんじゃないですか？　なかなか一筋縄ではいかない御仁ですし」

肩をすくめるヨシュアに、レヴィアスはニヤリとした。

「ま、只者《ただもの》じゃないとは思ったんだろうな。確かに、いくら金銭《カネ》を積まれたって、何代にもわたって守ってきた領地と爵位をホイホイ渡す奴ではない。——なかなか面白い爺《じい》さんだぞ。結婚式にも呼んである」

少し緊張して頷く。いわば自分の舅《しゅうと》となる人物だ。一緒に暮らすわけではないが、どんなひとなのか、やはり気になる。

リリベルはハーブティーを一口飲み、ほぅと溜息を洩らした。

「レヴィアスは、八年前からずっと準備してくれていたのよね……。そうとも知らず、わたしのことなんて忘れちゃったんじゃないかって、やきもきして、文句言ったりして……。ごめんなさい」

「謝ることなんてないさ」

「どうして一度も逢《あ》いに来てくれなかったの？」

もし彼が自分だけにでも、定期的に姿を見せてくれていたら。そうしたら不安や焦りを感じることもなかったのに。

レヴィアスは苦笑して不満げなリリベルの頬を突ついた。

「今度逢ったら、絶対連れ帰らずにはいられないとわかっていたからな。あまり早く家族から引き離しても可哀相じゃないか」

「それはそうだけど……」

「海竜神《レヴィヤタン》は気に入ったものは是が非でも手に入れないと気が済まない性分なんだよ。そう気に入るものも滅多にないがね……。一旦気に入ったものを見逃してやるのは一度が限度だ。二度目はない」

彼の瞳が一瞬、紺碧にきらりと輝く。反射的に身を縮めると、苦笑したレヴィアスは機嫌を取るようにリリベルの頤を撫でた。

「ま、そういうことで、ラドニアの王女としてのリリベルには海竜神《レヴィヤタン》の生贄となって死んでもらった。今日からはコラリオン諸島伯の奥方のリリベルとして生きることになる。……それでいいか？」

「もちろんよ！」

リリベルは満面の笑みを浮かべて彼の手を握りしめた。満足そうに微笑んだレヴィアスは、リリベルを自分の膝に載せてチュッチュとキスしはじめた。

「んっ⁉　んむ、ちょ……⁉　ま、って、レヴィ……っ」

焦って横目で窺うと、いつのまにか聖王夫妻の姿は消えていた。

「せっかく気を利かせてくれたんだから報いないとな」

「レヴィア……んん」

強引に唇をふさがれて目を白黒させる。逞しい胸板を懸命に押し戻したが、力で敵うわけがない。優しく髪や頬を撫でられているうちに、リリベルは半ば諦め、半ば心地よさから彼の好きにさせることにした。

レヴィアスは味わうように繰り返しリリベルの唇を吸いねぶった。そうされるうちに唇は甘く痺れ、熟れたラズベリーのようにぽってりと艶《つや》めいた。

「……困ったな。またリリベルが食べたくなった」

「だ、だめ。しょ……食休み……しないと……」

顔を赤らめるリリベルの鼻に、レヴィアスはちょんとキスした。

「そうだな。空腹は一番のスパイスと言うし」

リリベルは本来的な意味での食休みを提案したのだが、違う意味に取られた気がする。やはり彼の食欲は愛欲と一緒くたになっているのかもしれない。

(まぁいいわ。本当に食べられちゃうのでなければ)

ふぅと息を洩らし、彼の胸にもたれて穏やかな波を打ち寄せる入り江を眺める。からりと涼しい風が吹き抜け、リリベルは心地よさに深く呼吸した。

「……ねぇ、レヴィアス。これからは、わたしたち……ずっと一緒ね……?」

「ああ」

髪を撫でられ、くふんと笑う。幸福感にひたりながら、リリベルは美しい風景をいつまでもうっとりと眺めていた。

大神殿島《タルカロン》には一週間ほど滞在した。そのあいだ聖王宮の一角でレヴィアスと暮らしながら、リリベルはコラリオン諸島伯としての彼の立場を詳しく説明してもらった。

それと、自分の新しい経歴。リリベルはミュリエルの遠縁ということになった。聖王妃がどこの国の出身なのかということは伏せられており、ミュリエルは故国では亡くなったことになっているので身元を探られにくいというのがその理由だ。

聖王妃の遠縁となれば、諸島伯の奥方として問題はない。レヴィアスが聖王の私兵として個人契約を結んでいることは公表されているから、聖王に結婚相手を紹介してもらったことにすれば誰も文句をつけられないし、とやかく言う者もいないはず。

「ただな。俺は『成り上がり』と見做《みな》されているから、その点で厭味《いやみ》を言う奴はいるかもしれない。コラリオンの家臣のなかには、俺のことを快く思わない者もいなくはない」

気づかわしげに言われ、リリベルは笑ってかぶりを振った。

「大丈夫よ。何を言われたって気にしないわ。あなたが海竜神《レヴィヤタン》だってことをちゃんと知っているんだもの」

「コラリオンはラドニアとは直接の交流がないから、顔見知りと出くわすこともないだろう。そこはあまり気にしなくていい」

「家族に生きてることを知らせてはだめ？」

「しばらくは伏せておいたほうがいいな。そのうち折を見て、連絡が取れるようにするが、当分は我慢してくれ」

「わかったわ」

リリベルは頷いた。少し残念だが、禁止されたわけではない。

レヴィアスはリリベルの金髪を弄《もてあそ》びながら肩をすくめた。

「エキドニアの王子が婚約を解消してくれていたら、もう少し楽だったんだが」

「どういうこと？」

「婚約者がいないなら、ふつうに結婚を申し込めたと思う。海竜神《レヴィヤタン》の恩寵うんぬんなんぞ、どうにでもなる」

それはそうだろう。何しろ彼が海竜神《レヴィヤタン》本人なのだから。

「しかし、ファリスティーグがいくら阿呆《あほう》でも、四王国の直系王族であることは間違いない。諸島伯の身分では、譲れと迫るわけにもいかないだろう？　時間的に、どこかの王子になりすますのも難しかった。かといって無理に攫ったりすれば厄介事を引き起こすことになる。俺はいいとして、コラリオンの領民やラドニアの民にとっては傍迷惑もいいとこだ。自分の領界で、人間同士の無用な波風を引き起こすのは、本意ではないからな」

彼は珍しく生真面目な顔で呟いた。確かにそうだわとリリベルは頷き、ふと思いついた。

「あっ……。だったらわたしがファリスティーグ王子に七色真珠のブレスレットを素直に渡せばよかったんじゃ……？　あの人、ラドニアの繁栄はあのブレスレットの神通力だと思い込んでいたから」

あーあ、とリリベルは大きな溜息をついた。そうすれば悪縁もすっぱり消え、『コラリオン諸島伯レヴィアス卿』と晴れて婚約できただろうに。

くつくつとレヴィアスは喉を鳴らした。

「それはどうかな。ブレスレット自体に特別な力があるわけじゃない。ただ珍しい真珠が揃っていて希少価値があるというだけだ。効き目がないとねじ込んできたかもしれないぞ」

「確かにそうね」

リリベルは頷いた。仕方がない。あのブレスレットは『王子様』の迎えを待つあいだ、ただひとつの心の拠《よ》り所《どころ》だったのだから。

「あれは形見としてラドニアに置いてきたんだったな。欲しければまた同じものを、いや、もっといいものをやるぞ?」

「ううん、いいの。あれは約束の証として大事だったわけだし……。こうしてレヴィアスのお嫁さんになれたんだもの、わたしはそれで満足よ」

ぎゅっと抱きつくと、レヴィアスは笑ってリリベルの髪を撫でた。

「おまえはお姫様育ちのわりに贅沢を言わないんだな。遠慮せずねだっていいんだぞ。海で採れるものならなんでも好きなものを好きなだけやる」

くすくすとリリベルは笑った。

「ほんと、あなたって気前がいいわよね。それじゃ、欲しくなったときには遠慮なくそうするわ。でも今は、神殿であなたに買ってもらったメダルがとても気に入っているの。アレータも言ってたけど、あのメダルの彫刻、確かにあなたによく似てる」

微笑んで彼はリリベルの首元を軽く撫でた。するとそこに金鎖にカメオのメダルを下げたペンダントが現れる。

「巡礼や参拝でもないのに数珠玉をぶら下げているのも変だろう? こっちのほうが大げさでなくて

いい」

彼はカメオを手にとって唇に軽く押し当てた。

「ブレスレットと同じように、俺の『氣』を込めておいた。離れていても、おまえに何かあればすぐにわかる」

「ありがとう……！」

金鎖には一定間隔で小粒の真珠があしらわれ、繊細で可愛らしい。リリベルは愛情と感謝を込めて夫にキスした。


滞在中、聖王夫妻との親交も深まった。レヴィアスがいないときはミュリエルがよく相手をしてくれた。夫は政務と宗教儀礼でけっこう忙しいけれど、わたしは暇なのよ、とミュリエルは屈託なく笑った。とはいえ儀礼の際はもちろん彼女も同席する。

「コラリオンでの結婚式に出られないのは残念だわ」

ミュリエルは溜息をついた。聖王が出席するのは四王国の国王もしくは王太子の婚儀のみなのだ。

「そのうち訪ねて行ってもいいかしら？　こっそりと」

「ぜひ！」

一見、おっとりとしとやかなお姫様らしいミュリエルは意外と茶目《ちゃめ》っ気《け》のある人物だった。

ミュリエルの妹カティアとも仲よくなった。まだ小さなカティアが両親の元を離れ、姉夫婦と一緒に暮らしているのは、人ならざるものが見えてしまうというカティアの体質ゆえだった。

人界には人に化身した神の眷属が少なからず混じっているのだそうだ。様々な事物の精霊や、死んだ人間の亡霊もさまよっているという。レヴィアスと結婚してリリベルにも少し見えるようになったが、さいわい怖いものはまだ見ていない。クラゲとタツノオトシゴの精霊だけだ。あれは綺麗だし、可愛い。

「だいぶ見えなくなってきたの」

一緒にお茶しながら、カティアははにかんだ笑みを浮かべた。子どもの頃は見えても、成長するに連れて次第に見えなくなることが多いのだそうだ。『見える』子どもには人外がおもしろがって群がってくる。聖王宮は海竜神《レヴィヤタン》の『神氣』で満たされていて、入ってこられる人外は限られるので、カティアも安心して過ごせた。

「そろそろタイフォニアに戻る準備を始めないとね」

姉の言葉にカティアはつまらなそうに溜息をついた。

「おうちに戻れるのは嬉しいけど……。すぐに結婚させられちゃうのかと思うと憂鬱だわ」

彼女はいま十二歳。王女ならそんな話が出てもおかしくない。リリベルが両親の取り決めで会ったこともないファリスティーグ王子と婚約したのは九歳のときだ。

「お父様もお母様も、しばらくのあいだはカティアとゆっくり過ごしたいと思っていらっしゃるわ。すぐにお嫁に出されることはないわよ」

ミュリエルが取りなすと、カティアは訴えるようにリリベルを見た。

「わたし、お姉様とお義兄様《にい》のように、恋愛結婚したいの。リリベル様も恋愛結婚なのでしょう？いいなぁ、羨ましい。わたしも早く好きな人が欲しいわ」

好きな人が欲しい、というところが、やはり子どもらしくて微笑ましい。

「お父様とお母様にお見合いを勧められても、絶対断るわ。好きな人と結婚したいもの」

「お見合い相手を気に入ることもよくあるわよ？」

姉に苦笑され、カティアは目をぱちぱちさせた。

「あっ……、それもそうね。絵姿が気に入ったら会ってみてもいいわ」

「カティアは好みのタイプとかあるの？」

リリベルが尋ねると、カティアは無邪気に目を輝かせた。

「逞しい人が好き！ すっごい力持ちだけど、心根の優しい人がいいの。もちろん、わたしを一番大事にしてくれる人よ。お義兄様はとてもお美しい方だけど、少しほっそりしすぎていて好みじゃないわ。頼りなさそうなんだもの」

姉妹の気安さでずけずけ言われ、ミュリエルは眉を上げた。

「まぁ！ 失礼な子ねぇ。ヨシュア様は着痩せする質なのよ。ちゃんと鍛えているし、脱いだらけっこう逞しいんだから」

「そうかしら」

カティアは疑わしげだ。リリベルは姉妹の遣り取りに顔を赤らめながらハーブティーを飲んだ。ずいぶん年が離れているのに、あけすけな会話を自然に交わしているのはタイフォニアのお国柄か。

「だとしても、きっとレヴィアス卿のほうが逞しいわ。ねぇ？ リリベル様」

「えっ」

いきなり振られてお茶に噎《む》せそうになる。姉妹にじーっと見つめられ、リリベルはひくりと顔を引き攣らせた。

「さ、さぁ……？　他の殿方のことは知らないので……」

「たとえレヴィアス卿がカティアの好みでも、すでにリリベル様とご結婚されているのよ？　横恋慕はいけないわ」

「横恋慕なんてしないわよ。レヴィアス卿だってわたしの好みじゃないわ。あの方、ふざけてばかりなんだもの。せっかくの美男子が台無しよ」

「カティア」

姉に睨まれ、カティアはハッとして眉を垂れた。

「ご、ごめんなさい、リリベル様。けっして、ご夫君を悪く言うつもりでは……っ」

「いいのよ」

リリベルは苦笑した。自分だって彼の正体に気付かず再会したときには、なんて失礼な人なのかしらと憤慨したものだ。

（ひょっとして、お兄様あたりがカティアの好みにぴったりだったりして）

姉以上に年が離れているのはさておき、公には死んだことになっている身の上では、残念ながら兄を紹介するわけにもいかないが……。

不思議なことに、カティアはレヴィアスが海竜神《レヴィヤタン》だということに気付いていなかった。義兄の幼なじみゆえ遠慮がないのだと思い込んでいて、それにしてもいささか不躾すぎると憤慨しているのだ。

同じようにアレータの正体も知らないらしい。よくわからないが、きっとそれもレヴィアスの力の大きさゆえなのだろう。

カティアが世話係に連れられて退出すると、ミュリエルは改めてリリベルに謝罪した。

「ごめんなさい、リリベル様。あの子、レヴィアス卿を人間だと思い込んでいるものだから」

「いえ！　いいんです、本当に」

「不思議なものよね。変なものが見えると怯えて泣いていたあの子が、海竜神《レヴィヤタン》の正体には気付かないのだもの。こちらが驚いてしまったわ」

まさにリリベルが考えていたのと同じことを呟いて、ミュリエルは苦笑した。

「わたくしも……、ヨシュア様から聞かされても最初は信じられませんでした。ヨシュア様との婚礼のとき、大神殿の最奥殿で初めて海竜神《レヴィヤタン》のお姿を拝見して……、あまりの恐ろしさに気を失ってしまったの」

恥ずかしそうに呟き、ミュリエルは感嘆の目でリリベルを見た。

「リリベル様はまったく怖がらなかったとか……。さすがですわ」

「全然怖くなかったわけじゃありませんけど」

リリベルは苦笑した。最初に会ったとき、『王子様』――レヴィアスは、自分の本性を見て気絶しなかった女は久しぶりだと嬉しそうに笑っていたっけ……。

本当に気絶されていたのだと、気の毒になった。気絶したミュリエルを慌てて介抱するヨシュアと、憮然《ぶぜん》としているレヴィアスという光景が思い浮かび、こっそり笑みを洩らす。

「ともかく安心しましたわ。これでやっと子どもが授かります」

両手を合わせ、うふふっと嬉しそうに笑うミュリエルに、リリベルは首を傾げた。

「どういう意味ですか？」

「あっ……、ごめんなさい。お聞き及びでなかったかしら……？」

気まずそうに口ごもるミュリエルを何度も促し、やっと聞き出してリリベルは唖然とした。リリベルがレヴィアスと結婚するまでは、聖王夫妻に子どもはできないと言い渡されていたというのだ。リリベルは呆気に取られ、憤慨して眉を吊り上げた。

「そんな勝手な！　なんの意味があるの、それ⁉」

「わたしたちのあいだに生まれるのは娘ばかりなので、リリベル様がお産みになる王子様とあまり年が離れないようにしたいというご意向のようでしたけど」

「わたしが男の子を産むかどうかなんて、わからないじゃない。ミュリエル様たちだって、女の子ばかりとは限らないでしょう」

ミュリエルは困ったように眉根を寄せた。

「リリベル様は男子しかお産みならないと思いますよ。海竜神《レヴィヤタン》には女性は生まれないそうなので」

そういえば、海竜神《レヴィヤタン》はオスばかりだと最初に会ったときにレヴィアスが溜息をついていたような……？

「でも、それとミュリエル様が女の子しか産まないこととなんの関係があるんです？」

ミュリエルは少しためらい、遠慮がちな声音で囁いた。

「ヨシュア様の代で、聖王家が一旦終わるということですわ。いわゆる王朝交替が起こるのです」

「えっ……⁉」

「聖王家には基本的に男子しか生まれません。海竜神《レヴィヤタン》と人間の女性とのあいだに生まれた子どもが始祖となっているからです」

何百年かに一度だけ女子が生まれる。それは引き継がれてきた神の血が究極的に薄まったしるしであり、王朝の交替が必要になったと見做されるのだ。海竜神《レヴィヤタン》の新しい妃が産んだ王子が旧王朝の王女と婚姻して、新しい王朝の始祖となる。

「……聖王家は、そんなふうにして千年以上も続いてきました。現存する記録によれば、少なくとも三回はそういうことが起きたそうです」

血が薄まりすぎたというよりも、海竜神《レヴィヤタン》が新たな伴侶を得ることで王朝交替が引き起こされるらしい。ヨシュアはレヴィアスに言われて初めて知ったという。

「海竜神《レヴィヤタン》はとても深く伴侶を愛します。伴侶を亡くした悲しみが癒えるのに何百年もかかるほど……。だから、王朝交替はけっして悪いことではないのです。むしろ、海竜神《レヴィヤタン》が新たな伴侶を得た証であり、とても喜ばしくめでたいことなのですよ」

曖昧に頷きながら黙り込んでしまったリリベルを、ミュリエルは焦って取りなした。

「本当ですよ？　海竜神《レヴィヤタン》は伴侶に合わせて地上で暮らします。そういう時代、ロズメール海世界は平和を享受し、ことのほか繁栄したと言いますから」

懸命な面持ちで言い、ふっとミュリエルは目許をゆるめた。

「——それにね、リリベル様。わたしはむしろ女の子が欲しかったので、これでよかったと思っているのです。ヨシュア様も、娘が何人も授かれば嬉しいと仰っていますし」

「本当なら……いいんですけど……」

半信半疑の呟きにミュリエルは大きく頷いた。

「もちろん本当です！　実を言えばここのところ何代も、聖王家ではたったひとりの男子しか生まれなくて……。ヨシュア様は兄弟がとても欲しかったそうです。たったひとりの息子より、大勢の娘を授かったほうが賑やかで楽しいじゃないか、と仰っていますわ」

にっこりと笑って、ミュリエルはリリベルの手を握った。

「だからリリベル様も、素敵な王子様をたくさんお産みになって。そうすれば、きっと一組くらいは意気投合しそうだと思いません？　むりやり結婚させたくはありませんもの」

悪戯っぽい囁きに気を取り直し、リリベルは微笑んだ。

「そうですよね」

「リリベル様はわたしの血縁ということになっていますし、気が向いたらいつでも遊びにいらしてね。船を使わなくても、リリベル様なら海竜神《レヴィヤタン》のお力で、好きなときに来られるんじゃないかしら」

「そ、そうなんですか……？」

「だってあの方、リリベル様に夢中ですもの。リリベル様のお願いならなんでも喜んで聞き入れてくださると思いますわ」

気圧《けお》され気味《ぎみ》に口許を引き攣らせるリリベルに対し、ミュリエルはご託宣を下すがごとく自信たっぷりに頷いたのだった。

夜になり、身繕いを済ませて寝室へ引き上げたリリベルは、ミュリエルが言っていたことは本当かとレヴィアスに尋ねてみた。彼は悪びれた様子もなく頷いた。

「ああ、そのとおりだ」

「ちょっとそれ、ひどいと思うんだけど？」

睨まれたレヴィアスは苦笑してリリベルの頬を摘んだ。

「ヨシュアたちが結婚したのは三年前だ。三年経てば俺がリリベルと結婚することがわかっていたんだから、それくらい待ったっていいだろう」

「すぐに子どもがほしかったかもしれないじゃない。わたしたちの結婚に巻き込む必要なんてなかったのに。わたし、なんだか申し訳なくて……」

「これからすぐにできるさ」

悪びれもなくうそぶいたレヴィアスがリリベルをベッドに押し倒す。

「なんなら俺たちもすぐに作ろうか」

誘惑の瞳で覗き込まれ、リリベルは赤くなって彼の顎を押しやった。

「だめ。少しは遠慮したいもの」

そう言いながら、すでに妊娠している可能性もあるのだと心配になった。含みきれないほどの精を毎晩注がれているのだ、とっくに受胎していてもおかしくない。そんな懸念を読み取ったかのように、レヴィアスが耳たぶを甘く食む。

「心配するな。毎日せっせとしたところで、子ができるまでには三年くらいかかる」

「えっ……!?」

「種族が全然違うから、体質を合わせるのに時間がかかるんだ。当分、俺の精はリリベルの体質を変えるのに全部使われてしまって、受胎には至らないだろう」

「そう……なの、ね……？」

よくわからず首を傾げる。しかし言われてみれば納得できなくもなかった。レヴィアスの人間の姿は、あくまでも化身なのだから。

「大丈夫、ひとり生まれれば後は次々できる。だから安心して愛し合おう」

ちゅ、と唇にキスして、レヴィアスは早速リリベルの膝を開いた。

「もうっ、そういうことばっかり……」

赤くなってリリベルは抗《あらが》った。結婚してからというもの、一日も欠かさず彼に抱かれている。しかも毎回何度となく絶頂させられ、気絶するまで抱き潰されるのだ。ごくふうつの人間にはたまったものではない。リリベルは不埒にのしかかってくる夫の肩を焦って揺すった。

「ね、ねぇ、レヴィアス。これって毎日するものなの？」

「ん？　いやなのか？」

「い、いやではないけど……、その……、ちょっと頻繁すぎない……？」

「当然だ、俺は八年も待ったんだぞ？　特に十五を過ぎた頃からリリベルはやけに美味そうになって、早く食べたくてたまらなかった。少なくとも三年間はおあずけをくわされた気分だ。――うん、だから今後三年はリリベルを独占して毎日美味しくいただこう」

しれっと言って、レヴィアスはリリベルの豊満な乳房を嬉しそうにむにむにと揉みしだいた。露骨に欲望剥き出しの言葉を吐いても、からりとした口調のせいか不快には感じない。それだけリリベルが、すでに夢中だということかもしれないが。

レヴィアスはリリベルを抱き起こすと背後から抱え込む体勢でねっとりと濃厚なくちづけをした。舌を絡め、こすり合わせながら秘処をまさぐり、掻き回す。

「んッ、んッ、んぅ……」

重ねた指をぬぽぬぽと抽挿され、口腔を舐め回される快感に瞳が涙で曇る。深くくちづけられながらリリベルは絶頂に達し、睫毛を濡らしてはぁはぁと熱く喘いだ。

「レヴィ……、訊いても……いい……？」

「ん？」

「前にも……結婚してたのね……？」

困ったように見返す彼の頬にリリベルは手を伸ばした。

「そんな顔しないで。責めてるんじゃないの。ただ、あなたが……、愛する人を何度も失ってきたんだな、って思ったら……」

すごく、胸が痛くなって。よけいに彼が愛おしくなった。

「……仕方ないさ。〈神〉の伴侶となれば、ふつうの人間よりは長生きできるが、永遠には生きられない」

彼女たちだって、ずっと彼と一緒にいたかったはず。想像しただけで悲しくてたまらなくなった。自分だって、ずっと一緒にはいてあげられない。自分は一生涯、彼と暮らせる。すごく幸せ。だけど、彼は——。

リリベルはぎゅっと彼を抱きしめた。

「愛してるわ、レヴィアス。ずっとあなたを愛してる。いつまでも、ずっと……」

レヴィアスの黒い瞳のなかで、さざ波のように七色の光が揺れた。

「……ああ、リリベル。俺もおまえのことを、ずっと愛しているよ」

囁いて唇を重ねる。レヴィアスはリリベルの身体を自分に向き直らせ、膝を跨《また》がせた。そそり立つ肉槍を、蜜の滴る花唇にあてがう。リリベルは自ら腰を落とし、子宮口に突き当たるまで深々と彼を受け入れた。

「は……、ぁ……っ」

じん、と痺れるような快感が腹底から湧き上がる。彼にしがみつくと、大きな手が優しく背中を撫でてくれた。

促されるまま四《よ》つん這《ば》いになり、彼の膝の上で何度も達し、意識も身体も快楽に蕩けた。臀部《でんぶ》を高く上げて背後から彼を迎え入れる。正気ならそんな体位は恥ずかしくて、とても応じられなかっただろう。

抽挿されながらぼんやりと羞恥が頭をよぎったが、怒張した雄茎で濡れた隘路をごりごりとこすり上げられれば、たちまち何も考えられなくなった。

結局その夜も、リリベルは繰り返し絶頂へと導かれ、許してと甘く泣き咽びながら意識を手放したのだった。

第四章　二度目の結婚式と新生活の始まり

昼となく夜となく溺愛される日々が続き——。リリベルが大神殿島《タルカロン》に到着してから半月後、ようやくコラリオン諸島へ向けて出発の運びとなった。

何故そんなに時間がかかったかというと、ラドニアにリリベルを迎えにくるときに用いた帆船フォルテス号の化粧直しと整備を行っていたからだ。

鮮やかな青の船体。船首には海竜の頭部が、船尾には竜のしっぽをかたどった金箔張りの飾りがついており、陽光にまばゆく照り輝いている。新調した真っ白な帆には稲妻を象《かたど》ったコラリオン諸島伯の家紋が大きく描かれ、マストの金具はぴかぴかの真鍮製だ。

聖王宮でヨシュアたちに別れを告げ、港に着いたリリベルは、しばしのあいだ威風堂々として優美な船の姿に見とれてしまった。舷側や船と桟橋を繋ぐ手すり付きの渡り板はリボンと花でにぎにぎしく飾られている。ちょっと恥ずかしいくらいだ。

レヴィアスに手を取られて船に乗り込むと、すでに乗船していた船員や家臣の騎士、使用人たちが並んで出迎えた。

その中には満面の笑みを浮かべたアレータも混じっている。船長を始めとする上級船員や、レヴィアスの部下の騎士たちとはすでにラドニアからの航海で顔なじみだ。

リリベルにはまだ見分けがつかないのだが、船員や水夫、果ては騎士のなかにも、海竜神《レヴィヤタン》の眷属が相当数混じっているそうだ。完全な人の姿になれるのは能力が高い証であり、当然、仲間はまったく気付いていない。

普段は姿を消しているが、例のタツノオトシゴ（もどき？）のような精霊たちもいる。アレータによれば、彼らは乗船しているというより海中で船の周りに待機しており、呼べばすぐに来るという。

リリベルはタツノオトシゴの精霊が可愛くて気に入ったので、部屋に水槽を用意してもらった。昼間は水槽のなかでふつうのタツノオトシゴのようにすごし、他の人間が居合わさなければ、空中をパタパタ飛び回ってリリベルを楽しませてくれた。夜には七～八歳くらいの可愛らしい少年の姿に変じ、侍童の恰好をしてアレータを手伝ってかいがいしくリリベルの身の回りの世話をした。

言葉は喋れないが、こちらの言っていることはきちんと通じている。どちらの姿でも三人は仲がよく、いつも一緒だった。ときに少年の姿のまま仔犬のように折り重なって寝ていることもあった。

大神殿島《タルカロン》を出発して二晩を海上ですごし、三日目の午後にはコラリオン諸島が見えてきた。一番大きな本島はわりあい平坦《へいたん》なようだ、白く切り立った崖の上に豊かな森が繁《しげ》っている。

回り込んでいくと、やがて港が見えてきた。

「あそこが島の玄関口だ」

リリベルの肩を抱いてレヴィアスが港を指さす。他にも二か所港があるが、もっと小さな漁港だそうだ。

「全部で七つの島があるのよね？」

「ああ。ここから見えるのは……、ああ、あそこに見えるのが三番目に大きな島だ」

左舷のほうを見ると、黒っぽい島影が浮かんでいた。

「一番小さな島は本島の裏手にある。島のあいだは浅瀬になっていて干潮時には歩いて渡れるんだ」

「人が住んでいるの？」

「神官だけだな。ささやかな神殿がある。とはいえコラリオンでは一番大きい」

レヴィアスはニヤリとした。自分を祀る神殿があるというのは、一体どんな気分なのかしら？

「そこで結婚式を挙げる」

頷きながら、悪戯っ子のように彼が目をきらめかせているのが気になった。

「何をするつもり？」

「ちょっとばかり『瑞兆《ずいちょう》』を見せて神官や招待客を喜ばせてやろうかと思ってな」

「無茶はしないでね？」

念を押すと、わかってるさと笑ってレヴィアスはリリベルの額にキスした。

そうこうするあいだにもどんどん島は近づいてくる。すでに下船の準備は整えてあるので、リリベルは船縁に掴まってわくわくしながら港の風景を眺めた。

（どんなところなのかしら）

帆をたたんだ船は水夫たちが櫂を漕ぎ、しずしずと港に滑り込んでゆく。目指すは港のなかでもひときわ立派な桟橋だ。お仕着せの召使たち、帯剣した騎士の姿も見える。迎えの者たちだろう。桟橋の袂《たもと》には馬車や馬が待機している。

船が静かに桟橋に横づけされ、渡り板が下ろされる。レヴィアスに手を取られて降りていくと、立派な髭《ひげ》をたくわえた家令らしき壮年男性が先頭に立って一礼した。

「お帰りなさいませ、旦那様」

「出迎えご苦労、ルーベン。こちらが妻のリリベルだ。リリベル、家令のルーベンだ。先代伯の頃からずっと城の管理を担っている」

「奥様」

ルーベンはリリベルに向かって恭しく頭を垂れた。後ろに並ぶ使用人たちもそれに従う。

「リリベルです。どうぞよろしく」

品よくリリベルは微笑んだ。王女ゆえ、挨拶の受け答えには慣れている。レヴィアスが優しくリリベルの肩を抱いた。

「他の召使たちは城に落ち着いてから改めて紹介させよう」

頷いて歩きだす。待機していた馬車に乗り込んで早速出発した。リリベルは馬車の窓を開けて熱心に街並みを眺めた。美しく活気のある港町だ。坂道を上がり、整備された石畳の向こうに広がる紺碧の海が見えてきてリリベルは歓声を上げた。

「綺麗ね！　ラドニアとも大神殿島《タルカロン》とも違う色合いだわ」

コラリオンの海は深みのある群青色をしている。大神殿島《タルカロン》の海はやや碧がかった薄い青、ラドニアの海はもう少し青みの濃い紺碧だ。

「この辺りはとても海が深い。そのせいで濃い色に見えるんじゃないか」

「そうなのね」

港を出ると急角度で海が深くなる。そのため大型帆船も寄港しやすい。東のタイフォニア王国からロズメール海全域へと広がる交易網の拠点のひとつになっているそうだ。大神殿島《タルカロン》にも比較的近く、ここを経由する巡礼者も多いと言う。

町を通り抜け、馬車は鬱蒼《うっそう》とした木立のなかへと侵入した。

「お城は森の中にあるの？」

「ああ。海から見えるのは塔の先くらいだな」

「気がつかなかったわ」

「古い石造りで目立たないんだ。旗がひるがえっていればわかりやすいんだが、ちょうど風が止《や》んでいたんだろう」

左右から梢《こずえ》の張り出したトンネルのような道が蛇行しながら続いている。城は高台に作られることが多く、ここもけっこうな勾配がある。

「階段があるわね」

「歩きの者がまっすぐ来られるようにしてある。城は高波のときの避難所にもなっているから」

ロズメール海は全般的には穏やかな気候だが、秋の初めから初冬にかけて、嵐がよく発生する。ごくたまにだが、大きな地震が起こることもあった。

馬車は何度も折り返しながら道を上り、小一時間かかって城に到着した。馬車から降りたリリベルは、中庭から周囲を眺めて歓声を上げた。

「素敵なお城……！」

檜皮葺《ひわだぶ》きの円錐形の屋根のついた塔が城壁の四隅にそびえ立っている。城壁のなかには色鮮やかな花の咲き乱れる花壇に囲まれて、美しい居館があった。

「あちらの木立を抜ければ海を見下ろせる場所に出られるぞ」

入ってきたのとは反対側の門を指さしてレヴィアスが言い、リリベルは喜んで頷いた。ラドニアの王宮は見晴らしがよかったから、やはり少しでも海が見えたほうが嬉しい。

城の玄関口には女性を中心に召使がずらりと並んでいた。そういう出迎えには慣れていても、初めての場所であり、婚家ともなればやはり緊張する。

栗色《くりいろ》の髪をひとつにまとめた、四十代とおぼしき女性が進み出て頭を下げた。家令のルーベンとともに城の生活を切り盛りしている家政婦でアガタと名乗る。

聖王宮の女官長メアルゥとは異なり、あまり愛想はよくなかった。無愛想というほどではないが、頑《かたく》なな雰囲気だ。彼女もまた先代から仕えているそうだ。『金を積んで養子に納まった』レヴィアスを、あまり快く思っていないのかもしれない。

とはいえ使用人としての立場はわきまえており、受け答えは充分に慇懃で、案内されたリリベルの居室は完璧に整えられていた。

コラリオンは、豊かな森が示すとおり木材が豊富で、木目の美しい羽目板が多用されていた。どこかエキゾチックな雰囲気の漂う寄せ木細工の床も見事だ。

「気に入ったか？」

レヴィアスに優しく問われ、リリベルは大きく頷いた。

「とても素敵だわ。こんなに素晴らしい寄せ木細工の床を見たのは初めてよ」

「昔からコラリオンでは寄せ木細工が盛んなんだ。輸出しているのは家具や小物類だけで、床は国内に限られるが」

リリベルは頷き、ベッドの足のほうに腰を下ろして室内を眺めた。寝台はふたりで寝ても余裕の広さで、四隅には細めの高い支柱があり、ごく薄手の帳《とばり》が取り付けられていた。今は柱に房付きの紐《ひも》でふんわりとくくられている。

「疲れた?」

「ううん。たった二晩の航海だもの」

レヴィアスは微笑んでリリベルにキスした。船では交接はしなかった。気遣って休ませてくれたのだろう。彼の腕のなかで眠りに落ちる幸せを、リリベルは初めて味わった。

これまでずっと、度を越した快楽の果てに気絶するように眠り込んでいたので、レヴィアスの広い懐にもたれてうとうとする至福を知らずにいた。

リリベルは彼の背中に腕を回し、厚い胸板に頬を押し当てて溜息をついた。

「……こうして抱き合ってるだけで、幸せだわ」

笑いながらレヴィアスはリリベルの髪にキスした。

「すまないな。俺はそれだけでは満足できないんだ」

「もうっ……」

おどけた囁きに顔を上げ、軽く睨む。黒曜石の瞳に悪戯な光がきらめき、レヴィアスはリリベルの耳元に唇を寄せた。

「二晩ぐっすり眠ったんだから、今夜は寝かさなくても大丈夫だな?」

誘惑の囁きにリリベルは顔を赤らめた。たしなめようとしたが、甘い誘惑をはらんだ彼の瞳を見ただけで、はしたなくもぞくんと下腹部が疼いてしまう。もちろんそれをわかったうえで、レヴィアスはゆっくりとリリベルの首筋を唇でたどった。

触れるか触れないかのあえかな感触に、ぞくぞくして熱い吐息が洩れる。唇が触れ合おうとした瞬間、コツコツと扉が鳴った。ハッと我に返ったリリベルは、反射的にレヴィアスの胸をぐいと押し戻して居住まいを正した。彼は不満げに鼻を鳴らして肩をすくめた。

「入れ」

レヴィアスが声をかけると、扉が静かに開いてアガタが顔を出した。

彼女はベッドの端に並んで座っているふたりを無表情に一瞥《いちべつ》し、軽く頭を下げた。

「昼食の用意が調いましたが、いかがなさいますか」

「ああ、すぐに行く」

レヴィアスが応じると、アガタはふたたび一礼して下がった。

「……もしかしてわたし、嫌われてる？」

「気にするな。先代の時分から彼女はあんな感じだ」

リリベルのこめかみにキスしてレヴィアスは立ち上がった。

手を引かれて連れて行かれたのは館の東翼にある家族用の食堂室だった。西翼にはもっと大きな食堂室がふたつあり、来客が多いときはそちらでもてなす。厨房《ちゆうぼう》は両翼の中間にあって、裏庭は薬草園と果樹園になっているという。

食事を済ませると、レヴィアスはリリベルを食堂に残して執務室へ行った。しばらく留守にしたため、領主としての仕事がずいぶん溜まってしまったようだ。

部屋でゆっくり休むといい、と言われたが、それほど疲れてはいないし、これから暮らす城の様子を確かめたい。誰か寄越すと言い置き、頰にキスしてレヴィアスは出ていった。

ハーブティーを飲みながらのんびり食休みしていると、扉が開いてアガタが現れた。後ろにはアレータの姿もある。船上では短いキュロットだったが、今は踝丈《くるぶし》のスカートを穿いていた。上に着ているのは同じセーラー襟の白い袖無しテイルコートだ。

無表情なアガタの背後で、いつもどおりにアレータがニコニコしているのは、なんだか奇妙な対比で、思わず笑いそうになるのを慌てて抑える。

顔つきと同様、平板《へいばん》な声で告げてアガタは軽く頭を下げた。

「城内をご案内いたします」

「ありがとう」

リリベルは立ち上がり、彼女の後についていった。

城の主要部分を案内してもらい、アガタの説明を聞く。城主夫人となるからには、家政についてしっかり把握しておく必要がありますと言われ、神妙にリリベルは頷いた。王女の頃のようには気楽でいられない。

だがそれも楽しみだ。相手が誰にせよ、いずれは他国の王族に嫁ぐ身なのだから、とリリベルは国政はもちろん王宮の家政についてもあまり教えてはもらえなかった。

王宮では女官長が王妃に代わって万事取り仕切るため、王妃自身にはすることがあまりない。手芸をしたり、絵画や音楽などをたしなんだり、取り巻きの貴婦人たちとお喋りしたりするのが関の山。

しかし、貴族の奥方にはいろいろとやることがありそうだ。嬉しくなってリリベルはにっこりとアガタに笑いかけた。

「レヴィアス卿の妻として恥ずかしくないよう務めたいわ。これからいろいろと教えてね、アガタ」

無表情な家政婦は意外そうにリリベルを眺めた。固く結ばれていた口許がかすかにゆるむ。

「……こちらこそ、よろしくお願いいたします、奥様」

それからもあちこち案内してもらった。劇的に変わったわけではないが、アガタの態度や口調はずいぶんやわらいだ。レヴィアスが言っていたとおり、彼やリリベルに対して偏見や隔意を持っているわけではなさそうだ。

ひととおり案内してもらってアガタと別れると、リリベルは自室に引き上げた。アレータにお茶を淹れてもらって一休みする。

「嫌われているわけじゃなさそうで、よかったわ」

「アガタさんですか？　あの人、無愛想で厳しくて口喧《くちやかま》しいですけど、悪い人じゃないですよ」

カップにお茶を注ぎながらアレータはあっけらかんと答えた。ポットを置くと、ちょっと憤慨したふうに自分の長いスカートを摘まみ、膝頭が覗くくらいに持ち上げてみせる。

「でも、頭は固いです。本当はあたし、こんな裾の長い服なんて嫌いなんですけど、お城でお勤めするならあの恰好は絶対ダメって。最初、襟の詰まった長袖の地味～なワンピースを着せられて、頭に来たもんだから、袖を引っこ抜いたんです。肩のところから、こう、ビリッと」

「す、すごいわね……」

「襟が詰まってるのはどうにか我慢できても、袖はイヤなんです。絶対、絶対、絶対――」

「わかったわ、大丈夫よ、アレータ。袖無しが好きなら袖無しを着ればいいわ。そんなことで文句はつけないから」

慌ててリリベルがなだめると、アレータは頷いて眉を垂れた。

「で、結局、こんな感じで妥協せざるを得なかったんです」

「長いスカートも似合ってるわよ。裾からレースが覗くのも可愛いわ」

「これ、アガタさんが作ってくれたんです。ペチコートも足に絡まるからイヤだと主張したら、スカートの裏に縫いつけてくれました」

「いい人じゃない」

「そうなんですよ」

リリベルに促されてテーブルの向かい側に座り、アレータは真顔で頷いた。

「あの人、お菓子を作るのも上手《うま》いんです。これもアガタさんが作ったんですよ。ジャムとか薬草酒なんかも、あの人が全部作ってるんです」

指された菓子を食べてみて、リリベルは頷いた。

「ん！　美味しい」

アレータのほうへ皿を押しやると、遠慮しながらも嬉しそうに菓子を摘む。アレータはお菓子が大好きだから、一見とっつきにくいアガタにも素直に懐《なつ》いたのだろう。そんな彼女を、小言を言いながら案外アガタも可愛く思っているのかもしれないとリリベルは思った。


翌日からさっそく結婚式の準備が始まった。レヴィアスは大神殿島《タルカロン》でリリベルと結ばれるとすぐにコラリオンへ急使を送り、用意を整えておくようルーベンとアガタに命じていた。彼がしばらく大神殿島《タルカロン》に留まっていたのは帰国のタイミングを計っていたというのもあった。

招待客がぞくぞくと集まってくる。家臣の貴族たちの他、代々交流のある近隣の島伯や他国の領事たちだ。遠方からの客は早めにやってきて、港に停泊した船で過ごしていた。

挨拶は式が終わった後でよいと言われたので、リリベルはその日は自室でのんびり過ごした。すでに一度『式』を挙げているせいか、気持ちにはけっこう余裕がある。

婚礼は夕方から夜にかけて行なわれる。母の用意してくれた婚礼衣裳を着るのは二度目だが、前回は『生贄』にされるのだと本気で信じていたので、死装束として身につけた。でも今回は違う。レヴィアスの――コラリオン諸島伯レヴィアス卿の花嫁となるのだ。

干潮の時間に合わせて神殿のある隣の島へ向かう。小島と本島のあいだは浅い岩場で、潮が引くと本島と繋がる。馬車も通れるようにしっかりとした道を造ってあるが、満潮になれば完全に海に没してしまうそうだ。深さは三メートル近くあるという。

「帰りはどうするの？　この道、お式の間に水没しちゃうんでしょう？」

「舟で戻る。神殿で一晩過ごすという手もあるが、城で客を待たせているからな」

式の後は城に戻って祝宴だ。

神殿は、レヴィアスの言ったように、こぢんまりとしたものだったが、とても美しい建物だった。緑の木々に覆われた岩山の天辺に白い大理石の神殿があり、傾き始めた夕陽を受けて薔薇色に輝いている。

半キロほどの道を馬車で進みながら、リリベルは窓から顔を出して神殿を眺めた。

「綺麗……。遮るものがないから、朝陽も夕陽もよく見えるわね。真ん中の高い塔は……灯台？」

そうだとレヴィアスは頷いた。神殿にしてはちょっと珍しい造りだが、この辺りは暗礁が多くて危険なためだという。

島に着くと神殿の下に馬車を停め、そこからはレヴィアスに抱き上げられて階段を上った。それほど長い階段ではないが、人を抱えて上るのはけっこう大変な気がする。

「……大丈夫？」

小声で尋ねるとレヴィアスは平地を歩いているときとなんら変わらない様子でニヤリとした。

「誰に訊いてる？　なんなら走って上ってやろうか」

「や、やめてよ！　落とされないとわかってても怖いわ」

反射的にしがみつくと、ハハッとレヴィアスは笑った。

「ま、ふつうの人間にとっては多少の試練かもしれないな。ふらついたりすれば花嫁に愛想を尽かされる」

「伝統？」

「かもな。——さぁ、着いた」

そっと下ろされる。神殿の前にはすでに神官たちが待ち構えていた。案内されて奥へ進むと、そこは広々とした吹き抜けの空間になっていた。

立ち並ぶ白い円柱では貝殻のかたちをしたランプのなかでゆらゆらと炎が燃えている。香りづけされた油を使っているようで、辺りにはほんのりと甘く、清涼感のある香りが漂っていた。

広間の端は崖から突きだすように造られ、眼下に海が広がっている。岸壁に打ちつける波の音が遥か下方から聞こえてきた。手すりはないので、近くに寄るのはちょっと怖い。

その手前には大きなゴブレットがひとつと、対になった美しいワイン壺を載せた壇が置かれ、小柄な男性神官が慣れた様子で海を背に立った。この神殿の神官長はまだ三十代の初めくらいで、ぽっちゃりとした体型。柔和な笑みを浮かべる様は親しみやすい人柄を窺わせる。

まず彼はしきたりどおり海に向かって海竜神《レヴィヤタン》の来臨を希《こいねが》う祈りを捧げた。朗々としたいい声だ。

それから三度跪く姿勢を取り（リリベルは彼が落ちはしないかとひやひやした）、立ち上がるとレヴィアスとリリベルが結婚する旨を定型の聖句に載せて詠唱した。

神官長が向き直ると、リリベルたちの左右から介添えの神官が進み出てワイン壺を差し出した。リリベルの壺には赤、レヴィアスの壺には白のワインが入っている。海中の宮殿でも行なったように、結婚式では赤白のワインを合わせて呑むという儀礼はロズメール海共通のものだ。

海中宮殿とは違って、ふたりは同時に壺を傾けた。ゴブレットの半分くらいまで注ぐと、介添えが壺を引き取る。

神官長はゴブレットを両手で掲げ、目を閉じて祈りを捧げた後、レヴィアスに差し出した。彼が三分の一飲んでリリベルに渡し、リリベルもまた三分の一飲んで、ふたたび神官長に戻す。

神官長は祈りを捧げながらゴブレットを傾け、混ざり合ったワインを海へと注ぎ——。

次の瞬間、いきなり海水が噴き上がったかと思うと、竜のかたちとなって神官長の目の前に現れた。

居合わせた人々から悲鳴が上がり、神官長は両手でゴブレットの脚《ステム》を握りしめて硬直した。

唖然としたリリベルがハッと傍らのレヴィアスを見ると、彼は横目でウィンクしてニヤリとした。

リリベルが呆れている間に、海水でできた竜はふたりの周りをぐるぐると周り、さらには列柱のあいだから飛び出して神殿の周囲を駆けめぐり、ついには屋根の上で弾けて大量の海水を雨のようにざあざあと降らせた。

軒からポタポタと雫が滴る様を、リリベルはぽかんと眺めた。神官長の背中がぷるぷると震えていることに気づき、彼が怒りだすのではないかと焦る。しかし、くるりと振り返った神官長の顔は紅潮し、見開かれた瞳は盛大に潤んでいた。

「み、見ましたか、今の……!? 海竜神様《レヴィヤタン》がお姿を現されるとは……! お二方の婚姻を祝福してくださったのです! なんとありがたいことか……!」

神官長は昂奮して叫び、ゴブレットを握りしめたまま跪き、深く深く頭を垂れた。本当に彼が転落しそうでリリベルは気が気でない。神官長は危なげなく、すっくと立ち上がった。

「皆様がた! ともに海竜神《レヴィヤタン》に感謝の頌歌《しょうか》を捧げましょう!」

そう叫ぶと彼は率先して歌い始めた。もともとよい声なので、朗々と響く歌声につられて立会の神官や家臣たちも歌いだす。リリベルも歌いながら横目でじろりとレヴィアスを見た。殊勝な顔で頌歌を歌っているが、目許がぴくぴくと引き攣っているあたり、本当は爆笑したいに違いない。

足を踏んづけてやろうかと思ったが、別に式を台無しにされたわけではない。むしろ、神が顕現されたとみんな大喜びだ。

（まったく……。とんでもない神様だわ）

はぁ、と内心溜息をつきながら歌い続けるリリベルを横目で見やり、不埒極まりない海竜神《レヴィヤタン》は笑いを噛み殺すのに四苦八苦していた。

その後は何事もなく式は終了した。すでに日は沈み、残照の空に星が瞬いている。神殿の階段に一段置きにランタンが灯され、幻想的な光の道が船着場まで続いていた。リリベルはレヴィアスに手をとられ、ゆっくりと階段を下りた。

本島と繋がる石畳の道は完全に水面下に没し、来たときには陸に上がっていた渡し船がずらりと並んで波に揺れていた。リリベルたちが乗ったのはひときわ豪華な白い小舟だった。大神殿島《タルカロン》の入り江で乗ったもののように竜型の装飾は付いていないが、船縁は金で装飾され、中央には豪華な座席が据えつけられている。優雅な弧を描く舳先《へさき》と船尾にはランタンが灯されていた。

ふたりが並んで座席に納まると、舟はゆっくりと岸を離れた。船尾に立つ漕ぎ手が巧みに櫂を操り、黒い影となった本島へ近づいてゆく。ちらちらと木立の間から光が瞬いているのは、城の灯だろう。

いつしか残照も消え、満天の星が今にも降ってきそうだ。大神殿島《タルカロン》での『結婚式』は満月だったが、今夜は新月。そのぶん星の輝きがいっそう美しい。

本島の岸辺で待機していた馬車に乗って城へ向かう。式の立会人たちが戻るのを待つあいだにドレスを着替えた。用意されていたのは透明感のあるローズレッドのドレスだ。化粧直しをして大広間へ行くと、招待客はすでに顔を揃えており、拍手でリリベルを出迎えた。

立ち上がったレヴィアスが椅子を引いてくれて席に着く。彼はちょうど今夜の夜空のような濃紺の上着《ジュストコール》に銀糸の刺繍《ししゅう》の施された短いジレを合わせていた。上着の折り返し袖はクラシックにやや大きめで、銀の飾りボタンと精緻な刺繍で飾られている。

「よく似合ってる」

甘く囁かれてリリベルは赤くなった。

「あなたこそ……」

すでに見慣れたはずなのに、レヴィアスの精悍な美貌に改めて見とれてしまった。ただの平服でも充分すぎるほど見栄えがするのに、豪華な衣裳に身を包むと優雅でありながら独特の野性味が漂う。どんな貴公子だって彼と並べば瞬時に色褪《いろあ》せてしまうだろう。

レヴィアスが挨拶と結婚の報告をして祝宴が始まった。好物ばかりが並んでいたが、さすがに食いしん坊のリリベルでも、今夜ばかりはレヴィアスの麗姿をうっとりと眺め、彼が自分の夫なんだわと感動に浸っていたかった。

実際には祝宴のあいだじゅう招待客との挨拶や社交に追われまくり、それどころではなかった。やっと一区切りがついてホッとしたのもつかのま、真打ち登場とばかりにやってきたのが先代伯のベリザリオだ。

初めて舅と顔を合わせる緊張で、ゆるんだ気分が一瞬で引き締まった。形式上の養父であり、すでに爵位も譲って隠居しているとはいえ、できれば嫁として気に入ってもらいたい。

ベリザリオは侍従に命じて椅子を持ってこさせ、リリベルの傍らにどっかと腰を下ろした。反対側でレヴィアスが諦めたように軽く鼻を鳴らす。

ベリザリオは白髪まじりの金髪を後ろで束ね、口髭《くちひげ》を生やした六十代前半と思われる陽気な雰囲気の人物だった。彼はワイングラスを掲げ、上機嫌に満面の笑みを浮かべた。

「結婚おめでとう！　――いや、まさかこんな別嬪《べっぴん》さんを連れて帰るとは夢にも思わなかったぞ。よく来てくださったなぁ」

「あ……、ありがとうございます」

我に返ってリリベルはグラスを持ち上げて返礼した。ベリザリオはグラスをぐっと傾け、側に控えている侍従に差し出した。すぐにワインが注がれる。すでにだいぶ飲んでいるようだが、ほろ酔い程度にしか見えない。かなりの酒豪らしい。

彼はにやにやと悪童めいた笑みを浮かべた。なんだかそれがレヴィアスによく似ていていて、血の繋がりなどないのに、と不思議な気分になる。

「それにしても、おもしろかった。いやぁ、笑いを抑えるのが大変だったぞ」

「は？」

「海竜神《レヴィヤタン》の悪戯さ。爆笑しそうになったところで神官長が叫んだものだから、笑いそびれた」

「残念だったな」

ニヤニヤとレヴィアスが返す。ベリザリオはまったくだと頷いた。

「笑いは酒と並んで百薬の長だからな。これからも愉快な悪戯を見せてもらえることを期待しとるよ」

彼は機嫌よく笑ってグラスを傾けた。ちらりとレヴィアスを窺うと、彼は何食わぬ顔でニヤリとした。ヨシュアも言っていたが、やはりベリザリオは気付いているような気がする。

海竜神《レヴィヤタン》本人とは思わなくても、その眷属ではないかと目星をつけているのでは……？　それでもあっさり養子縁組してしまうあたり、なかなかの豪傑だ。

ベリザリオは内緒話でもするようにやや上体を傾けた。

「なぁ、リリベルや。――ああ、そう呼んでもかまわないだろうね？」

「もちろんですわ、お義父様《とう》」

「あんた、本当に大丈夫かね？　あんな海賊まがいの男と一緒になって」

「か、海賊⁉」

「おい。俺は海賊行為なんぞしたことないぞ」

「わかっとるわ。だから『まがい』と言ったんじゃないか」

ベリザリオは昂然《こうぜん》と言い返し、探るようにじっとリリベルを見つめた。

「……あんたは聖王妃様のお身内だそうだな。聖王妃様の出自は一切伏せられておるし、追及してはならんことになっている。だから尋ねはしない。わざわざ訊かずとも、どこぞのご令嬢であることは挙措を見ていればわかるよ。付け焼き刃のマナーでは、ちょっとした仕種に素が出てしまうものだからな。その点リリベルは文句のつけようがない」

「ありがとうございます」

これでも宮廷で生まれ育った王女なので、その点は特に心配していなかったが、舅に認められればやはり嬉しい。

ベリザリオは溜息をついた。

「レヴィアスは確かに佳《い》い男だし、甲斐性《かいしょう》もある。しかし、どこの馬の骨とも知れん財宝探索人《トレジャーハンター》だぞ？　生まれ育ちを頑として明かさんどころか、自分は海竜神《レヴィヤタン》の申し子なのだと真顔で大ぼらを吹く奴だ。まぁ、結婚式であんなことが起こった以上、気に入られているのは確かだろうが……」

リリベルは背中に冷や汗をかきながらぎくしゃくと笑みを浮かべた。目の前にいるのが本人なんですよ……とはとても言えない。

「で、でも、養子になさったわけですよね……」

ベリザリオは溜息をついた。

「まぁな。わしには子がなく、兄弟も未婚のまま全員死んでしまった。気がつけば近い係累はみな鬼籍に入っていて、残ったのは血縁とは言い難い遠い関係の者ばかり。しかも、どこから嗅ぎつけたのか、そやつらが自分を跡取りにしてくれと押しかけてきて、難儀しとったのよ。どいつもこいつも財産と地位目当てのカスばかりでな」

そんなとき現れたのがレヴィアスだった。彼は、結婚したい女がいるのだが、身分の高い女性なので、貰い受けるのに自分もそれなりの立場が欲しいのだと正直に告げた。

金銭《カネ》なら充分持っている、とも言い、爵位を譲ってくれるならいくらでも出すという。ふつうなら、ふざけるなと怒鳴って蹴り出しただろうが、好きな女と結婚するためという理由と、それをあっけらかんと口にするところが清々《すがすが》しくて気に入った。むろん、カネ目当てでないというのも大きい。

しかし、統治者としてあまりに無能でも困るし、以前からの家臣とも上手くやってもらう必要がある。そこで彼を自分の代理としてしばらく領地経営を任せてみた。結果は充分満足のいくものだった。政務を補佐する家臣たちも、実務能力については問題はないと請け合った。家令のルーベンを始め、召使たちも特に不満はないという。

納得したベリザリオは彼と養子縁組の契約を結んだ。自分の居住用として、ふたつの島を手元に残し、この先何十年か楽に暮らせるくらいの謝礼金を受け取った。

「――で、こうして悠々自適の生活を送っているというわけさ。うるさいカスどもも追い払ってくれて助かった」

ベリザリオは悪戯っぽく片目をつぶってグラスを掲げた。

レヴィアスが自分のために爵位を手に入れたことは知っていたが、ベリザリオに話を聞いて改めて感動した。同時に、彼が人間の領主としても巧《うま》くやっていることに安堵し、誇らしくなる。

〈神〉であるにもかかわらず――いや、それゆえにかもしれないが――レヴィアスはとても無邪気で悪戯好きだ。結婚式のときのように悪ふざけもするし、リリベルを誤解させたままからかっては喜んでいた。まったく呆れるし、頭に来ることだってある。

だから、そんな彼がひとりの人間として信頼できると言われるのはとても嬉しい。

「……大丈夫ですわ。彼が何者なのか、わたしはちゃんと知っていますから」

目を瞠ったベリザリオは、パッと破顔して笑いだした。

「そうだな！　なんたってレヴィアスはあんたと結婚するために諸島伯の地位を手に入れたんだ。ずっと前から約束していたに決まっとる」

ベリザリオは腕を組み、したり顔で頷くとリリベルを優しい目で見つめた。

「わしの娘になってくれて嬉しいよ。あんたはどこかのお姫様だろう？　見てればわかる」

頷いていいものかと迷っているとベリザリオはからからと笑った。

「言わんでいい。とにかくわしは、あんたのような可愛くてしっかりしたお姫様を娘にできて嬉しいのさ。それだけは言っておきたくてな」

「お義父様……」

リリベルが瞳を潤ませると、ベリザリオはニヤリとした。

「できればわしの嫁にしたかったくらいだ」

目を丸くするリリベルの肩を、がしっとレヴィアスが掴む。彼は不機嫌そうに養父を睨んだ。

「式は終わったんだ、さっさと帰れ」

「おお、目当てのものを手に入れたとたん邪険にするわけだな、この人でなしめ」

ベリザリオはニヤニヤしながら芝居がかって哀れっぽい声を上げた。レヴィアスの本性を知らないのかと思いきや、思わせぶりなことを口にする。

混乱していると、チッと舌打ちをしたレヴィアスがリリベルの腕を取って立ち上がった。

「だったら好きなだけ飲んでろ。──行くぞ、リリベル。付き合いはもう充分だ」

「は、はい」

がんばれよー、とニヤニヤしながら手を振る義父に見送られ、リリベルは半ば引きずられるようにして大広間から退出した。


「……レヴィアスったら、あんなのただの冗談なのに」

背後から首筋にキスされるくすぐったさに肩をすぼめながらリリベルは呟いた。

ふたりがいるのはたっぷりと湯を張った浴槽のなかだ。

祝宴を途中で抜けて部屋に戻るなり、一緒に風呂に入ろうとレヴィアスは言い出した。通常、風呂の支度にはけっこう時間がかかるのだが、アレータの手伝いでドレスを脱ぎ、シュミーズ姿で浴室を覗いてみると彼はもう湯船でくつろいでいた。

人が出入りした気配はなかったけど……？　と首を傾げていると、早く来いと手招かれる。アレータはドレスを持ってすでに退出している。目をつぶってて、と頼んで裸になり、そーっと湯船に浸かった瞬間、強引に引き寄せられて背後から抱え込まれてしまった。

それから彼はリリベルの乳房を揉みながら耳や首筋へのキスを繰り返している。すでにつんと尖った乳首を指先でくりくりと紙縒《こよ》ってさらに刺激する。心地よさに顎を反らし、リリベルはうっとりと溜息をついた。

「ふざけた爺さんだが、あれでけっこうモテるんだ。リリベルにもちょっかい出すかもしれない」

憮然とした口調に苦笑する。

「そんなことしないわよ」

「わかるものか。俺をからかうのが目的でも、リリベルに言い寄られるのはむかつく」

「……妬いてるの？」

「おまえに興味を持つ男は、誰であろうと気に食わない」

耳を食みながら囁かれると、ぞくんと花芯が疼いた。

「やきもちやきなのね……」

「そうさ」

くすりと笑みが耳朶を震わせ、締めつけられるように花芽の根元がずきずきした。

乳房を揉みしだく手が腹部を滑り、湯のなかでゆらゆらと揺らめく茂みのなかへともぐり込む。

「んッ……」

張り詰めた媚蕾の根元をぬるぬるとこすられてリリベルは背をしならせた。敏感な突起を優しく撫でられる快感に腰が揺れ、ばしゃばしゃと湯が跳ねる。

「あっ、んっ……、や……ぁ……、レヴィ……っ」

「こら、暴れるな。でないと……」

ぐぷりと指が隘路にもぐり込む。くっくっと忍び笑い、レヴィアスは息を詰めるリリベルの耳裏を

ねっとりと舐めた。

「……ほーら、挿入《はい》ってしまったじゃないか」

ぬめる媚壁をしっかりした関節でこすり、付け根までぐぐっと押し込まれる。リリベルは浴槽の縁《へり》に掴まって喘いだ。

「んッ……！」

「リリベルのなかは熱いな……。やわらかくて、ぴったり締めつけてくる。……この辺りの、ざりっとした感じもたまらない」

腹底の一点をくすぐるようにこすられ、びくんと大きく身体が跳ねた。

「は、ぁッ……んぅ……！」

「ここが好きか？」

甘い誘惑の声に、必死にかぶりを振る。くすくすとレヴィアスは含み笑った。

「おや、おかしいな。こんなにきゅうきゅう締めつけてるのに」

「ひや……、そこ……、ぃや……ッ」

涙目になって喘ぐリリベルの首筋に舌を這わせながら、レヴィアスはさらにぐりぐりと感じる箇所をこすり立てた。

「ぁうッ……ぅ……、ふ……ッ、ひ……、あ……、あ……、あぁあ――！」

内臓が迫り上がるような感覚にきつく眉根を寄せ、リリベルはビクビクと身体を痙攣させた。湯気と汗と涙の入り交じった雫が睫毛を重く濡らす。レヴィアスは指を挿入したまま、きゅんきゅん戦慄《わなな》く花襞の感触をじっくりと愉しんだ。

はぁっと大きく熱い吐息を洩らすと、チュッと耳にキスされる。

「ここ、好きだろう？」

「ん……」

今度はこくりと頷いた。

「素直に言えば、いくらでも悦《よ》くしてやるのに」

「だって……恥ずかし……」

「別に恥ずかしくないだろう。俺に愛撫されて感じてくれて嬉しいぞ？」

唇を優しくふさがれ、リリベルは半身をひねって彼に抱きついた。唇を重ね、舌を絡ませて互いの口腔を探りあう。

蜜孔から指を抜いたレヴィアスはリリベルの腰を掴んで引き寄せた。すでに彼の雄が怒張しきっていることはお尻に当たる固い感触でわかっていた。

秘裂にあてがわれた先端が、湯のなかで閉じていた襞を掻《か》き分《わ》けて押し入ってくる。根元まで熱杭《くい》を挿入され、逞しい胸板にうっとりともたれた。

みっしりと締まった肉棒で隘路をふさがれる心地よさに、くらくらと眩暈がする。未熟だったリリベルの花園は執拗に与えられた悦楽によって、今や淫らに開花していた。

身体を拓かれてまだ半月ほどしか経っていないことを思えばすごく恥ずかしかったが、レヴィアスとの交歓はそんな羞恥心などかすむほどに強烈な快感をもたらしてくれる。

彼が腰を突き上げるたびに湯が跳ね、熱気で汗の浮いた胸元や背中にしぶきがかかる。リリベルは目を閉じて、快楽に誘われるまま腰を振りたくった。

彼の唇が胸の先端に吸いつき、乳輪ごとちゅうっと強く吸い上げる。乳首の周囲を舌先でなぶりながらこりこりと甘噛みされて、痺れるような疼きにリリベルは悶えた。

腰を支えていた手が外れ、むにむにと乳房を捏ね回される。ねろねろと乳首を舐めしゃぶりながらくぐもった声でレヴィアスは囁いた。

「リリベルの胸、本当に美味《うま》いな……」

「そ、そんなに揉んじゃだめ。また大きく……なっちゃう……」

「見栄えがしていいじゃないか」

「……大きいほうが……好き……?」

「リリベルの胸が好きなんだ。見てると触りたくなる。触ると今度は舐めたくなって……。止まらない」

とろけるような甘い囁きにリリベルは頬を染めた。愛おしそうに乳首を摘まんできゅっきゅと転がしている彼がなんだか可愛くなってしまい、リリベルは彼の頭をそっと抱き寄せた。

貪欲に乳房を頬張《ほおば》りながら、レヴィアスはずんずんと腰を突き上げる。なんだか彼の雄茎がいつもより大きい気がして、リリベルは喘いだ。

「あ……、レヴィアス……? こんな……、ど……して……?」

「やきもちやいたせいかもな」

くっくと笑ってレヴィアスはさらにずくずくと奥処《おく》を穿つ。先ほど指で弄られた感じる場所を雁首でごりごりと刺激され、たまらずに甲高い嬌声を上げた。

「ひあっ、あっ、だめぇっ……! そん、な、突い、ちゃ……ッ」

「ここ刺激すると俺も気持ちいい」

応じるレヴィアスの声音も熱く乱れている。

「あ……、あ……、すご、ぃ……、レヴィ……っ」

「……っ、襞が絡みついてくる……。いけない子だな、リリベル。こんなに絞り上げて」

甘く咎《とが》められとますます感じ入り、媚壁が淫らに戦慄いた。

「あっ、あっ、あンっ……、ぉ……く……っ、いぃッ……」

快感で降りてきた子宮口を、優しく、激しく、とぷとぷと突つかれる。どろりとした淫蜜がまとわりついた肉槍がさらに勢いを増した。

「んっ、あっ、あっ、だめッ、だめ、もぅ……、ぃく……い、く……ッ」

目の前で白い閃光が弾け、リリベルは快感の奔流に呑まれた。激しい愉悦で頭が沸騰したようになる。

ひくひくと痙攣する花弁のなかへ、熱い滾《たぎ》りが注がれた。一度では済まず、二度、三度と大量の飛沫《しぶき》を浴びせかけられ、とろけた蜜襞がじぃんと痺れたようになった。

くたりと胸にもたれるリリベルの背中を、大きな掌が優しく撫でさする。

「リリベル……。すごくよかった」

「ん……」

放心したまま、こくんと頷いた。リリベルは未だ絶頂のさなかをふわふわと漂っていた。襞が収縮するたびに新たな快感が沸き上がり、いつまでも恍惚が終わらない。

レヴィアスに抱きついたまま、リリベルは無意識のうちにうっとりと腰を蠢《うごめ》かせていた。快感を極めて満足したはずなのに、貪欲に腰が揺れて止まらない。胎内深く呑み込んだ彼の灼熱《しゃくねつ》は、あれだけ精を放ったにもかかわらず強靱《きょうじん》に固さを保っていた。

放心するリリベルの唇に、彼は愛おしげなくちづけを何度も繰り返した。物足りなそうな欲望が少し落ち着くのを待って、ぬくりと引き抜く。過敏になった花筒はそんな刺激にさえ快感を覚えてしまい、唇を噛んで淫らな吐息を抑えた。

レヴィアスはリリベルの身体を大判のリネンで覆い、ベッドに運んで丁寧に水気を拭き取った。薄布を垂らした窓から流れ込む夜風が、火照った身体に心地よい。

このままうとうと眠りに落ちてしまいたかったけれど、まだ満足していないレヴィアスに身体を撫《な》で回されるうちに、ふたたび昂《たかぶ》ってしまい、結局求められるままベッドの上でも夜が更けるまで交わり続けたのだった。

結婚式の招待客のほとんどは城に四泊した。貴族の結婚では数日間にわたって客をもてなすのが通例だ。祝宴の翌日はゆっくりと過ごしてもらい、次の日は狩猟を行なった。コラリオン本島に広がる豊かな森は代々の当主が狩猟場として厳格に管理し、鹿やイノシシの数を一定数に保っている。

狩りには女性客の一部も加わったが、リリベルは不参加の女性たちをもてなして過ごした。家臣や近隣貴族の妻や娘たち、幼い子息たちと、男たちの帰りを待ちながら豪華なテントのなかでお茶を飲みながらお喋りしたり、森を散策するのも楽しかった。

聖王妃の身内ということで、リリベルの出自は伏せられている。それを尋ねるのは不作法とされ、答えなくてよい。ずけずけと訊かれることはなくてもやはり皆興味があるらしく、遠回しにいろいろと質問されて、特定されないように答えるのはけっこう大変だった。

リリベルの受け答えから育ちの良さは自然と伝わり、どこの誰かもわからないことから警戒気味だった夫人たちも納得したようだった。

なかには厭味や皮肉を言う者もいたが、そういう人はどこにでもいる。たとえリリベルがラドニアの王女だとわかっていたって攻撃してくる人間はいるだろうし、気にしないことにした。

その日の狩りで取れたのは立派な鹿で、その肉は晩餐にて早速ふるまわれた。

最後の晩は舞踏会が行なわれた。レヴィアスと踊ってみたいとつねづね願っていたので感激もひとしおだ。恋情もあらわに見つめ合って踊る姿を、ベリザリオを始め客たちは微笑ましく見守っていた。

そして結婚式から四日目の朝。招待客を笑顔で城から送り出したリリベルは、馬車の列が城門を出て行くのを見送って、ホッと溜息をついた。その肩を、レヴィアスが優しく抱く。

「やっと終わったな」

彼の口調にも安堵がにじんでいる。

「わたし、うまくやれたかしら……？」

「もちろんだ」

レヴィアスは微笑んでリリベルの額にキスした。

「素晴らしい奥方だと、みな感服していたぞ」

「よかった」

「ジジイなど、俺のほうに釘《くぎ》を刺していったくらいだ」

「お義父様でしょう、ジジイなんて言ってはだめよ」

たしなめるとレヴィアスは悪戯っ子のようにニヤリとした。

「ジジイはジジイさ」

「もう……」

リリベルは溜息をついた。実際、レヴィアスとベリザリオの会話は大抵『おい、ジジイ』『なんだ、若造』か、あるいはその逆で始まる。喧嘩腰《けんかごし》の口調ではないけれど、耳にするたびリリベルはひやひやしてしまった。そんな会話を交わすベリザリオの様子を見れば、案外愉しんでいるのではないかとも思えるが。

別れ際、ベリザリオはリリベルの両頬に盛大なキスをして、レヴィアスの眉間に深いしわが寄るのを見て喜んでいた。

「あなたとお義父様、なんだか似てるわ。本当の親子みたい」

「言うな」

厭そうに顔をしかめる様子に、くすくす笑ってしまう。

「お義父様のこと、本当はけっこう好きなんでしょう?」

レヴィアスは肩をすくめただけだったが、否定はしなかった。彼がベリザリオを認めているのは確かだ。そうでなかったら好き勝手に軽口を叩かせてはおかないはず。彼は気に入らない人間にはまったく容赦がない。以前、リリベルを手込めにしようとしたファリスティーグ王子をイカ墨まみれにしたくらいなのだから。

思い出して笑っていると、レヴィアスはムッとした顔でリリベルの額をぐいと押した。

「あのジジイにはもう二度と会わせないからな」

「あら、そんなのだめよ。遊びに行くって約束したんだもの。約束は守らなきゃ、ね」

腕を絡めてにっこりすると、レヴィアスは不本意そうに肩をすくめた。くすくす笑いながら、リリベルは彼の腕を取って機嫌よく城内へ戻ったのだった。


客が帰って気が緩んだのか、その夜からリリベルは微熱を出した。いつものようにベッドで唇を重ねあっていると、口のなかがやけに熱いなとレヴィアスが眉をひそめた。熱があるとわかると彼は即座にリリベルを寝かせ、城下町から医者を呼びつけた。

診察した医者によれば単なる過労とのことだった。しばらくゆっくりと静養するようにと言い、食事についてアガタにいくつか指示を出すと医者は帰っていった。

「……たいしたことないのに、大げさよ」

溜息をつき、リリベルはベッドの端に腰掛けた夫を軽く睨んだ。

「人間は脆《もろ》いから、大事をとるに越したことはない」

「脆いって……。それは、あなたに比べればそうでしょうけど、わたし、丈夫な質なのよ？　風邪だって滅多にひかないんだから」

曖昧に頷くレヴィアスの表情は冴《さ》えない。リリベルは彼の手をそっと握った。

「どうかした……？」

「忘れてた」

「何を？」

「……これからしばらくは、体調がすぐれないかと思う」

憂鬱そうな呟きに、リリベルは目をぱちぱちさせた。

「どうして？」

しぶしぶ、といった様子でレヴィアスが語ったところによると。海竜神《レヴィヤタン》の精を受けたリリベルの身体は少しずつ変化し始めているのだという。

「それ、前にも聞いたわ。あなたの赤ちゃんを産めるようになるためでしょう？　三年くらいかかるって」

「それくらい時間をかけないと、身体に負担がかかりすぎる。……わかってたんだが、リリベルと結婚できたのが嬉しくて、浮かれてしまって……、つい加減なく出しすぎてしまった。すまん」

深刻そうな顔で頭を下げられ、リリベルは赤くなった。確かに、毎回あふれだすほどたっぷりと胎《はら》に精を注がれていたが、レヴィアスしか知らないリリベルは、夫婦の営みというのはそういうものなのだろうと素直に受け入れていた。

「危うくリリベルを壊してしまうところだった。すまない……」

うなだれる彼に驚いて急いで身を起こす。寝てろと慌てるレヴィアスを、リリベルはぎゅっと抱きしめた。

「大丈夫よ！　そう簡単に壊れたりするものですか」

「リリベル……」

「わたし、うーんと長生きして、できるだけ長くあなたの側にいるつもり。だからそんな顔しないで。あなたが悲しそうな顔をしてると、わたし……、すごく胸が痛くなって……。どうしていいかわからないわ」

リリベルは声を詰まらせ、彼にしがみついた。レヴィアスはリリベルを抱きしめて背中を何度も撫でさすった。

「リリベル。俺の可愛い、愛しいリリベル……」

少しかすれた囁き声に頷き、胸に頬をすり寄せる。

「……わたし、あなたのような竜になるの？」

うっとりと尋ねると、レヴィアスは驚愕してリリベルの顔を覗き込んだ。

「そんなわけないだろう⁉　リリベルはあくまで人間だ」

「なんだ、残念」

肩をすくめるリリベルに面食らって今度はレヴィアスが目をぱちぱちさせる。それがおかしくてリリベルはくすくす笑った。

「あなたと一緒に海竜になってロズメール海を端から端まで泳ぎ廻りたかったのに。絶対楽しそう」

まじまじとリリベルを見つめたレヴィアスは、顔をくしゃりとゆがめるとふたたびぎゅっと抱きしめた。

「……リリベルと出会えてよかった。あのとき、海に涙の味がして……。ふと顔を出すと船の上で小さな女の子が泣いていた」

何故近づこうと思ったのかわからない。声をかけたって、姿を見れば気絶するに決まっている。だが、気を失えば、少なくとも涙は止まるだろう。

「リリベルは気絶しなかった。それどころか、俺を綺麗だと言った」

「だって本当に綺麗だと思ったんだもの」

今も綺麗。もっと綺麗。そして最初に会ったときのように、やっぱり少し怖い。だけどそれはきっと自然なこと。本当に美しいものは、どこか怖いものなのだ。魂を吸い込まれてしまいそうだから……。

促されてふたたび横になる。レヴィアスが優しく頬を撫で、そっと唇にキスした。

「愛してる、リリベル」

頷いて、キスのお返し。そして目を閉じる。深い深い海の底へと誘《いざな》われるように、リリベルは穏やかな眠りに引き込まれていった。

レヴィアスが心配したほどリリベルの体調不良は続かなかった。自分でも言ったように、元来丈夫な質なのだ。

あれ以来レヴィアスは自制して、吐精は一晩に一度だけと決めた。何故かその穴埋めにリリベルの絶頂を増やすと言い、快感の果てに意識を失って寝落ちるパターンは結局変わらないのだった。

夫婦の仲むつまじさのおかげか、周囲の評判も上々だ。素直なリリベルは新しい生活になじむのも早く、諸島伯夫人としての務めも楽しみながら取り組んだ。

相変わらずアガタは無表情だが、口調や態度はずいぶんやわらかくなった気がする。家令のルーベンが言うには、長いあいだこの城には奥方が存在しなかったため、責任感の強いアガタは気を張りすぎていたのでしょうとのことだ。

レヴィアスは領主としての仕事を真面目にこなしている。〈神〉である彼には退屈なのではと心配だったが、意外と楽しんでいる様子にホッとする。彼にとってはこれも一種の『遊び』なのかもしれない。以前リリベルに『領主である以上、責任を持て』と言われたのもけっこう効いているようだ。

城での生活もだいぶ慣れた。ラドニアの王宮ほど解放感はないものの、森の小道を少し行けば海を見下ろせる崖の上に出る。周囲は広々とした草原になっていて、風がとても心地よい。

リリベルはそこが気に入って、雨が降っていなければ毎日のようにアレータを連れて散歩に出かけた。切り立った断崖はまっすぐ海へ没し、港のほぼ反対側ということもあって、周囲には人の姿も船影もない。

そこでリリベルは思いがけずアレータの『正体』を知ることになった。

リリベルは日除《ひよ》けのためにいつも鍔《つば》の広い帽子をかぶっているのだが、ある日、いつものように美しい海の眺望を楽しみながら散策していると、崖下からの風で帽子が飛ばされてしまった。

ふだんから用心して指を鍔に添えていたが、このときは思わぬ突風に押さえきれなかった。

「あ――」

手を伸ばしたものの、追いかけたら確実に転落する。風にくるくると舞う帽子をがっかりとリリベルは眺めた。

「ああ……。せっかくレヴィアスが買ってくれたのに」

先日、城下の港町に降りてぶらぶらと散策したとき、通りがかった帽子店のウィンドウに飾られていたものだ。よく似合うとレヴィアスが言ってくれたし、自分でもとても気に入っていたのだが。

「大丈夫です、奥様！」

いきなり後ろから張り切った声がしたかと思うと、アレータが助走をつけて勢いよく崖からジャンプした。

「ちょ……、アレータ⁉」

青くなるリリベルの目の前で、バサリと大きな翼がはためく。

（え……⁉）

アレータは落下しなかった。袖無しの衣服の肩から誇らしげに広がっているのは紛れもなく翼だった。色合いは鷲《わし》か鷹《たか》のような模様のある茶色だ。いつのまにか、アレータの腕は猛禽類《もうきんるい》の長大な翼に変わっていた。

まさしく猛禽《もうきん》のように、アレータは気流に乗って旋回しながら宙を舞う帽子へ近づいていく。そして器用に頭を帽子に入れ、落ちないように顎を引くと、今度は矢のようなスピードでこちらへ戻ってきた。

呆然とするリリベルの前でふわりと着地し、あっというまに翼から人間の腕に変わって、両手で丁寧に鐔《つば》を持ってにっこりと帽子を差し出した。

「どうぞ、奥様！」

「あ……、ありがとう……」

たじろぎながら受け取って頭に載せる。

「あの、アレータ……。あなた、鳥さん……だったの……？」

「はい。あたしはハルピュイアです」

にこにこと少女は答えた。ハルピュイアは女性の頭部を持つ大食いの怪鳥で、なんでもかんでも食べてしまうと言われている。ふだんは無人島に住んでいるが、夜嵐とともに人里に襲来する。リリベルは話に聞いたことがあるだけで、実際に見たことはない。

「あたしたち、ふだんは姉妹で行動するんですけど、あたし、悪食すぎて姉たちに呆れられて。このイカモノ喰いめ！　って巣から追い出されちゃったんです」

「悪食？」

「お菓子が大好きなんですぅ……。特に油で揚げたお菓子が」

きゃっ、と恥ずかしそうにアレータは手で顔を覆った。なんでも食べるハルピュイアだが、菓子類は好まない。特に油ものはダメらしい。人間的な基準では全然おかしくないのだが、ハルピュイア的には完全に変人というか変態らしい。

「海竜神《レヴィヤタン》の眷属だからお魚系《ジズ》だと思ってたわ」

「鳥類なので、正確には天空神様の眷属なんですよ。でも慣例で、海鳥とか、島に住み着いている者は海竜神《レヴィヤタン》様の預かりになっています。海竜神《レヴィヤタン》様の眷属には飛べる者は少ないので、重宝されてます。トビウオは、あれ、跳ねてるだけですし」

そうなのね、と若干顔を引き攣らせながらリリベルは頷いた。

アレータが袖のある服を嫌うのは、翼に変じるときに邪魔だからだ。むろん人前で変身することはないが、腕が解放されていないとどうにも落ち着かないとのこと。

びっくりしたものの、すでに最大級の人外と契ってしまった身の上だ。同類からは悪食と罵られても、リリベルからすればアレータは一緒に美味しくお菓子をいただける可愛い話し相手だ。なんの問題もないわ、とリリベルはにっこりと少女に笑いかけたのだった。

月の明るい晩にはレヴィアスと一緒にやってきて、竜体に戻った彼が黒曜石の鱗《うろこ》で月光を弾《はじ》きながら豪快に泳ぐ姿をうっとりと眺めることもあった。自分も竜に変身して一緒に泳ぐことができたらいいのに。本当に残念だ。

本来の姿で海を泳ぐのが、レヴィアスにとっては何よりもストレス発散になるようだ。人間としてはかなり長身とはいえ、竜に比べたら取るに足らない大きさに縮こまっていては息苦しくなるに決まっている。

解放感を満喫すると、彼は崖の上で待っているリリベルにキスしてもらってから人間の姿に戻る。童話によくあるパターンを彼はおもしろがって『儀式』にした。そのまま彼と星空の下で愛し合うこともしょっちゅうだった。

誰も見ていなくても、外でするのは最初はすごく恥ずかしかったが、そのうちにすっかり気に入ってしまい、今では逆にそれが恥ずかしかったりする。

ちょっとだけ不満なのは、レヴィアスが領主としての仕事で他の島に行くとき、基本的にリリベルは留守番をしなければならないことだ。

ラドニアから大神殿島《タルカロン》へ、そして大神殿島《タルカロン》からコラリオンへの航海は本当に楽しかった。いつかまたレヴィアスと一緒に見渡すかぎりの水平線を眺めてみたい。

レヴィアスがリリベルを連れて行かないのは、体調を慮《おもんぱか》ってのこともあった。いくら節制してくれても、やはり人ならざるものとの交接は気付かぬうちにリリベルの身体に負担を強いているらしい。

月に一、二度、リリベルは微熱を出したり身体がだるくてたまらなかったりして、ベッドで数日過ごす。そうして定期的に休養を取ったほうが、結局は体調維持に役立つのだと、おとなしく休むことにしている。

彼が留守をしているときも『休養』を取るにはよい機会だ。しかし困ったことに、何故か彼が側にいない夜ほど妙に身体がうずうずして落ち着かない。

仕方なく彼にされていることを想像しながら自分で慰めていると、いつのまにか半神半人の妖美な姿をしたレヴィアスに抱かれていて、夢かうつつかわからぬうちに何度も絶頂を迎えてしまった。

後日、帰ってきた彼に抱きすくめられ、耳元で『可愛かったぞ』と囁かれ、恥ずかしすぎて死にたくなった。どんなに離れていてもリリベルが求めてくれればわかるのだと言い、彼は嬉しそうにキスの雨を降らせた。

喜んだレヴィアスに、いつでも遠慮なく自慰していいからな、などと言われてしまい、絶対するもんですかと眉を吊り上げて言い返した。

結局、半神半人のレヴィアスとの媾合に人の姿のときとはまた違った昂奮を覚えてしまったリリベルは、まんまと彼の思惑に乗って羞恥に悶え転げる朝を幾度となく迎えるはめになったのだった。


そんな恥ずかしくも甘ったるい新婚生活であったが、一か月半ほど経ってやっと少しは落ち着いた。

折しも盛夏、ロズメール海が一番美しい照り輝く季節だ。

この季節、島々では海竜神《レヴィヤタン》に感謝を捧げ、加護を祈る祭礼が行なわれる。

コラリオンも例外ではなく、本島で行なわれる祭事を見るために領内の島に住む人々が一斉に押し寄せた。本島内陸部の住民もこの祭礼は最大の楽しみで、一家総出で着飾ってやってくる。港は船で埋まり、旅籠は満員。あぶれた人たちは船や浜辺で寝る。真夏なのでせいぜいちょっと風邪をひくくらいですむ。

義父のベリザリオが友人知人を引き連れて城にやってきて、しばらく逗留《とうりゅう》した。以前から祭事のときには泊めていたとのことで、文句は言えない。

しかしアガタとルーベンが気を利かせてくれて、リリベルはレヴィアスと一緒に海上での祭事や、港町の賑やかなパレードを楽しむことができた。

領民たちは新しい領主夫妻を歓迎した。先代のベリザリオもぶらぶら町へ下りてきては気さくに領民たちと喋り、町の居酒屋で食事をした。跡を継いだ夫妻が同じようにするのを領民たちは喜んだ。

レヴィアスには人間を身分や出自で差別するという考えがそもそもないし、好奇心旺盛なリリベルは王女の頃から城下町や港をぶらつくのが好きで、船乗りや漁師とも親しく話をした。その頃のリリベルは海竜神《レヴィヤタン》からもらった七色真珠のブレスレットを持っていたので、それで航海や漁の安全を祈るととても喜ばれたのだ。

幸せいっぱいのリリベルはまったく気付かなかったが、レヴィアスと腕を組んで笑顔で歩く姿を驚きの目で見つめている人物が群衆のなかに混じっていた。

「……嘘だろ、おい」

その男は人込みに紛れながら食い入るようにリリベルを凝視した。金髪碧眼《へきがん》の美青年だが、どことなく荒《すさ》んだ雰囲気だ。そのせいか、上等な衣服を身につけながらどうにもだらしない印象が強い。

目をこすり、瞬きをし、何度も見返した。確信を持って男は頷いた。

「リリベル姫……。生きていたのか……！」

握りしめた拳が怒りに震える。ギリギリと歯噛みをし、男は憤怒と怨嗟《えんさ》の混じり合った暗い目つきでリリベルと、その傍らで微笑んでいる長身の男を睨《ね》めつけた。

黒髪と黒い瞳。端整な顔立ち。見覚えはない。周囲の人々の会話から彼らがこのコラリオン諸島の領主夫妻だと知り、男の怒りはさらに燃え上がった。

「くそっ……、よくも俺をコケにしてくれたな！」

横っ面を張り飛ばしてくれようと一歩踏み出し、男は考え直した。卑劣な笑みが口端に浮かぶ。

そう、これは絶好の機会だぞ。この俺をたばかり、屈辱を与えた罪を償ってもらおうじゃないか。グルになって騙したからには、関わった全員を罰してやらねば気が済まない。

「……せいぜい今のうちに笑っておくがいいさ」

笑顔で周囲の人間と歓談するリリベルを粘着質な目つきで睨み付けながら、男——エキドニア王国第三王子ファリスティーグは、卑しい薄笑いを浮かべてうそぶいたのだった。

第五章　海竜神のド派手なお仕置き

夏の祭礼も無事終わり、コラリオン城下の港町がいつもの落ち着きを取り戻した、とある夕暮れ時――。

「旦那様。大神殿より書状が届いております」

家令のルーベンに銀のトレイに載せた巻紙を差し出され、レヴィアスは怪訝そうな顔になった。

「大神殿から？」

「さようでございます」

ルーベンは慇懃に頭を下げる。

リリベルは食前酒のグラスを手に、手紙を受け取る夫を何気なく見やった。ふたりはテラスで暮れなずむ空を眺めながら夕食前のひとときをのんびり過ごしていた。

手紙を一読したレヴィアスが、しくりと眉間にしわを寄せる。リリベルは首を傾げた。

「どうかしたの？　聖王様に何かあった……？」

「いや……。聖王宮ではなく、大神殿からの呼出し状だ」

リリベルは軽く混乱し、問い返した。

「大神殿から直接呼び出されたってこと？」

「俺は神殿騎士でもあるからな」

レヴィアスは肩をすくめた。神殿騎士の称号と義務は、諸島伯の爵位に付随していて切り離すことができない。もともとは諸島伯の爵位を大神殿が認めた見返りとして騎士を派遣していたのが始まりだそうだ。

実際にはほとんど名誉称号のようなものなのだが、形式上、大神殿からの指示には従わざるを得ない。レヴィアスこそが神殿の祀る〈神〉そのものなのに、人間として生活している以上、〈神〉に仕える人間に仕えなければならないのだからややこしい。

「呼び出しの理由は?」

「書いてないな……。この手紙が届き次第、妻同伴にてただちに出頭せよ、だとさ」

「え、わたしも? どうして……?」

「リリベルが美人だと聞いて見てみたくなったのかもな。大神官長が相当の好き者だというのは公然の秘密だ」

「ふざけないでよ。……もしかして、大神殿はわたしの身元を知ってるの?」

急に心配になって尋ねるとレヴィアスは軽くかぶりを振った。

「大神殿は聖王妃の出自を知らないから、リリベルのことも知らない――ということになっている」

「実際には知ってるってこと?」

「何食わぬ顔で、こっそり調べてるな。名前も変えてないし、調べようはいくらでもある。もともとは隠すのではなく、聖王に敬意を表す意味で、あえて配偶者の出自を穿鑿《せんさく》することを控えたんだ。ところが何代か前から聖王宮と大神殿の力関係が逆転し始めた。大神官長は自分のほうが聖王よりも

『上』だと見做し、代々の聖王を自分に都合よく利用するようになった。少しずつ実権を抜き取りながら……。聖王妃も神官から還俗《げんぞく》した女性が続いた。ところが当代のヨシュアは優しげな外見のくせにけっこう強情でな。連れ合いも自分で探してきたし、唯々諾々と従う質じゃない。扱いづらい奴だと大神官長は煙たがってる」

　レヴィアスはニヤリとした。聖王宮と大神殿のあいだにそんな対立や確執があるなんて、思ってもみなかった。

「そうなのね……。だったら名前くらい変えたほうがよかったかしら」

「そんな必要はないさ。悪いことをしたわけじゃないんだから」

　眉を垂れるリリベルの頬に、レヴィアスはチュッとキスした。

「せっかくだから、この際きれいに掃除しておくとしよう」

「掃除って、大神殿の？」

「しばらく留守してるあいだにすっかり居心地悪くなってしまってな。もともとあそこに住んでたわけじゃないし、まぁいいかと思っていたが」

　ニヤッとレヴィアスは例の悪童めいた笑みを浮かべる。警戒のまなざしを向けるリリベルの機嫌を取るように、彼は優しく頤を摘んだ。

「疑り深い目つきも可愛いぞ」

「もう、ふざけてばかりなんだから」

　リリベルは呆れて肩をすくめた。レヴィアスは律儀に控えているルーベンに尋ねた。

「船の状態は？」

「いつでもお使いいただけます」

「では、明朝出航だ」

「は」

恭しく一礼してルーベンが下がると、彼はにっこりとリリベルに笑いかけた。

「さぁ、機嫌を直して。食事にしよう」

彼に手を差し出され、リリベルは素直に立ち上がった。

(大神殿がどういうつもりで呼び出したのか知らないけど……)

難癖をつけたところで結婚式のときのような『奇跡』が起こって大騒ぎになり、またもや感激しきった神官が皆で頌歌を捧げましょうなどと言い出すのではないだろうか。

(まったく。悪ふざけが好きな神様には困っちゃうわ)

リリベルはそっと溜息をついた。『最強』の夫を持つ身としては、彼の身に危険が及ぶのでは……という不安は、皆無とまではいかなくてもほとんど感じない。

心配なのはむしろ『やりすぎ』のほうだった。


翌朝リリベルは、最小限の着替えと身の回り品だけを持ち、レヴィアスとともに船に乗り込んだ。

彼はヨシュアの私兵として聖王宮に部屋を持っているし、代理の騎士が常時待機している。どこか離宮にでも出かけるような気楽な気分だ。

順調に船は進み、三日目の午後には大神殿島《タルカロン》に到着した。

「こんなに早くまた来ることになるとは思わなかったわ」

港の風景を眺めながらリリベルは呟いた。レヴィアスと結ばれ、幸福感に満ちあふれてこの港を出てからまだ三カ月も経っていない。聖王妃ミュリエルと手紙の遣り取りはしていたものの、最近の手紙でも大神殿の動きを警告するようなことは書かれていなかった。

今回のことは聖王宮には知らされていないだろうというレヴィアスの考えにリリベルも頷いた。聖王宮と大神殿は完全に別々の思惑で動いているのだ。

聖王は実際に海竜神《レヴィヤタン》と相まみえることのできる唯一の人間でありながら、ふだんは世俗の君主として変わらない生活を送っている。一方で、大神殿は海竜神《レヴィヤタン》を祀っているが、〈神〉がそこを訪れることはなく、見せ物的な儀式と信者への聖具の販売で大儲《おおもう》けしている。

「……なんだか変よね」

リリベルは眉根を寄せ、ペンダントトップのメダルを弄った。参拝に来たわけではないので、巡礼の数珠は二重にして手首に巻き、メダルだけを下げている。レヴィアスが神氣を込めてくれたメダルは、お守りとしていつも身につけている。

「何が変なんだ?」

リリベルの肩を抱いてレヴィアスが微笑んだ。

「大神殿ってなんなのかしら、って思ったの。ラドニアやコラリオンの神殿の神官たちは皆、信心深くて真面目な人たちなのに」

「大神殿の神官だって大部分は真面目で信心深いさ。ただ、トップにいる奴が、度が過ぎてがめついだけ」

「がめついって……」

思わず噴き出してしまう。

「どうしてそんな人が大神官長になれたのかしら」

「大神官長は別に特別な存在じゃない。最も大きな神殿の神官長だから大神官長、というだけだ。特別なのは聖王のほう。大神官長サマはそのことをすっかり失念しているようだが」

ニヤリとするレヴィアスを、リリベルは心配になって見つめた。

「ねぇ……。あなたとしてはもちろん、おもしろくないでしょうけど、あまり脅かすようなことはしないであげてね」

「わかってるって。心配するな」

そう言いながら悪戯っ子のようにニヤニヤしているのだから信用ならない。

呆れて睨んでいるうちに船は前回と同じ桟橋に着いた。そこには白いマントを羽織った騎士がずらりと並んでいる。神殿騎士の装束だが、所属を表わす印は様々だ。見たところコラリオンの騎士の姿は見えず、リリベルはとまどった。

「あの人たち、何？　どうしてコラリオンの騎士がいないの？」

「さっそくお出迎えか」

レヴィアスは飄然とうそぶき、リリベルの手を取って堂々と桟橋に降りた。

騎士たちのなかから代表者らしき男が前に出る。年は三十代半ばだろうか。筋骨隆々とした体躯に、ふとリリベルは筋肉自慢の兄を思い出した。目の前の男は愛嬌《あいきょう》のある兄とは違って、顔立ちも表情もずいぶんとごついが。

「コラリオン諸島伯レヴィアス卿だな？」

「いかにも」

泰然と頷くレヴィアスに、男は居丈高に言い放った。

「誘拐疑惑により貴公を逮捕する」

思いも寄らない成り行きに、リリベルはぽかんとした。レヴィアスもさすがに驚いた様子で軽く目を瞠った。

「ふむ……。そう来たか。——で、私が誰を誘拐したと？」

「もちろん、そこにおられる——」

男は横目でじろりとリリベルを見やった。

「ラドニアの王女、リリベル姫だ。他人の空似などと言い訳しても無駄だと言っておく」

くすりとレヴィアスは笑った。

「言い訳などしないさ。いかにも我が妻はラドニアのリリベル姫。誘拐した覚えはないがね」

「わたしだって、された覚えはありません」

気を取り直したリリベルは神殿騎士をまっすぐ見据え、憤然と言い返した。

「わたしは自分の意志でレヴィアス卿と結婚しました。いったい誰がそんな言い掛かりを」

「貴女《あなた》は海竜神《レヴィヤタン》への捧げ物として選ばれた。レヴィアス卿はそれを横からかすめ取ったのだ。これはれっきとした誘拐だ。しかも神への捧げ物を攫うなど不届き千万」

「何言ってるの⁉　この人は——」

「リリベル」

低声でたしなめられ、リリベルはハッと口をつぐんだ。レヴィアスが海竜神《レヴィヤタン》であることは秘密だった。明かしたところで信じてはもらえまい。彼が本性を見せないかぎり……。

そんなこと、してほしくない。せっかく彼が何年もかけてリリベルのために整えてくれた『人間としての幸せな生活』が壊れてしまう。

彼は握っていたリリベルの手を放して前へ出た。警戒した騎士たちが一斉に槍の穂先を向け、リリベルは蒼白《そうはく》になった。レヴィアスは落ち着き払って代表の騎士に告げた。

「何か誤解があるようだ。大神官長と直に会って話したい」

「意向は伝える」

騎士は無表情に頷いた。油断なく武器を構える騎士たちに囲まれて、レヴィアスが歩きだす。とっさに後を追おうとしたリリベルの腕を、大柄な騎士がむんずと掴んだ。

「レヴィア……っ！」

締めつけられる苦痛に顔をゆがめると、レヴィアスの表情が変わった。一気に空気が不穏さを増し、うなじの毛が逆立つような感覚に襲われる。

「……妻に触れるな」

軽く顎を反らし、レヴィアスが冷然と命じたとたん、騎士は雷に打たれたかのようにパッと手を離した。いったい何が起こったのか、真っ青な顔で騎士は自分の手をぎゅっと押さえ込んだ。指の関節がこわばり、わなわなと震えている。

レヴィアスはリリベルに視線を移し、にこりと微笑んだ。

「大丈夫、心配するな」

リリベルは唇を噛み、こくりと頷いた。レヴィアスはふたたび騎士に向き直って、冷やかに命じた。

「丁重に扱え」

そうしてまたリリベルに微笑みかけると、彼は悠然と踵を返した。武装した騎士たちに囲まれて彼の姿が桟橋から見えなくなると、大柄な騎士は悔しげに吐き捨てた。

「くそ……。海賊あがりの幻術使いめが……」

独り言だがリリベルにもはっきりと聞こえた。レヴィアスが他の神殿騎士からそんなふうに見られていたとは……。ショックと悔しさで唇を噛む。

騎士は憮然とした表情のままリリベルに顎をしゃくった。付いていくと桟橋の袂に黒い箱馬車が停まっていた。ふたたび顎をしゃくられ、しぶしぶ乗り込む。

「ちょっと！　奥様をどこに連れてくつもり!?」

アレータが眉を吊り上げて詰問する。

「大神殿にて事情を伺う。コラリオンの人間は船で待て。むやみな上陸は許さん」

「ふんっだ、あたしは人間じゃ……」

「アレータ！」

憤慨する少女を、慌ててリリベルは制した。

「大丈夫だからおとなしく待ってて。すぐに戻るわ」

やむなく引き下がったアレータと、不安げな騎士たちに見送られて馬車が走り出す。

馬車の窓から懸命にレヴィアスを探したが、どこに連れて行かれたのか、彼の姿はどこにも見えなかった。

「――リリベル⁉　リリベルじゃないか！」

いきなり名を呼ばれ、悄然《しょうぜん》とうつむいていたリリベルは驚いて顔を上げた。

「お兄様⁉」

小さな中庭を囲む回廊の向こうから走ってきたのはリリベルの兄、ラドニアの王太子であるアズリル王子だ。

アズリルは剣だこだらけのごつごつした手で、そっとリリベルの手を握った。筋肉自慢の暑苦しい兄だが、妹を邪険に扱ったことは一度もなかったのだと思い出して瞳が潤む。

「おまえ、本当に生きていたんだな……！」

兄の青い瞳も心なしか潤んでいるようだ。

「お兄様、どうしてここに？」

ふたりが行き会ったのは大神殿の別棟のひとつだった。貴賓用の宿坊らしく、贅沢な造りはまるで貴族の城館だ。まだ新しそうな建物で、無駄に華美な装飾のせいか妙に俗っぽい。これでは聖域という気が全然しない。品よくすっきりとした聖王宮のほうがずっと落ち着く。

アズリルが答えようとするのを、リリベルを案内していた中年の女性神官が横柄に遮った。

「勝手なお話はご遠慮ください。おふたりとも神を冒瀆《ぼうとく》した疑いにより呼び出されたことをお忘れなく」

「冒瀆……⁉」

びっくりして見返した女性神官の顔はあくまで傲然として確信に満ちている。本当にリリベルたちが神をたばかったと信じ込んでいるのだ。

「俺は実の兄だぞ。言っておくが、俺だって今の今まで妹は海竜神《レヴィヤタン》の生贄にされて死んだとばかり思っていたんだ。わけがわからん！　話くらいさせろ」

大男のアズリルに怒りもあらわに迫られ、横柄な女性神官もさすがに怯《ひる》む。アズリルはリリベルの手を取って中庭に出た。神官たちは回廊に留まり、警戒した顔でこちらを監視している。

中庭の真ん中には枝を広げた大樹が一本あって、木陰で休めるように幹の周囲にベンチがしつらえられている。そこに並んで座り、アズリルはひそめた声で話し始めた。

「大神殿からの呼出し状が、突然届いてな……。海竜神《レヴィヤタン》の花嫁を横流ししたと告発されたんだ」

「横流し……!?」

荷物みたいな言われかたに唖然とする。アズリルはしかつめらしく頷いた。

「手っとり早く言えばそういうことだ。海竜神《レヴィヤタン》へ捧げるべきものを、こっそり別の人間に渡したわけだからな。むろん、そのようなことをした覚えはない。それで弁明のため急ぎやってきたというわけだ。父上の名代として」

「お父様はどうしていらっしゃるの？　まさかお加減が悪いとか……？」

「いや。父上は自分で行くと仰ったんだが、大神殿に呼びつけられるまま国王自ら出向いていくのは如何《いかが》なものかとお止めしたのだ。聖王猊下からの呼び出しに応じるのは四王国の王家にとっては最優先の義務。しかし我々は大神殿に敬意は払っても、けっして従属しているわけではない」

アズリルは胸を張った。そういえばレヴィアスも大神殿は単に『一番大きい』というだけだと言っていた。大きくなりすぎたせいで、きっと勘違いしているのだ。

「聖王猊下にはもうお会いしたの？」

「それが、港に着いたとたん大神殿に連行されてしまってな。聖王猊下は今回のことをどう思っていらっしゃるのか……」

ハァと溜息をつく兄に申し訳ない気分になる。

「あの、お兄様。猊下は全部ご存じなのよ、最初から……」

「だからそこがわけわからんのだ！　説明してくれ」

がしっと肩を掴まれ、真剣に顔を覗き込まれる。気圧されたリリベルは、頭を整理しながら説明を始めた。

幼いリリベルに求婚した海竜神《レヴィヤタン》とレヴィアスが同一人物であること。

リリベルと一緒に暮らすために何年もかけて人間としての地位を築いたこと。

しかし諸島伯の身分では王族である婚約者のファリスティーグ王子から横取りするわけにいかず、海竜神《レヴィヤタン》の生贄となって『死んだ』ということにしたこと。

大神殿を通さなかったのは、神殿の権威づけのために利用されるのを避けるためだったこと。

そして、聖王妃の身内の娘としてレヴィアス卿の花嫁になったこと……。

アズリルは頷いたり首をひねったりしながら、リリベルの説明を聞いていた。

「――それはおかしくないか？　レヴィアス卿はどう見ても人間だぞ」

諭すような言葉にリリベルはがくっと肩を落とした。

「だからね……。好きなように変身できるのよ。神様なんだから」

「しかし、海竜神《レヴィヤタン》はとてつもなく巨大だと言うではないか。おまえだって、ものすごーく大きかったわ！って昂奮して、身振り手振りを交えて一生懸命説明したよな?」

「だから……」

「確かにレヴィアス卿は立派な体格をしているが、海竜神《レヴィヤタン》の巨体を構成する筋肉は収まりきれんだろう」

大真面目に言われてリリベルは頭を抱えた。兄の筋肉馬鹿はとうとう脳みそにまで達してしまったのか……。

「お兄様。お願いだから今は筋肉のことは忘れて。今だけでいいから……！」

む、と顔をしかめたアズリルはしぶしぶ頷いた。

「わかった。事態が収拾したときに、改めて本人からじっくり聞くことにする」

「そうしてちょうだい。——でも、どうしていきなりこんなことになってしまったのかしら。わたしは聖王妃様の身内ということになっているのよ? 聖王妃様の出自は建前上伏せられているから、たとえわたしの身元がわかっても神殿が表立って難癖をつけるわけにはいかないはずよね……」

生贄の儀式を神殿主導で執り行えなかったのが不満だとしても、トップの聖王が承認し、立ち会った以上、文句は言えない。それに、リリベルは実際に一度は海竜神《レヴィヤタン》の『生贄《はなよめ》』となって『死んだ』のだ。こうして再会するまで、家族だってリリベルは死んだものと思い込んでいた。

「……それについては心当たりがある」

アズリルが浮かない顔で言い出した。

「何?」

「実はな……。神殿が我々を告発した罪状には、神の花嫁を攫った誘拐罪の他にもうひとつある。詐欺罪だ」

「詐欺⁉」

「うむ。結婚詐欺だ」

リリベルはハッと目を見開いた。

「……！　お兄様、それってまさか」

憂鬱そうな顔でアズリルが頷くと同時に、どこからか軽薄な声が聞こえてきた。

「やぁ！　リリベル姫！　またお会いできましたな」

振り向くと回廊の入り口に、にやけ面の男が立っていた。今まさに思い浮かべた『人でなし』の出現に驚いて、リリベルは飛び上がった。

「ファリスティーグ王子……⁉」

リリベルの元婚約者、ラドニアの第三王子ファリスティーグは、気取った仕種で大げさに一礼した。

彼はすたすたと歩み寄ると、リリベルの手を勝手に取ってくちづけた。ぞわっと怖気《おぞけ》がして反射的に振り払う。ファリスティーグの気取った顔が醜悪にゆがんだ。殴られるのではと身構えたが、すっとアズリルが前に出てリリベルを背後に隠した。

「……訴状に名はなかったが、やはり貴君の仕業か。ファリスティーグ王子」

「仕業とは心外だな、アズリル王子。それではこちらが悪いようではないか」

フン、とファリスティーグは尖った顎を反らした。

「私は当然のことをしたまで。私の婚約者であるリリベル姫を、『生贄』を隠《かく》れ蓑《みの》に他の男に与えてしまったのだぞ。いったいいくら積まれたのか知らないが……。これが詐欺でなくてなんだというのだ？　婚約不履行で訴えられて当然ではないか」

まるでレヴィアスが金品でリリベルを贖《あがな》ったかのような言いぐさにムカッとする。言い返そうとするのをアズリルが抑えた。

「生贄は事実だ。海竜神《レヴィヤタン》が望まれたとおり、リリベルはその身を捧げたのだからな」

負けじとばかりにアズリルは頑丈そうな顎を反らした。もともと彼のほうがずっと背が高いので、そういう態度をとられると侮られている感も半端ない。案の定、挑発にすぐ乗るファリスティーグの顔はみるみる紅潮した。

ぴくぴくと頬を引き攣らせ、それでもファリスティーグは余裕ぶって笑ってみせた。

「ほぉ……。では、何故リリベル姫がここにこうして生きておられるのですかな？　生贄になって死んだのが事実とすれば幽霊か？　しかし、今触れた感触では生きた人間としか思えませんなぁ」

厭味たらしく嘲笑られてもアズリルは怯まなかった。

「リリベルが死んだとは、俺は一言も言っていないが？　我が妹は幼い頃に望まれたとおり、海竜神《レヴィヤタン》の花嫁となったのだ。海竜神《レヴィヤタン》は我が妹を愛しまれ、人である彼女に合わせてわざわざ人間の姿に化身してくださった。つまりそれがコラリオン諸島伯レヴィアス卿である」

堂々と言い放つ兄にリリベルは感心した。ちゃんとわかってるじゃないの！

しかしファリスティーグのほうはちっともわかっていなかった。彼は鼻にしわを寄せて嘲笑した。

「ふざけるな。この俺がそんな戯《ざ》れ言《ごと》を真に受けるとでも思っているのか！」

アズリルは息巻く彼を無視してリリベルに尋ねた。

「なぁ、レヴィアス卿が海竜神《レヴィヤタン》なら、俺は神の義兄ってことになるよな？」

「えっ？　あ……、そうね。そうなる……わね」

「おお……！　なんと名誉な！」

アズリルは目をキラキラさせ、ぐっと拳を握った。無視されたファリスティーグが眉を吊り上げて怒鳴る。

「猿芝居はいいかげんにしろ！　誰がそんなたわごとを信じるか！　約束どおりリリベル姫は俺と結婚してもらうからな。俺を騙し、苦痛を与えた慰謝料も、きっちり払ってもらう。今計算中だから楽しみにしてろ。もちろん、その七色真珠も渡してもらうぞ！」

『もらう』ことしか頭にないのかと呆れつつ、ビシッと指さされて兄の左手首を見ると、そこにはリリベルが故郷に残してきた七色真珠のブレスレットが嵌まっていた。

「お兄様、それ」

「ん？　ああ、母上が、お守りとして持っていけと貸してくださったのだ。サイズが合わんと思ったのに、さすがは神宝、このとおりぴったりだ」

「まぁ、すごい」

「貴様ら俺を無視するなーっ」

ファリスティーグは地団駄踏んでわめいた。真っ赤な顔でハァハァ息を荒らげ、彼は目を丸くする兄妹を交互に睨み付けた。

「……ふ。ふふふ……。そうして好き勝手ほざいていられるのも今のうちだぞ、リリベル姫。俺は妻を野放しにする気はないからな。鎖に繋いで厳しく躾《しつ》け直してやる！」

捨《す》て台詞《ぜりふ》を吐き、肩を怒らせて去っていくファリスティーグを、リリベルは唖然と見送った。

「……あの人、妻のことを危険な猛獣か何かだと思ってるの？」

「確かにおまえはそうかもしれん」

「まぁ！　失礼ねぇ」

睨まれたアズリルがハハッと笑い声を上げ、改めてリリベルに微笑んだ。

「……生きていてくれて嬉しいよ、リリベル」

「お兄様……」

「幸せに、暮らしてるんだな？」

真剣な問いかけに言葉に詰まり、リリベルはぎゅっと兄に抱きついた。

「もちろんよ！　――ごめんなさい。折を見て、ちゃんと知らせるつもりだったの」

「おまえが幸せなら、それでいいんだ。――ああ、そうだ。これ、返しておく」

笑ってリリベルの背を叩いたアズリルが、手首からブレスレットを外そうとするのをリリベルは押しとどめた。

「いいの。持ってて」

「しかし……、せっかくの贈り物を手放したりして、海竜神《レヴィヤタン》の機嫌を損ねはしないか？」

「大丈夫よ。大切な家族に形見として残してきたんだもの。なんなら手切れ金代わりにファリスティーグ王子に渡したっていいのよ。レヴィアスは別に怒らないと思う」

アズリルは顔をしかめた。

「それは俺がいやだな。大事なリリベルの形見をあんな奴にくれてやるなど業腹だ」

それもそうねと肩をすくめると、回廊に控えていた女性神官が痺れを切らしたようにしきりと咳払いを始めた。

「……もう行くわ。心配しないで、お兄様。きっと大丈夫よ」

リリベルは兄の頬にキスして回廊に戻った。女性神官たちに取り囲まれて建物の奥へ消えていく妹を見送ると、アズリルは大きな溜息を吐きながらしかめっ面でがりがりと頭を掻き回した。


その頃、聖王宮のヨシュアの執務室には大神官長の姿があった。背はヨシュアより頭ひとつぶん低いが横幅は二倍以上ある。六十歳をいくつか超えたというのに、やけにギラギラと精力的な雰囲気漂う人物だ。頭は見事に禿《は》げ上《あ》がり、鼻の下に細い髭を生やしている。唇は厚ぼったく、端が捲れたように薄笑いを浮かべていた。

「これは実に由々《ゆゆ》しき事態ですぞ、聖王猊下」

大神官長はもったいぶった口調で告げ、尊大に髭をひねった。ヨシュアはうんざり顔で軽く肩をすくめた。

「そうかね」

「当然ではありませんか。ご神託をねじ曲げ、海竜神《レヴィヤタン》が望んだ娘を寵臣《ちょうしん》に下げ渡してしまうなど、許されぬことです」

「それについては説明しただろう。海竜神《レヴィヤタン》はしばしのあいだ地上にて伴侶とともに人と交わって暮らすことをお望みだ。そのため人間に化身して――」

「コラリオン諸島伯レヴィアス卿になった、と？ 馬鹿馬鹿しい。あの男はいかさま師ですよ。どこの馬の骨とも知れぬ、海賊上がりのならず者だ。しかも妙な幻術を使うとか……。猊下は騙されておいでなのです」

「海賊ではなく財宝探索人《トレジャーハンター》だ」

律儀に訂正するヨシュアに、大神官長は気の毒そうな憫笑《びんしょう》を浮かべた。

「海千山千のごろつきにかかれば、人を疑うことを知らない素直な猊下を手玉に取るくらい、造作もないこと……。金銭《カネ》にものを言わせて諸島伯の地位を手に入れただけでは飽き足らず、海竜神《レヴィヤタン》の花嫁を欲したのですよ。まったく、傲慢にもほどがある、欲深い瀆神者だ。そんな男をお側《そば》に侍《はべ》らせるなど、神の代理人たる聖王として恥ずかしくないのですか」

ヨシュアは涼しげな顔を崩さない。大神官長は陰険な目をすっと細めた。

「……海竜神《レヴィヤタン》がリリベル姫を花嫁に欲した、というのは、そもそも真実なのでしょうか？」

「私が偽りを言っていると？」

「そうは申しません。猊下は確かに海竜神《レヴィヤタン》をご覧になったのでしょう。しかしそれが本当に海竜神《レヴィヤタン》だったかどうか……。いかさま師の幻術による幻影、あるいは白日夢であったのやもしれませぬ。なにせ海竜神《レヴィヤタン》の姿を見ることができるのは聖王猊下だけ……ということになっておりますゆえ」

憐《あわ》れむような薄笑いを浮かべる大神官長に、ヨシュアは唇をゆがめた。

「私が幻覚を見た、と？」

「その可能性は否定できないかと……。他には誰も、目撃者がいないのですからね」

「そなたは海竜神《レヴィヤタン》の存在を信じていないのか？」

「もちろん信じておりますとも。ただ、猊下がご覧になったものが果たして本当の海竜神《レヴィヤタン》であったかどうかについては、甚だ疑わしいと申し上げるほかありません」

傲然とうそぶく男を、ヨシュアは怒るよりもむしろ感心したように眺めた。

「何もかも私の幻覚というのだな」

「海竜神《レヴィヤタン》が生贄を欲するなど、何百年ぶりかの一大事なのですよ？　それを大神殿を通さず勝手に収めてしまって……。どう考えても納得できません！」

ふんっっ、と大神官長は荒々しく鼻息を噴いた。

「神殿に任せてくだされば、少なくともリリベル姫は間違いなく海竜神《レヴィヤタン》に捧げることができた。海賊あがりのならず者に奪われるのではなく、海竜神《レヴィヤタン》の妃となる瞬間を、皆が目撃できたのですぞ！」

「……それはリリベル姫を海に沈めるという意味か？」

不快そうにヨシュアが呟くと、芝居がかって大神官長は眉を上げた。

「海竜神《レヴィヤタン》の花嫁になるのですよ？　海竜神《レヴィヤタン》の宮殿は海の底にあるのだから当然です。姫君はその高貴な身分にふさわしく着飾り、舟には薔薇の花をいっぱいに敷きつめて、盛大に送り出さねばならなかった。それを猊下はおめおめと――」

「確かに絵になりそうだな」

ヨシュアは小声で独りごちた。大神官長には聞こえなかったらしく――あるいは単に皮肉を無視しただけかもしれないが――、さらに居丈高に語気を強めた。

「ともかく、レヴィアス卿が海竜神《レヴィヤタン》の化身であるなどという妄言は到底受け入れられません。彼は海竜神《レヴィヤタン》の花嫁を横取りした大罪人。厳しい刑罰を課さねばなりません。そしてリリベル姫は、本来の婚約者であるエキドニアのファリスティーグ王子の元へ輿入《こしい》れさせるのです」

「改めて生贄として海に沈めるのではないのか？」

厭味っぽく言われ、大神官長は大仰に眉を上げた。

「何を仰います。すでに穢《けが》された身。それどころか、ならず者と結託して神をたばかるとんでもない悪女だ。そのような者を海竜神《レヴィヤタン》が受け入れると思いますか。かえって激しい怒りを買ってしまいますよ。海は荒れ、魚は姿を消し、船は次々と沈没することでしょう。なんと恐ろしい……」

大神官長はおどろおどろしく言い切り、頭を垂れてぶつぶつと聖句を唱えた。顔を上げると、反論は許さぬとばかりに命令口調で告げた。

「猊下におかれましては、しばし聖王宮にて静かに自省の時を過ごされますよう。今後の祭儀はすべて神殿が適切に段取りをした上で、猊下にご来臨賜ることになりましょう。では、お健やかに」

形だけは恭しく一礼し、大神官長は尊大に胸を張ってのしのしと執務室から出ていった。

ヨシュアは椅子の背にもたれて溜息混じりに呟いた。

「――あなたは私の幻覚だそうですよ」

くすりと笑い声が響いたかと思うと、半神半人姿のレヴィアスがどこからともなく現れた。彼は紺碧の瞳を二分する金の細い瞳孔をきらりと光らせ、冷やかすようにヨシュアを眺めた。

「ずいぶんと舐められたものだな。我が血を引く子孫のくせに情けないぞ？」

「まったくです。申し開きの言葉もありません」

ヨシュアは渋い顔で嘆息する。

「まぁ、よい。大神殿が勘違いしてつけあがるのを放っておいた俺にも責任はある。正直、神殿などというものは俺にとってはどうでもいいのでな。滅多に行かない別荘《ヴィラ》みたいなもので、つい手入れを怠ってしまう」

「もともと人間が勝手に造ったものですし、もはや完全に人間同士の駆け引きですよ。代々の聖王が面倒くさがって祭儀を神殿に丸投げしていたツケがいよいよ廻ってきた、というところでしょう」

はぁ、とヨシュアはうらぶれた溜息をついた。

「面倒くさがりは俺の血筋だな」

暢気《のんき》に首を傾げる海竜神《レヴィヤタン》を、ヨシュアは半眼でじとりと睨んだ。

「どうするおつもりですか。大神官長はリリベル姫をファリスティーグ王子と結婚させ、その見返りに王子が『慰謝料』としてラドニアから取り上げた七色真珠を貰い受け、神宝として大神殿に仰々しく祀《まつ》るつもりですよ。そんなこけおどし、あなたはお嫌いなのでは？」

「あれは約束の証《あかし》としてリリベルにやったものだ。彼女が形見として家族に残してきたのだから、ラドニア王家のものとしてやりたい。大神殿には俺の像があるのだから充分だろう。あれはよい出来だ。俺も気に入っている。あれを彫った聖王は、実に可愛い奴だった」

当時のことを思い出したか、レヴィアスはしみじみとした口調になった。

「いかに出来がよかろうと、所詮は人間が彫ったものですからね。神が直接与えたもののほうがありがたみがあるんでしょうよ。――それにしても、ファリスティーグ王子はそんなにリリベル姫と結婚したかったんですかね？　金目当てにしてもずいぶんとしつこい。大体、どうして居所がわかったんでしょう？」

「たまたまコラリオンにやってきて見かけたのさ。夏の祭礼で」

「エキドニアとコラリオンには、直接的な交流はありませんよね？」

「だから来たんだよ。まさかコラリオンにいるとは思われないと踏んだのだろう。不始末が重なって母国にいられなくなって逃げてきたんだ」

ファリスティーグは昔から素行に問題があった。末っ子で、母親と祖母が競うように甘やかした。兄がふたりいたため王位に就くことはないと見做され、教育はおざなり。帝王学を叩《たた》き込《こ》まれることもなかった。

彼は容姿だけは無駄に恵まれていたため、幼い頃から特に女性にちやほやされることに慣れてしまった。いつしかそれを当然と思い込み、自分に関心を持たない女は存在すら認めないという、尊大で傲慢な人間に成り果てた。

リリベルとの婚約は祖母の勧めだった。第三王子ともなれば、国内の適当な貴族令嬢と結婚するのがふつうだ。だが、ファリスティーグを盲愛する祖母は最愛の孫に王女を娶《めと》らせてやりたかった。それもなるべく直系の、次代の王とも近い関係の王女がよい。そうすれば孫の将来は安泰だ。

当時、四王国の王女のなかで祖母の希望に合致した姫は何人かいたが、リリベル以外はすでに婚約済みか、あるいは幼すぎた。当初、リリベルの父はあまり乗り気ではなかった。一人娘でもあり、できれば王太子に嫁がせたかったのだ。

母親に泣いて掻《か》き口説《くど》かれたエキドニア王は、跡取りの第一王子にはもっと羽振りのよい国の王女を娶ればよいと考え、ラドニア王を説得してかなり強引に婚約にこぎ着けたのだった。

孫の婚約を見届けて安堵したのか、祖母はまもなく亡くなった。王太后という強力な後《うし》ろ楯《だて》をひとつ失ったファリスティーグは祖母がお膳立てしてくれた『王女』に執着するようになった。

しかもその王女リリベルは海竜神《レヴイヤタン》から世にも珍しい七色真珠のブレスレットを貰ったという綺談《きだん》の持ち主で、実に特別感がある。自信過剰で見栄《みえ》っ張《ぱ》りのファリスティーグは『限定』とか『一点もの』とかに非常に弱かった。

婚約者に嫌われていることも肥大した自尊心をいたく刺激した。婚約当時はまだ十歳ということもあり、まったくそそられなかったが、何年か経つとリリベル姫はスタイル抜群の美人になっていた。

そろそろ色気づいてもよさそうなのに、相変わらずファリスティーグにはまったく関心を示さない。強引にものにしようとすれば何故か船が浸水して溺れかけたり、空から大量のイカが降り注いでイカ墨まみれになったりと、とんでもない邪魔が入るのだ。

そうこうするうち最後の砦《とりで》、母王妃が亡くなった。父王とふたりの兄王子は女性たちとは異なり、わがままで軽薄で女性関係や金銭的な問題を引き起こしてばかりのファリスティーグをつねづね苦々しく思っていた。そこで、母と祖母が手を回して潤沢に支給されていた歳費を一気に半分以下に削ったのである。

第三王子という身分を考えれば文句ない額だったのだが、贅沢し放題に育ったファリスティーグにがまんできるわけがなかった。

何がなんでも今すぐにリリベル姫と結婚しなければならない。ラドニアは七色真珠のブレスレットの効能でいつのまにやらエキドニアをしのぐ豊かな国になっていた。

その国のたったひとりの姫を妻にすれば、一生遊んで暮らせる。持参金としてあの七色真珠を手に入れれば海竜神《レヴイヤタン》の神通力によりエキドニアは四王国一の強国になれるだろう。そうすれば父も兄も自分を見直し、しかるべき敬意を払うはず……！

――と、自分勝手な計画を胸に意気揚々とラドニアに乗り込んだのだが。目当ての金蔓《リリベル》はいなかった。海竜神《レヴィヤタン》の生贄として、大神殿島《タルカロン》へ連れて行かれたのだ。

むろんファリスティーグは信じなかった。ふざけるなと怒鳴り、ラドニアの王宮中を傍若無人に捜し回って顰蹙《ひんしゅく》を買った。それでもリリベルは見つからなかった。本当にいないのだ。

大神殿島《タルカロン》からの使者が持参したという聖王ヨシュア直筆の書状も見せてもらった。ファリスティーグは聖王直筆の書状など今まで見たことはなかったが、紋章くらいは知っていたし、いかにも本物っぽかったのでしぶしぶながらも認めざるをえなかった。

リリベル姫が死んだからには婚約は解消、というより自然消滅である。もうこれはどうしようもないが、ただ引き下がっては腹立ちが収まらない。

ラドニア王妃の手首に例の七色真珠を見つけたファリスティーグは、見舞金としてそれを渡すよう要求した。彼としては当然の要求をしたまでだが、激怒したアズリル王太子によって王宮から文字どおり蹴り出された。

部下に担がれて自分の船に戻ったファリスティーグは、しばらくのあいだ尻が痛くて痛くて馬にも乗れず、寝るときはうつ伏せなければならなかった。

それからは転落の一途《いっと》だった。何もかもが裏目に出てうまくいかない。もっとも今までだってうまくいっていたわけではなく、ただ単に母や祖母がせっせと尻拭いをしてくれていただけだったのだが、ファリスティーグはそれを自覚して反省するどころか、周囲を逆恨みするばかりだった。

うっかり手を出した人妻の嫉妬深い亭主に剣を振り回して追いかけられ、一発逆転を図った賭場では有り金すべて巻き上げられた。庇護者《ひごしゃ》を失い、歳費を削られた彼にはもう誰も金を貸してくれなかった。父と兄にはとっくに愛想を尽かされている。

借金取りに追われて盛り場にも顔を出せなくなった。それでも彼の甘いハンサムな顔に騙されてくれる女性はまだいて、ヒモ同然の生活を送っていたのだが、例の嫉妬深い夫が居所を探り出して問答無用と襲撃してきたので、情婦の全財産を持ち逃げして商船に飛び乗った。

その後は港町の賭博場に出入りしてカモを見つけてはヒモになり、トラブルで居づらくなると別の島へ移るという爛《ただ》れきった生活だった。そして流れ流れてコラリオンにたどり着き、そこで死んだはずのリリベルが領主の奥方としてぴんぴんしている姿を目の当たりにしたのである。

「――というのが眷属を使って調べさせたところの、おおまかな経緯だ」

レヴィアスが話を終えると、ヨシュアは椅子にもたれて盛大な溜息をついた。

「なんとも見事なクズっぷりですね……。で、大神殿に訴え出た、というわけか」

「大神殿としてはそれこそ渡りに舟だったんじゃないか？　『生贄《チャンス》』を派手な儀式にしそびれて歯ぎしりしていたところだからな。聖王猊下にケチをつける絶好の機会だ」

おもしろがるようなレヴィアスの言葉にヨシュアは肩をすくめた。

「婚約不履行で聖王宮《うち》の法務部に提訴してくれれば、私の権限で調停できたんですがね」

「海竜神《レヴィヤタン》の生贄を誘拐したと訴えたほうが、婚約不履行よりずっとインパクトが大きいと思ったんじゃないか？　大神殿は喜んでおおごとにしてくれるだろうからな」

「確かに。仕返しという意味合いが大きそうですしね。――ところであなた、今どこでどうしてるんです？」

ヨシュアの問いにレヴィアスはニヤリとした。

「大神殿の地下におとなしく監禁されてるよ。大神官長との会見を申し込んでるんだが、さっぱり音沙汰ないな」

「リリベル姫とファリスティーグ王子の結婚式を済ませてからねちねちと審問するつもりじゃないですかね」

「それじゃ、茶番劇の見物がてら、こっちから会いに行くとするか。ちょっとばかりお仕置きしてやる必要もありそうだしな」

レヴィアスは愉しげに笑うと姿を消した。ヨシュアはしばらく考えて頷いた。

「これを見逃す手はないな。——よし、私も見物に行こう」

顎を撫でてニヤッとする様は、確かに悪戯好きな海竜神《レヴイヤタン》の血筋を思わせるものだった。


兄と別れたリリベルは、さらに奥まった建物の一室に閉じ込められた。いったいどういう目的の部屋なのか、窓には鉄格子が嵌められ、扉には外から鍵がかけられている。リリベルは腰に手を当て、眉を怒らせてぐるりと部屋を見回した。

「絶対、大神殿って何か妙なことをしているに違いないわ！」

そもそも神殿にこんな牢屋《ろうや》のごとき部屋があるなんておかしい。あの悪趣味な宿坊も、貴族向けにしたってちょっと妙な雰囲気だった。

リリベルは知らなかったが、大神殿には王侯貴族向けの正式な宿坊がちゃんと別にある。つまりリリベルが通されたほうは『非公式』な、いわば裏宿坊とでもいうべきもので、事情ありの金持ちが一時的に身をひそめたり、密会や密談などの目的で使われていた。

今の大神官長がひそかに建てさせたもので、ヨシュアはその存在を知らない。利用者は相当の金額を支払う。大神殿ではなく、大神官長個人に。そうやって彼は私腹を肥やしているのである。

「あーあ。もう、どうしよう」

リリベルは大きな溜息をついた。レヴィアスはいったいどこへ連れて行かれたのかしら。彼の身に危険が及ぶとは思えないが、彼の周囲に危険が及ぶ恐れは大いにあり得る。むしろそっちが心配で気が気でない。

「——奥様、奥様！」

窓のほうからひそめた声が聞こえ、びっくりしてそちらを見ると鉄格子にアレータがしがみついていた。ここは三階で、さっき確かめたが足場になりそうなものは何もない。

「アレータ⁉　あなたどうやって……、あ、飛べたんだったわね」

「はい！　でも翼か腕か、どっちかしか使えなくて。でも大丈夫です。あたし、こう見えて怪力ですから！」

アレータは懸垂の要領で上体を引き上げると、ガツッと窓枠に足をついた。それは完全に鳥類の足で、鋭い鉤《かぎ》爪が生えていた。アレータはその足を踏ん張り、握りしめた鉄格子を渾身《こんしん》の力でぐぎぎぎ……と引っ張った。たちまちびきびきと壁にひびが入る。

リリベルは発奮するハルピュイアの少女を慌てて止めた。

「待って、待って！　わたしが逃げたりしたら大騒ぎになっちゃうわ。そんなことしなくても、きっとすぐに出られるから、ねっ」

「でもぉ、あたしが中に入らないと奥様のお世話ができませんし……。外の扉を蹴破るより目立たなくていいと思ったですぅ」

悔しそうにアレータは鉄格子に顔を押し付けた。鉄格子の隙間は狭く、もう少しのところで頭が入らない。というか、入ったら今度は抜けなくなりそうだ。

「ねぇ、レヴィアスがどこに連れて行かれたかわかる？」

「ご主人様なら大神殿の地下にいらっしゃいます」

「やっぱり閉じ込められてるのね！」

「はい。ヒマだと仰って昼寝してましたよ」

けろっと言われてリリベルは脱力した。やはり心配するだけ無駄だった……。そんなにヒマなら助けに来てくれればいいのに、と、ちょっと恨めしく思ったが、きっと彼なりに何か考えがあるのだろう。いや、企《たくら》んでいるといったほうがよさそうだが。

そうこうするうち、アレータの袖無しテイルコートのポケットから三匹のタツノオトシゴ（精霊）が飛び出し、ヒレを懸命に羽ばたかせて格子をすり抜けて入ってきた。アレータは眉を吊り上げて怒鳴った。

「あーっ、あんたたちずるい！　奥様のお世話はあたしの仕事よ!?」

タツノオトシゴ（精霊）は自慢げにぴるぴる鳴きながらリリベルの周囲を飛び回る。えぐっえぐっと盛大に悔し泣きを始めたアレータを、リリベルは懸命になだめた。

「そうだわ、アレータ。お使いを頼まれてちょうだい。何か食べ物と飲み物を買ってきてくれない？お金は……、ほら、これだけあれば足りるでしょう」

リリベルは緊急用に隠しポケットに入れていた金貨を一枚アレータに渡した。

「念のため、ここで出されるものは口にしないほうがいいと思うのよ」

「そうですね！　ヘンテコリンなものが入っているかもしれません」

真顔でアレータは頷いた。

「あなたの好きなお菓子も買っていいわよ」

「本当ですか⁉」

「ええ、でも用心して。その姿を人に見られないようにね」

「任せてください！」

アレータは金貨を口に銜えると、ぱっと反転して腕を翼に変えた。ふわりと地面に降り立つと、そこに揃えてあった靴を履き、元気よく手を振って館を取り囲む木立のなかを走っていた。

夕暮れになってアレータは店や屋台で買い込んだ食べ物や飲み物を詰めた籠を持って戻ってきた。リリベルにはランプとともにワインと食事が差し入れられたが、すべてアレータに頼んで外に捨ててもらった。

実際、そうしておいてよかったのである。

気を揉んでも仕方がないので、リリベルはとっとと寝てしまうことにした。危険が迫れば絶対にレヴィアスは助けに来てくれる。

窓の外にはアレータが待機しているし、タツノオトシゴ（精霊）たちは夜になると可愛い少年の姿になってリリベルの身繕いを手伝い、鉄格子の向こうのアレータを悔しがらせた。

鉄格子さえなければ贅沢な造りの部屋で、浴室も備えつけられている。要求すればお湯もすぐに用意してもらえた。

身を清めるとシュミーズ一枚でリリベルはベッドにもぐり込んだ。上等な寝具は寝心地も悪くない。早く助けに来てよね、と心の中でレヴィアスに訴える。答えはなかったが、なんとなく彼が苦笑しているような気がした。

それで安堵したのか、うとうとしはじめたリリベルはそのままぐっすりと寝入っていた。


夜半過ぎ、妙な気配にリリベルはふっと目を覚ました。開け放しの窓から月光が射し、床に鉄格子の影を落としている。

ガチャリと鍵が廻る音がして、横たわったまま身体を強張《こわば》らせる。誰か入ってくる……！

全身を耳にして探っていると、なんだか向こうも同じことをしているようだ。タツノオトシゴたちが警戒している気配を感じ、早まらないようにとリリベルは必死に心の中で呼びかけた。

「……薬が効いたみたいね」

低い女性の声が呟いた。リリベルをこの部屋に案内してきた女性神官のようだ。

やはり、アレータの言うところの『ヘンテコリンなもの』が食事か、あるいはワインに混ぜられていたのだ。空の食器を返したので、リリベルが完食したものと思い込んでいる。

「運び出して」

女性神官がひそめた声で命じると、何人かの人間が部屋に入ってくる気配がした。上掛けを捲られた瞬間、跳ね起きて逃げ出しそうになるのを必死に抑え、リリベルは眠ったふりをした。

逃げるにしても今は分が悪い。敵が何人いるかわからないし、アレータが鉄格子を引き抜いて飛び込んでくるのにも多少の時間はかかるだろう。この部屋から出られても建物の入り口は施錠されているかもしれない。

屈強な腕がリリベルを抱き上げた。男性神官だろうが、知らない男に下着一枚の姿で抱き上げられるのは恥ずかしいというより気色悪かった。鳥肌を必死に抑えて我慢する。

（寝たふり、寝たふり……！）

懸命に自分に言い聞かせていると、誰かが――たぶん女性神官だろう――リリベルの上にシーツをかけた。顔が隠れてホッとする。

窓のほうからバサッと羽音がして、侵入者たちのあいだに緊張が走る。リリベルの額にも冷や汗が浮いた。憤激したアレータが突撃してきたらどうしよう。ああ、どうか抑えてちょうだい……！

さいわい、それ以上の物音はしなかった。女性神官が低く囁いた。

「行きましょう」

どこか外に出たら逃げ出すつもりだったのだが、シーツをかぶせられてしまい、周囲を窺うことができなくなった。薬で眠っているふりをしているからには迂闊に身動きするわけにもいかない。

結局リリベルは延々と運ばれて、階段を上ったり下ったりした末に、そっと椅子らしきものに下ろされた。用心しながら薄目を開けてみると、そこは広い空間のようだった。夜風と潮の香りがする。

吹き抜けの空間……たぶん海に面した神殿のどこかだろう。

風の具合で松明《たいまつ》の燃える匂いがする。立ち並ぶ白い円柱にゆらゆらと影が蠢いている。

瞼《まぶた》のあいだから目を凝らすと、円柱の向こうに月光に浮かび上がる白い断崖が見えた。断崖の隙間がちょうど目の前で、その向こうに月光を反射する黒い水面が遥か水平線まで続いている。

（ここは……、海竜神《レヴイヤタン》の神像がある奥殿の真上なんだわ）

おそらく、通常の参拝者は立ち入れない場所なのだろう。円柱の前には祭壇があった。置かれているのはゴブレットがひとつと、ワイン壺がふたつ――ということは、結婚の儀式だ。

すでにリリベルは結婚式を二回挙げている。最初は海のなかの宮殿で、海竜神《レヴイヤタン》と。二回目はコラリオンの神殿で、レヴィアスと。

だが、三回目はない。断じてない。

逃げよう！　と決意した瞬間、頭の上から奇妙な含み笑いが降ってきた。

「ふふ……。ふふふふふ……。これでやっと王女を俺のものにできる……」

ファリスティーグ王子の笑い声だ。気色悪さにぞわりと鳥肌が立つ。我慢してリリベルは目を閉じ続けた。逃げる隙を窺うのだ。

リリベルが目を覚ましていることには気付かずに、ファリスティーグが頬を指先で撫で回す。噛みつきそうになるのを歯を食いしばって耐えていると、後ろから怒声が響いた。

「妹に触るな！　このゲスっ」

アズリルの声だ。駆け寄ってくる気配がないということは、おそらく拘束されているのだろう。激しくもがいているような衣擦《きぬず》れの音と、床を踏み鳴らす靴音がする。

ふん、とファリスティーグは馬鹿にしたように鼻を鳴らした。

「立会人としてわざわざ呼んでやったんだ。感謝してもらいたいな」

うそぶいた男が身をかがめる。唇を重ねられそうになってもう我慢ならず、リリベルは拳で思いっきりファリスティーグを殴りつけた。

「触らないでよ——‼」

「ほぐ⁉」

眠っているとばかり思っていた相手の突然の反撃に、ファリスティーグは身構える余地もなく吹き飛んだ。

「んなッ……、おま……⁉」

椅子から飛び上がって怒りに肩を震わせるリリベルを、床に尻餅をついたファリスティーグが驚愕して見上げる。鼻を押さえた指の間から赤いものがあふれた。リリベルの渾身の一撃は見事ファリスティーグの鼻っ柱を直撃していた。

「でかした！　さすが俺の妹だ！」

「お兄様！」

慌てて振り向くと、案の定アズリルは後ろ手に縛られた上に上半身を荒縄でぐるぐる巻きにされていた。仮にも一国の王太子に対してこの扱い、無礼にもほどがある。

リリベルは眉を吊り上げ、彼を取り囲む神殿騎士——よく見ればそれは港でリリベルとレヴィアスを引き離した例の騎士だった——に指を突きつけた。

「その人はラドニアの王太子殿下ですよ！　今すぐその縄を解きなさい！」

「ここでは神をたばかった重罪人だ」

重々しい声音とともに、恰幅《かっぷく》のいい禿頭《とくとう》の男が現れた。大神官長は鼻の下の細い髭をひねり、傲然と微笑んだ。その手首に七色真珠のブレスレットが嵌まっていることに気づき、リリベルは目を瞠った。

「それ……っ」

「おお、これですか。これはアズリル王子よりご寄進いただいた神宝です」

「勝手に持っていったんだろうがっ、この泥棒め！」

アズリルが吼《ほ》える。

「もともとこれは我が大神殿に収められるべきものだったのですよ。海竜神《レヴィヤタン》の神通力を体現する奇跡の神宝……。我が大神殿の宝としてこれほどふさわしいものはない」

うっとりと大神官長はブレスレットを眺めた。いつのまにやら大神殿を私有物のごとき言い方まで始めている。

「やっと手に入れた。これがあれば参拝者もますます増え、我が大神殿は大いに潤う」

「もう充分すぎるくらい潤っているでしょうが！」

憤慨したリリベルに詰られても、どこ吹く風で大神官長は微笑んだ。

「そう……。聖王などという『特別』の存在は必要ない。いや、邪魔なのだ。ただひとりだけ『見える』など、あってはならぬこと……。わしに見えぬなら、誰にも見えてはならん。海竜神《レヴィヤタン》は目に見えぬ存在でなければならんのだ」

「あなた……」

リリベルは絶句した。大神官長は愛おしそうにブレスレットを撫で回した。

「この美しい宝物こそ海竜神《レヴィヤタン》の象徴としてふさわしい。誰にでも見え、触れることができる。この美しさ、珍しさに、誰もが息を呑み、ありがたがる。それこそが『神』なのだ」

「勝手なこと言わないで！　そんなの、ただあなたが自分の思うままにしたいというだけじゃない」

呆れ返るリリベルを、大神官長は嘲りの目で一瞥した。

「姫君こそ、海竜神《レヴィヤタン》を信じてもいないくせに偉そうなことを仰いますな。生贄に選ばれたことを隠れ蓑に、海賊あがりのならず者と駆け落ちしたくせに」

「はぁ⁉」

大神官長の理解ではそうなっているのかと、いよいよ呆れる。槍を突きつけられながらアズリルが果敢に叫んだ。

「海賊だろうがなんだろうが、妹はレヴィアス卿とすでに結婚してる！　こんな結婚は成り立たんぞ！　重婚だッ」

「海賊じゃなくて財宝探索人《トレジャーハンター》よ、お兄様」

味方してくれるのは嬉しいが、いちおうきちんと訂正しておく。

「そんなもの、無効に決まってるだろうがっ」

ファリスティーグが眉を逆立てて怒鳴ると、勢いでまた鼻血が噴き出した。彼は慌てて鼻を押さえ、血走った目でリリベルを睨み付けた。

「そう、無効ですな。地方神殿は大神殿の管轄下にある。大神殿が無効宣言をすれば、誰の結婚だろうと無効です」

「わかったか！　この凶暴な雌ライオンめ！」

憤怒の形相で猛獣判定を下し、ファリスティーグはリリベルの腕をむんずと掴んで引き立てた。

「放して！　触らないでよ！」

懸命に身をよじったが、ひょろりとした優男でもそれなりに力はある。抵抗虚しくリリベルは祭壇の前に引きずって行かれた。

大神官長は通常の手順をあらかた省略し、ゴブレットにドボドボと赤ワインと白ワインを同時に注いだ。神聖みのかけらもない。

差し出されたゴブレットを受け取ったファリスティーグは鼻血を垂れ流しながら半分ほど呷《あお》り、リリベルに突きだした。

「さぁ、飲め！」

「冗談じゃないわ、誰がそんなものっ」

リリベルは怖気を震ってもがいた。ファリスティーグの鼻血入りワインなど、見るだけでも気色悪い。

「飲め！」

「いや！」

頑として抵抗するリリベルに業を煮やし、ファリスティーグは残ったワインを口に含んだ。口移しで強制的に飲ませようというのだ。彼が鼻の穴を広げてリリベルに向かって手を伸ばした瞬間。

「——いやだと言ってるだろうが」

冷ややかな声がして、ファリスティーグの身体がいきなり吹っ飛んだ。

柱に背中からぶつかり、含んでいたワインを盛大に吐き出す。すでに鼻血で汚れていた衣裳がさらに汚らしくなった。

振り向いたリリベルはパッと顔を輝かせた。金縛りになったように立ち尽くす神殿騎士たちの間から悠然とレヴィアスが姿を現す。まっすぐ歩を進めながら、棒立ちで唖然としているアズリルに向けて彼は軽く指を弾いた。とたんにアズリルを拘束していた縄がバラバラになって足元に落ちる。

「おっ……!?」

一瞬ぽかんとしたアズリルは、気を取り直すとさっそく手近な騎士から武器を奪い、用心深く身構えた。

「レヴィアス！」

リリベルは彼に走り寄り、勢いよく抱きついた。

「もうっ、来てくれないのかと焦っちゃったじゃない」

「すまんすまん。いや、この滑稽劇が思った以上に愉しくてな。つい感心して見入ってしまった」

「おもしろがってる場合じゃないでしょ」

軽く睨むとレヴィアスは機嫌を取るようにリリベルの頬を撫で、音をたてて何度もキスした。

唖然としていた大神官長が、やっと我に返る。彼は人目も憚《はばか》らずイチャイチャしはじめたふたりに、怒りに震える指を突きつけた。

「き、貴様、どうしてここに!?　反省室に閉じ込めて見張りを二人置いたはずだ……！」

「ほう、あそこは反省室だったのか。あんな狭くて居心地の悪い部屋じゃ、イライラするばかりでろくな反省もできそうにないが」

小馬鹿にした口調に、大神官長のこめかみに青い血管の筋が浮かぶ。

「こ、この、瀆神者《とくしんしゃ》めが……！」

「……その言葉、そっくりそのまま返さざるを得んな」

レヴィアスは冷ややかに微笑し、リリベルの肩をそっと押しやった。

「兄のところへ行け」

「でも」

「大丈夫。加減はする」

ニヤリとしていつもの調子で言われ、リリベルはこくっと頷いて小走りにアズリルの元へ駆け寄った。

「おい、どうなってるんだ？　いきなり縄は切れるし、こいつらさっきから石みたいに固まっちまって全然動かないぞ」

騎士たちはどうやら意識はあるようで、恐怖と焦りに目を血走らせ、脂汗をだらだらと流している。

リリベルは肩をすくめた。

「そのうち元に戻るでしょ。死ぬことはないと思うわ。レヴィアスはむやみに人の命を奪ったりしないもの」

「これ、レヴィアス卿がやってるのか……⁉」

「だから言ったじゃない。彼が海竜神《レヴィヤタン》そのひとなんだって」

アズリルはぽかんとレヴィアスの背中を眺めた。彼は悠然と大神官の前に佇《たたず》んでいる。こちらを向いている大神官長の顔はすでに真っ青で、わなわなと震える分厚い唇も色を失っている。

レヴィアスはくすりと笑みを洩らし、腰に手を当てて大神官長を睥睨《へいげい》した。

「自分に見えないのなら、誰にも見えてはならない……と言ったな？　海竜神《レヴィヤタン》は目に見えぬ存在でなければならない、と」

「な、何故それを……」

大神官長の顔はますます青ざめ、ひっきりなしに冷や汗が滴り落ちている。威厳を保とうといつも以上にそっくり返ってみせても、すっかり及び腰なのはずっと後方にいるリリベルからもまるわかりだ。

レヴィアスは軽く小首を傾げ、無造作に頭髪に指を滑らせた。短かった髪がするすると伸び、あっというまに腰まで達した。同時に耳が細く長くなり、尖った先端が半透明の鰭のようになる。

「な……、なんだありゃ」

かすれた声でアズリルが呟いた。リリベルは答えず、組み合わせた手をぎゅっと胸に押し当てた。

不安と期待とで鼓動が高鳴る。

大神官長からは、彼の紺碧の瞳もはっきりと見えているはずだ。神秘的な瞳を二分する、縦長の金色の瞳孔も。

青を通り越して土気色になった顔を、がくがくと左右に振りながら、大神官長は後退《あとずさ》った。

「げ、幻術だ……。幻だ……。こんなことはありえん……！」

レヴィアスが軽く指を振ると、ふたりのあいだにあった大理石の祭壇が動き出し、よろよろと立ち上がりかけていたファリスティーグ王子めがけて一直線に滑っていった。

「ひぃぃぃぃぃッ⁉」

逃げる暇もなくファリスティーグが円柱と祭壇とに挟まれる。ぶつかっていれば間違いなくめちゃくちゃに骨が砕けていたに違いない。だがそれは激突する直前でぴたりと止まった。ホッとしたのもつかのま、完全に挟まってしまってどうやっても抜けない。

罵詈雑言《ばりぞうごん》を吐きながらファリスティーグがもがいていると、突然、空間が渦を巻き、真正面から海水が浴びせかけられた。

「……!?」

ぽたぽたと顎から雫を垂らしながら呆然とするファリスティーグを、レヴィアスが鬱陶しげに横目で睨む。

「うるさい。しばらく黙ってろ」

しかしファリスティーグはほとほと救いようのない馬鹿であったらしく、眉を吊り上げ大口を開いた。

「この――」

ふたたび大量の海水が浴びせられる。それでもしつこくわめき立てようとするので、二度、三度と容赦のない大波が打ち寄せ、さすがの馬鹿王子も息も絶え絶えになって黙り込んだ。がくりとうなだれた彼の首には太い海草のようなものが巻きついている。

よし、と頷いてレヴィアスは大神官長に向き直る。リリベルはずぶ濡れになって放心するファリスティーグが、ほんのちょっとだけ気の毒になった。

祭壇がなくなってレヴィアスと直接対峙《たいじ》を余儀なくされた大神官長は、進退窮まってどすんと尻餅をついた。がくがくと頭を振りながら、それでもまだ『幻覚だ、幻覚だ』と呟き続けている。自分の意のままにできる世界にしがみつくかのように。

レヴィアスが一歩前に出ると、大神官長は『ヒッ』と悲鳴を上げて後退った。床に着いた手ががくっとなって慌てて背後を振り向くと、そこにはもう床はなかった。コラリオンの神殿同様、吹抜きになっていて、手すりも段差もないのだ。

コラリオンの神殿とは違って、大神殿は浅い入り江に面している。しかもここは最奥殿の真上に位

明白だ。

置し、落ちたら海ではなく大理石でできたテラスに激突することになる。怪我《けが》どころで済まないのは

くすり、とレヴィアスは残酷な笑みを浮かべた。

「どうした？　これは幻覚なのだろう？　飛び下りればいい。きっと心爽やかに目が覚めるぞ」

くっくっ、と喉を鳴らす人ならぬ姿に、怯えきった大神官長はついに失禁してしまった。

「おやおや。神聖なる神殿を穢しているのはどっちかな？」

呆れたようにレヴィアスは肩をすくめ、ピシリと指を弾いた。大神官長の背後でざぶんと波音がする。こわごわ振り向いた大神官長は限界まで目を見開いた。いつのまにか水の壁ができていて、そのなかを巨大な鮫《さめ》が何匹も泳ぎ回っていたのだ。

サメたちはくるくると回転を始め、そうするうちに上半身が人間に変化した。美しい女だ。ただし、その口は耳まで裂け、三角形の鋭い牙が二段になってずらりと並んでいた。

人魚ならぬ鮫女の腕が次々に水の壁から突きだされ、大神官長の太った身体を拘束した。

『オイシソウ……オイシソウ……』

人鮫たちが舌なめずりをする。

『アルジサマ。コレ、タベテイイ？』

「ふーむ。どうするかな」

レヴィアスが思案げな顔で顎を撫でると、大神官長は水の壁から必死に頭を突きだしてわめいた。

「ひゃめっ、げほ！　ろぉぉっ、がぼ！」

鮫女たちがおもしろがって引っ張るものだから、大神官長の頭は水中と空中を行ったり来たりする。

その顔は海水だけでなく、涙と鼻水と涎《よだれ》で惨憺《さんたん》たるありさまになっていた。

「そう慌てるな。これは幻覚なんだろう？　幻覚で鮫に食べられたってどうってことないさ。試しに腕一本喰われてみるか」

鮫女が嬉々《きき》として大口を開け、ばくりと噛みついた。

「ぎゃあああああっ、やめろぉ、やめてくれぇぇぇっ！　海竜神様《レヴイヤタン》！　海竜神様《レヴイヤタン》！　わしが悪かった！　いや、悪うございましたぁっ‼　どうかどうかお赦《ゆる》しくださいませぇぇぇっ」

「案ずるな。これが幻覚でなかったとしても、喰われた腕は補償してやる。そうだな……、タコの触手などどうだ？　一本と言わず、三本くらいつけてやろう。きっといろいろ便利だぞ」

「ひぃぃぃぃいっ、ご勘弁をーっ」

死人のような顔色で大神官長は必死に懇願する。レヴィアスが指を振ると、仕方なさそうに鮫女たちは口と手を離した。さいわい腕はまだ食いちぎられてはいなかったが、歯形がくっきりと残ってだらだらと血が流れている。

『アア……、セッカクハセサンジマシタノニ……』

「すまないな。ほら、褒美をやろう」

レヴィアスは自分の指を軽く噛んで手を振った。血の雫は水中に入ったとたん飴玉《あめだま》ほどの赤い珠になる。鮫女たちは目を輝かせて珠を奪い合った。

『アルジサマノ、チ……！』

「ひとりひとつだぞ。喧嘩《けんか》するなよ」

鮫女たちは素直に頷くと、嬉しそうに血の珠を口にふくんだ。そしてうやうやしくお辞儀をするとふたたび鮫の姿に戻って波と一緒に遠ざかっていった。

レヴィアスは魂が抜けたようにへたりこんでいる大神官長に、無造作に歩み寄った。

「ひぃぃ……！」

大神官長はガバッと這いつくばり、海水で濡れた床に額をこすりつけた。

「お赦しを！　どうかお赦しをーっ！」

レヴィアスはずぶ濡れになってガタガタ震える男を、冷ややかな目で見下ろした。

「……なぜ、聖王しか海竜神《レヴイヤタン》の姿を見ることができないのか、と不満をこぼしていたな。では逆にこちらから訊こう。なぜ我が、好きでもない人間にわざわざ姿を見せてやらねばならぬのだ？　我はそれほど暇でもなければ酔狂でもない。ましてや我は、そのほうが行なっている度の過ぎた金儲《かねもう》けもまったく気に入らぬ。自ら何重にも目隠しをしておいて、見えぬと文句をつけていることもわからんのか？」

大神官長は答えることもできず、縮こまってひたすら震えるばかりだ。彼の言葉が届いているのかどうかも定かでない。

レヴィアスは肩をすくめた。

「まぁ、よい。そのほうなど鮫女にくれてやってもよかったのだが、それは我が自分に課した信条に反するのでな……。人間の裁きは我の子孫であり、代理人である聖王に任せる」

殺されることはないと悟った大神官長は、おそるおそる顔を上げ、上目遣いに海竜神《レヴイヤタン》を窺った。彼は凄味《すごみ》のある笑みを口の端に浮かべた。鋭い牙が覗き、焦った大神官長はふたたび床に額をこすりつけた。

「……そのほうは自分に都合の悪いことはすぐに忘れる質《たち》らしい。そのときはすぐに思い出せるようにしてやろう」

にやり、とレヴィアスは意地の悪い笑みを浮かべ、黒蛋白石《ブラックオパール》のごとき爪で、すっと大神官長を指さした。

「先ほど鮫女が食いついた右腕。そのほうがろくでもないことを考え始めると傷口が開いて血が滴り出す。鮫女たちはどこにいようと臭いを嗅ぎつけるだろう。そして今度こそ腕を食いちぎる」

「そ、そんな……」

「そうなったら約束どおり、代わりにタコの触手をつけてやる。そのとき生き神様と崇《あが》められるか、化け物と罵られるか……、それはそのほうの心がけ次第だ」

にっこり、とレヴィアスは凶悪なほど朗らかな笑顔になった。

「タコの腕も悪くないと思うぞ？　腹が減ったら喰えるし、喰ってもまた生えてくる。しかも増えるんだ」

「……‼」

そうなった己の姿を想像したのか、大神官長の口から形容しがたい呻《うめ》き声《ごえ》が洩れる。彼は後ろ向きにひっくり返り、床の端から頭が垂れ下がった恰好で気絶した。

用は済んだとばかりに捨て置き、レヴィアスはカツカツと床を鳴らして祭壇と円柱に挟まっているファリスティーグに歩み寄った。

大神官長が断罪されるあいだに気を取り直していたファリスティーグは、肩を怒らせてレヴィアスを睨み付けた。

「こ、この化け物め……っ」

後方で兄と寄り添って事態を見守っていたリリベルは、ファリスティーグがまったく反省の色を見せないことに呆れた。

神殿の屋根まで覆い尽くした水の壁も、大神官長に喰いついた鮫女も目に入らなかったのだろうか。彼もまた、自分が見たいものしか見えない、いや、見ようとしない人間なのかもしれない。

レヴィアスの妖異な姿を目の前にして恐れ入らないのはたいしたものだが、度胸があると見直すより、果てしなく馬鹿なのね……と気の毒になってしまう。

腕を組んだレヴィアスが、ふぅと溜息をついた。

「残念だな。これほどねじ曲がっていなければ見どころがあったかもしれないのに」

「呪われろ！　神の名を騙《かた》る化け物め！」

あくまでレヴィアスを海竜神《レヴィヤタン》とは認めないらしい。彼は肩をすくめただけだが、代わりに怒ったものがいた。ファリスティーグの首に巻きついていた海草のようなものが、突如として鎌首をもたげてシャーッと凄んだのだ。

一見昆布のように見えたそれは、実際には大きなウツボだった。至近距離からウツボに凄まれたファリスティーグは恐慌状態《パニック》になってわめいた。

「うわぁぁぁっ、なんだこれは!?　なんだこれはっ!?　取れっ、今すぐ取ってくれっ」

「――ほう？　その人間が気に入ったと申すか……。変わった趣味をしているな」

「威嚇してるんだッ、なんとかしろー！」

「人にものを頼むやりかたを学習したほうがいいぞ。もっとも我は人ではないから、頼んでも無駄だ。

我が眷属の願いを優先する。――ということで、ウツボよ。この人間はそなたにくれてやろう。好きに遊ぶがよい」

「勝手に決めるな！」

「よくわめく男だな……。目障りなばかりか耳障りだ。おまえは故郷の島でウツボと仲良く暮らせ」

レヴィアスがそう言ったとたん、ファリスティーグの周囲が海に包まれた。ガボッと男の口から大きな気泡が上がり――。次の瞬間、ウツボを首に巻いたまま彼の姿は跡形もなく消え失《う》せていた。


この後、ファリスティーグは故郷エキドニア本島の浜辺に打ち寄せられていたところを漁師に発見されることになる。

彼の首に巻きついたウツボはどうやっても離れようとせず、ファリスティーグはウツボを首に巻いたまま暮らさざるを得なかった。

彼が乗った船は必ず航行不能になるため、どの船も乗せてくれなくなった。彼は一生エキドニア本島から出られなかったが、悪事を企むたびにウツボに凄まれ、下手をすると鼻に噛みつかれるため、次第にお行儀よくなった。

家族はそれを喜び、国民からは『ウツボ王子』と呼ばれて特に子どもたちの人気者になった。ちなみにそのウツボは雌の精霊で、彼女に可愛がられてファリスティーグはけっこう楽しく暮らしたようである。

「――さて。掃除をして帰るとするか」

彼は呟くと、にわかにその姿を変えた。全身が黒光りする美しい鱗に包まれながらどんどん巨大化していく。あっというまに神殿の屋根に頭がつかえ、さらに押し上げられた屋根から破片がバラバラと落ち始めた。

「ちょ……、レヴィアス⁉」

仰天してリリベルが叫ぶと同時に、神殿の屋根が四散した。円柱だけが残された空間で、リリベルは兄と並んでぽかんと夜空を見上げた。煌々と月が照り映える夜空に黒曜石の鱗をきらめかせながら巨大な竜が心地よさそうに伸びをしている。

「奥様ーっ」

唖然としているところに、アレータが走り寄り、リリベルにフリルの付いたガウンを着せ掛けた。

「遅くなってすみません！ 何か羽織るものをって探したんですけどなかなかなくて！」

そう言われて初めて、リリベルは自分が今までシュミーズ一枚という下着姿のままやりあっていたことに気付いて赤面した。

さいわい胸元は布が重なるデザインで、フリルやレースで飾られていて透けて見えることはない。

それにしたって意識するとやっぱりそのままではいられず、そそくさとガウンの前をきつく掻《か》き合《あ》わせると、共布のベルトをぎゅっと縛った。

アズリルが訝しげな顔で尋ねる。

「誰だ、おまえ？ リリベルの侍女か」

「はいっ。アレータと申します。どうぞお見知りおきください！」

はきはきと答え、アレータはにっこりとアズリルに笑いかけた。

月に届くほど高く高く首をもたげていたレヴィアスが急降下してリリベルの目の前まで頭を下げる。

『乗れ』

頭のなかで声が響き、リリベルは目をぱちぱちさせた。

「乗れ、って……、頭に乗ってもいいの？」

『頭の上が一番安全だ。耳の後ろあたりなら、風も避けられていいだろう』

ぐん、頭を下げてくれたので、リリベルは竜の頭によじ登り、尖った耳の付け根に掴まった。乗っかるのは初めてでも竜の姿はもう見慣れている。キスだって何度もしたし、もはや全然怖くはない。

『アズリルどのも乗るがよい』

「えっ、俺⁉」

呆気にとられていたアズリルが焦って自分を指す。くっくっと愉しげな笑い声が頭の中に響いた。

『義兄だからな。足蹴にされても怒らんよ』

早く早く、と手招かれ、アズリルはおっかなびっくりリリベルと並んだ。

「……本当に竜なんだなぁ」

アズリルが昂奮した声で呟いた。

『しっかり掴まってろ』

ばさりと背後で空を切る音がして、振り向いたリリベルは目を瞠った。

「翼……！　レヴィアス、あなた飛べるのね⁉」

『天空神《ジズ》ほど速くはないがな』

「ご主人様は泳いだほうが速いですもんね」

並んで飛びながら、にこにことアレータが言う。アズリルが素っ頓狂に叫んだ。

「うわっ、おまえ鳥女かっ」

「ハルピュイアでーす」

「ハル……⁉　って、あれ、超凶暴な化け鳥だろ⁉」

「大丈夫よ、お兄様。アレータはとってもいい子だから」

急いで取りなすと、アズリルは眉間にしわを寄せてハァと嘆息した。

「……今夜だけで一生ぶん驚いたぞ……」

海竜神《レヴィヤタン》は長大な身体をのびやかにくねらせ、天高く昇った。兄妹は遥かに大神殿島《タルカロン》を見下ろして歓声を上げた。

「すごいわ……！　まるで銀の海に浮かぶ真珠の三日月ね」

大神殿島《タルカロン》の独特の形はまさしく先端が限りなく近づいた三日月のようだ。

無限に銀波が広がってゆく真夜中のロズメール海を、兄妹は声もなく見下ろした。

「……なんと美しいのだろうな、この世界は」

アズリルの呟きにリリベルも頷いた。

「ええ、本当に」

月光に照らされて、無数の島が静かに眠っている。ふとリリベルはぐるりと周囲を見渡した。

「ラドニアはどこかしら」

「──あっちのほうだな」

星座の向きを確かめてアズリルが指さした方角をじっと見つめる。かなり上空だが、ここからでは島影すら見えない。南北の大陸に挟まれた内海とはいえ、ロズメール海はとても広いのだ。

アズリルも同じように感じたのか、『遠いな』と呟いた。

「そうね……。でも、海でつながってるわ。どこにいても」

ラドニアも大神殿島《タルカロン》も、コラリオンも。すべて海でつながっている。彼《レヴィアス》──海竜神《レヴィヤタン》が繋いでいる。

彼は『海』そのものだから……。

「レヴィアス！」

リリベルは晴れ晴れとした気分で呼びかけた。

『ん？』

「わたし、あなたが大好き！　あなたのこと愛してるって、世界中に宣言したい気分よ」

満足そうな笑い声が頭のなかに響く。

『はは。嬉しい宣言だ』

幸せいっぱいの笑顔で、リリベルは彼の耳にしがみついた。感心したように眺めていたアズリルは、苦笑してぽんぽんと妹の頭を撫でた。

「大好きな『王子様』と結ばれて、よかったな」

瞳を潤ませ、にっこりとリリベルは頷いた。

『──さて、そろそろ掃除しに戻るか』

ぐんっ、と身体を反転させ、海竜神《レヴィヤタン》は急降下を始めた。ものすごい風圧がかかりそうなものだが、不思議な力で守られているようで、空気の流れは感じてもしっかりと目を開けていられる。

リリベルは焦って叫んだ。

「レヴィアス！ 無茶しないでよ」

『案ずるな。人は一切傷つけん』

愉しげな笑い声に安堵しつつも、『本当かしら？』とちょっと心配だ。

ぐんぐんと地上が迫り、屋根が吹き飛んで吹きさらしになった神殿の最上部で神殿騎士たちが唖然と見上げているのが見えてきた。金縛りは解けたようだ。大神官長はさっきと同じ場所で白目を剥き、まだ気絶している。

（起きていれば海竜神《レヴィヤタン》の本当の姿を見られたのにね）

可哀相に、よっぽど縁がないのだろう。

騎士たちは巨大な竜が上空から襲いかかってくる（ように見えた）ことに慌てふためき、手にした武器さえ放り投げて逃げ出した。誰も大神官長を助けようとしない。人は傷つけないと彼が言うのだから大丈夫だろう。

たぶんね……とリリベルは肩をすくめた。個人的には、たんこぶのひとつやふたつくらい負ってほしいのだけど。

『この神殿には悪趣味なものが多すぎる』

海竜神《レヴィヤタン》は呟くと、その長大な尾を別棟に叩きつけた。リリベルが監禁されていた、用途の怪しい建物だ。

『金儲けするなとは言わないが、わざわざ連れ込み宿まで経営せずともよい』

連れ込み宿って何？　と兄に尋ねると、アズリルは困った顔で『旦那に教えてもらえ』と言った。後でレヴィアスに尋ねて意味を知ったリリベルは、閉じ込めるにしたってそんなところへ連れて行くなんて！　と憤慨した。

強力な尾の一撃で建物はあっけなく崩れ落ちる。心配になってリリベルは叫んだ。

「レヴィアス！　本当に人は傷つけないのよね⁉」

『約束は守る。我は〈神〉なのだぞ？』

からからと笑われて肩をすくめる。実際、建物はものの見事に崩壊したが、目を凝らすと瓦礫《がれき》のなかで、無傷で呆然とこちらを見上げている人間が何人もいたのでホッとした。

大神殿と聖王宮のあいだには森が広がっているのだが、そのなかには他にもいくつか建物があった。海竜神《レヴィヤタン》はそれもみんな叩き壊した。

「……あれは何？」

「酒場……かな。いや、賭博場だ。別に違法じゃないが、神殿が経営するものでもないだろう」

アズリルも呆れている。実際、賭博場や酒場、娼館などが密集する島はロズメール海にたくさんあるが、大神殿島《タルカロン》はそういう俗世の汚濁を離れて心身を清めるための場であるはずだ。

「見て！　建物は壊れたけど、森の木々は一本も倒れていないわ」

「本当だ。不思議なこともあるもんだな……。いや、やっぱり神様のやることだから当然か」

呆れ半分、感心半分にアズリルは苦笑した。

不思議といえば、これだけ派手に壊しまくっているというのに音が全然しない。門前町の住人たちは何も気付かず眠っているらしく、人々が騒ぎだす気配はなかった。

『これくらいにしておくか』

気が済んだのか、海竜神《レヴィヤタン》は一旦上空に舞い上がって様子を確かめると身をひるがえした。

大神殿そのものは、最上階の屋根が吹き飛ばされた以外は無傷のようだ。冴々とした月光に照らされて、破片の散らばる床の上に相変わらず白目を剥いた大神官長が気絶していた。

海竜神《レヴィヤタン》は森と斜面をふわりと飛び越え、聖王宮の背後の浜辺に静かに降り立った。リリベルたちが降りると、彼はあっというまに人間の姿になった。

今まで主の破壊行為をきゃあきゃあ騒ぎながら見守っていたアレータも翼を収め、少女の姿に化身する。

「はぁ〜、愉しかったですね！」

満足そうにニコニコしているアレータに、アズリルはやれやれと頭を振った。

リリベルは嬉々として夫に飛びついた。

「空も飛べるなんて、凄いのね！」

「楽しかったか？」

「ええ、とっても」

ぎゅっと抱きしめるとレヴィアスの大きな手に優しく背中を撫でられて、くふんとリリベルは吐息を洩らした。

アズリルが顎をさすりながら感心したようにふたりを眺めていると、さくさくと砂を踏む足音が近づいてきた。夜着にガウンを引っかけた姿の聖王ヨシュアが不機嫌そうな顔で立っている。傍らには聖王妃ミュリエルが寄り添っていた。

「ひどいですよ。どうして呼んでくれないんですか」

「寝てるところを起こしたら悪いと思ってな」

「だったらあんな凄まじい騒音を立てないでください。まったく……、大神殿を破壊したんじゃないでしょうね？」

「屋根を吹き飛ばしただけだ。気に食わない建物は壊したが」

しれっとレヴィアスが答える。ヨシュアは眉間に深いしわを刻んでハァと溜息をついた。

「……騒音？」

リリベルは首を傾げた。その場にいたリリベルにもほとんど聞こえなかったので、人間には聞こえないのかと思っていたのだが。

ヨシュアは肩をすくめた。

「残念ながら私には丸聞こえでしたよ。だいぶ薄まったとはいえ、これでも海竜神《レヴィヤタン》の血筋なもので」

「わたしには全然聞こえなかったのですけど……」

ミュリエルが苦笑する。ただならぬ物音に飛び起きたヨシュアは、妻が眠ったままでいることから海竜神《レヴィヤタン》が何か始めたに違いないと、急いで入り江に駆け下りた。

それで目を覚ましたミュリエルも後を追い、上空からしっぽをバシバシと地上に叩きつける海竜神《レヴィヤタン》を唖然と見上げていたのだという。

「安眠を妨害してすまなかったな」

けろりとした顔で詫びるレヴィアスに、腕組みしたヨシュアは肩を落として嘆息した。

「――ともかく、もう遅いですからとっとと寝ましょう。どうせ夜が明ければ大騒ぎになるんだから、それまでは眠っていたい」

くるりと彼は踵を返し、すたすたと階段へ向かった。ミュリエルが苦笑する。

「すみません……。猊下は眠りを妨げられることがたいそうお嫌いでして」

「やむを得ん。血筋だ。またとない滑稽劇《ファルス》を見そびれて拗ねてるんだろう」

したり顔で頷いたレヴィアスは、リリベルの肩を抱いて歩きだした。ミュリエルは居づらそうにしているアズリルに、にっこりと笑いかけた。

「どうぞ」

「はぁ……、よろしいのでしょうか」

「リリベル様のお兄様でしょう？　お顔立ちがよく似ていらっしゃいますもの」

そうかしら？　とリリベルは眉をひそめた。

「お部屋を用意いたしますので、こちらにご滞在くださいな」

「あ。レヴィアスがいただいている区画に空いた部屋があるわ。アレータ、用意してもらえるかしら？」

「もちろんです」

アレータは大きく頷いたかと思うと、翼を広げてあっというまに上の回廊に降り立ち、手を振って走っていった。

「まぁ……、羨ましい。階段を上らずに済みますわね」

おっとりとミュリエルが呟き、アレータを止めそこねて焦っていたリリベルはホッと息をついた。

ヨシュアは階段の前で待っており、リリベルたちを先に行かせて後からミュリエルと一緒に上り始めた。

「……リリベル。あの方が聖王妃様か？」

声をひそめて尋ねられ、リリベルは頷いた。

「ええ、ミュリエル様よ」

「なんと美しい方だ……！　あのように気品のある美女は初めてだ」

ほぅっと溜息をつく兄にリリベルは苦笑した。

「お兄様、ミュリエル様は聖王ヨシュア様のお妃よ？」

「あ――――」

がくりとアズリルは肩を落とした。あっという間に失恋した兄を気の毒に思いながらも、ついくすくすと笑ってしまう。

ところどころに開けられた窓から射し込む月光が、レヴィアスの端整な横顔を夢幻的に美しく浮き立たせている。振り向いた彼が優しく微笑んだ。リリベルはつないだ手をぎゅっと握り、愛を込めて微笑み返したのだった。

終章　愛と希望の島へ

それから一週間ほどリリベルたちは聖王宮に滞在した。ヨシュアの言ったとおり、翌日から大神殿島《タルカロン》は大騒ぎだった。

夜のあいだに大神殿の屋根がなくなり、森の中に隠されるように建てられていたいくつもの建物が瓦礫の山と化していたのだ。門前町の人々も、巡礼者たちも、麗々しい彫刻で飾られた屋根が消え失せた大神殿を唖然と見上げた。

壊れた建物のなかにいた人間は全員、かすり傷ひとつ負っていなかったが、海竜神《レヴィヤタン》のお姿を見た！と誰もが昂奮して語り、それまでとは真逆の信心深く真面目な人間になったという。

大神殿の最上階で気絶していた大神官長は海竜神《レヴィヤタン》の姿など見なかったと主張し、みんな幻覚だ！とわめいた。しかしわめいているうちに腕に刻まれた無数の歯形から血が噴き出すと、真っ青になって『反省室』に閉じこもってしまった。

誰の目にも明らかな『奇跡』により、海竜神《レヴィヤタン》がこの世界を治めていることを改めて実感した人々は、壊れた神殿から海に向かって熱心に祈りを捧げた。

後日、大神官長とその一派は、大神殿の権威を悪用して不正に蓄財し、すべての神殿の模範たるべき大神殿を貶《おとし》めたとして聖王から告発され、資格を剥奪《はくだつ》されて追放された。

彼は生まれ故郷にほど近い小さな島に隠れ住んだが、その島の周囲にはいつからか大きな鮫がウヨウヨするようになったそうである。

大神殿はかつてそうであったように聖王が祭儀を行なう『場』という本分に戻った。神像の背後にあった壁は取り壊され、参詣者たちは美しい入り江を背景に佇む荘厳な神像に祈れるようになった。

そして屋根のない最上階から白い断崖の向こうに広がる紺碧の海原を心ゆくまで眺め、ロズメール海に浮かぶすべての島々に幸多からんことを祈るのだった。

聖王妃ミュリエルに即行で失恋したアズリルには、意外な求婚者が現れた。ミュリエルの妹のカティアが、筋骨逞しいアズリルを一目見るなり理想の王子様が現れたわ！　と感激し、お嫁さんにしてほしいと迫ったのである。

理想の王子様と言われて悪い気はしなかったものの、十五歳も年が離れていることもあってアズリルはやんわり断った。しかしカティアは諦めなかった。姉と義兄になだめられ、三年経ってもアズリルが結婚しておらず、カティアの気持ちも変わらなかったら改めて見合いをする……というのはどうかと提案され、しぶしぶ承諾した。

カティアに付き合って庭園をぶらつきながら、兄の表情は取り立てて厭そうではない。妹のリリベルが九歳下だったため、小さな女の子の相手も手慣れたものだ。

数日後、アズリルは故国へと出航した。甲板から手を振るアズリルの手首には七色真珠のブレスレットが嵌まっている。一旦は大神官長に取り上げられたものの、気がつけば戻っていたのだという。

盛大に泣きじゃくりながら、遠ざかる船に向かって懸命に手を振るカティアにリリベルは微笑んだ。

母の手にふたたび戻されたブレスレットは、その後、代々のラドニア王妃に受け継がれていくことになる。だが、カティアがそれを手にするかどうかはまだ不明――。


兄を見送った翌日、リリベルたちもコラリオンに向けて出航した。後片付けが終わるまで来ないでくださいよ、と冗談めかして言いながら、ヨシュアの顔つきはかなり本気だ。

船出の翌日は午後から雨になったが、夜にはまた清々しい星空が広がった。

なんだか船室で眠るのが惜しいわと呟くと、レヴィアスはマストと舷側にロープを渡し、薄布を垂らして甲板を区切り、そのなかにクッションを並べて簡易ベッドを造ってくれた。

リリベルは船縁に掴まり、月光の海を眺めた。ワインで火照った頬を、涼しい夜風が撫でてゆく。

背後からレヴィアスがそっとリリベルの身体を抱きしめ、うなじにくちづけた。

「ん……」

くすぐったげに肩をすくめると、前に廻った手が夜着の上から優しく乳房を揉み始める。心地よさにリリベルはうっとりと目を閉じた。

大きく円を描くように押し揉まれ、薄い生地越しに先端を摘まんで紙縒《こよ》られる。素直に尖った乳首を指の間に挟み、やわらかな乳房の感触を堪能するように捏ね回される。

ボリュームのある膨らみを揉みしだきながら上下左右に捏《こ》ねられていると、下腹部がじゅくりと淫らに疼き、リリベルはほんのりと頬を染めた。

ワインの酔いとは異なる陶酔で熱い吐息が洩れる。いつのまにかリリベルはレヴィアスの厚い胸板にすっかり背を預けていた。

夜着越しにさんざん乳房を弄り倒し、レヴィアスは裾を捲ってリリベルの平らな腹部を愛おしげに撫で回した。

「……今夜もここをいっぱいに満たしてやろうな」

耳朶に唇を寄せて囁かれ、リリベルはぞくんと顎を反らした。

彼の手が直接乳房に触れてくる。きゅぅと乳首を摘まんで引っ張られると、ツキンと刺すような痛みが秘処から込み上げた。

「ぁ……、レヴィアス……」

ねろりと首筋を舐め上げられて、ぞくぞくと快感が走る。

「ますます大きくなったんじゃないか？」

甘く揶揄されてリリベルは眉を垂れた。

「あなたがそうやって揉むから……」

「揉みたくもなるさ。こんなにやわらかくて張りがあっては……、実に絶妙だ」

くっくっと低く笑うその振動さえ敏感になった肌を淫靡になぶる。緩急をつけてやわやわと乳房を捏ね回され、リリベルは息を荒らげた。

手の動きに合わせてはぁはぁと熱い吐息が唇からひっきりなしに洩れる。

「あっ、はぁ……っ、ぁん……」

背をしならせ、彼の肩口に後頭部を預けてリリベルは淫らに悶えた。ひくひくと花弁が戦慄き、じん……と下腹部が痺れる。

「達してしまったのか？」

甘く問われ、リリベルは恥じらいながらこくりと頷いた。乳房への刺激だけで達してしまうなんて淫乱だろうか……。

詰られたらどうしようかと懼《おそ》れたが、レヴィアスはチュッとリリベルの頬にキスして囁いた。

「敏感だな。可愛いぞ」

彼は片手を乳房から離してふたたび腹を撫で、しとやかな茂みを優しく掻き回すと、ふっくらした淫唇のあわいへ指を差し入れた。

「んッ……！」

鋭い刺激にびくりと腰が跳ねる。くちゅりと濡れた音を立て、指が熱い蜜溜まりをゆるゆると攪拌《かくはん》した。

「もうこんなにとろとろだ」

「んぅ……」

リリベルは頬を染め、唇の裏をきゅっと噛んだ。レヴィアスの指が濡れた谷間を前後し始めると心地よさに自然と臀部を突きだす恰好になってしまう。

「はっ、あっ、あん……っ」

自ら腰を揺らしてより強い刺激を求めた。くちゅくちゅと、すっかり潤った媚肉が淫猥《いんわい》な蜜音を響かせる。剥き出しになった雌蕊《めしべ》を指の股でこすり上げられ、目の前にちかちかと光が瞬く。

「くふ……」

とろりと愛蜜が滴り、震える腿を伝い落ちる。はぁっとリリベルは熱い吐息を洩らした。レヴィアスが掴んだ腰を後ろへ引きながら囁く。

「もっと尻を突きだせ」

命じられるまま足を開き、前かがみになってお尻を突きだした。夜着は腰の上まで引き上げられ、剥き出しのお尻を涼しい夜風がなぶる。

レヴィアスは夜目にも真っ白な尻朶を掴み、ぐっと左右に割り広げた。蜜の滴る花弁が外気に晒《さら》される感覚にリリベルはぞくぞくと震えた。

次の瞬間、予想とは違って熱くやわらかなものがぬるりと襞を割った。

「んッ……！」

肩ごしに振り向き、リリベルは真っ赤になった。甲板に跪いたレヴィアスが秘処に吸いついている。れろれろと濡れ襞を舐められ、じゅるっと吸い上げられて、たまらずに嬌声を上げる。

「ひんッ！　あっ、あんっ、んんっ、ひや、ぁあんっ」

白い尻がびくびくと跳ねる。

「レヴィ……、んや……、吸わな……れ……、ひぅ……ん」

うつむいた体勢ゆえ唾液が溜まって舌がもつれる。

絶え間なく腰を振って少しでも快感を逃がそうとしたが、尖らせた舌を突き込まれ、花壁をこすりながら奥から蜜を吸い出すように啜《すす》られて、たちまち絶頂に達してしまう。

「くひ……ッ、あ……、ふぁ、あ……」

含みきれない唾液が口端から淫靡にこぼれ落ちた。立ち上がったレヴィアスはリリベルの濡れた唇をぬぐった指先を口中に差し入れた。

リリベルは彼の指に舌を絡め、ちゅくちゅくと唇を鳴らしながら無心に吸った。そのあいだ、もう片方の手は乳房をぐにぐにと捏ね回している。

ちゅぽりと抜き出した唾液まみれの指を、彼はそのままリリベルの蜜孔に挿入した。一気に三本呑み込まされ、びくりと背がしなる。

すでに舌でほぐされ、あふれる愛蜜とレヴィアスの唾液をたっぷりとたくわえていたリリベルの媚窟は、自らの唾液をまといつかせた指を難なく銜え込んだ。

じゅぷじゅぷと前後され、リリベルは喘ぎながら腰を振り立てた。

「あうッ、んっ、んん、いッ……、いぃ……あっ、あっ、あぁあああっ」

怒濤《どとう》のごとき絶頂が押し寄せ、意識を真っ白に塗りつぶす。

痙攣する蜜襞の感触を堪能し、ずるりと指が抜き出される。その刺激だけでふたたび達してしまい、秘処からとめどなく蜜があふれた。

「ふ……、ぅ……」

快感の涙で視界が曇り、濡れた睫毛を弱々しく瞬く。レヴィアスは愉悦に震える尻を愛おしげに撫で回しては、ぱしりと軽く叩いた。その振動で子宮を揺らされ、リリベルはめくるめく絶頂感に恍惚となった。

びくっ、びくんと達するままに腰を跳ねさせていると、秘裂に熱く固いものが分け入ってきた。期待に鼓動が高鳴る。だが、それは意地悪に花芽を突つくばかりで、欲しいところに入ってきてくれない。

リリベルは振り向いておずおずとねだった。

「レヴィ……、なか……」

「ん？」

わかっているくせに、彼はわざといぶかしげに首を傾げてみせる。だが、駆け引きするにはリリベルの性感はすでに昂りすぎていた。

「それ……なかにちょうだい……」

「挿れてほしいのか」

「ん……。挿れて……。ずっと……奥処まで……、熱くて固いので……いっぱいにして……」

淫らな懇願を口にするとますます淫蕩《いんとう》な気分になり、お尻をふるふると振ってみせる。

レヴィアスは腰を引き、熱杭の先端を蜜口に押し当てた。雁首がぬぷりと隘路に侵入する感覚にぞくぞくと下腹部が疼く。

「本当に、リリベルは可愛いな……」

熱い囁きとともに、怒張しきった雄渾《ゆうこん》が媚肉を押し広げながらずぷりと打ち込まれた。

反射的に随喜の悲鳴を上げる。ずんずんと勢いよく隘路を穿たれる快感に何も考えられなくなった。

張り出した先端が敏感な箇所をこすり、突き上げる。そのたびに目裏《まなうら》で白い光が明滅し、悦びが全身を駆けめぐった。

濡れた尻に彼の下腹部が当たるたび、淫らな打擲音が響いて船に打ち寄せる波音に紛れてゆく。

すでに絶頂状態にもかかわらず、さらなる恍惚が次々と押し寄せた。もう彼がなかにいることさえわからなくなっていた。ただ下腹部から絶え間なく愉悦が沸き上がり、果てることがない。

やがてひときわ大きな快感の波が押し寄せ、限界を超えたリリベルの意識を攫った。

意識が戻ると、甲板にしつらえられた褥《しとね》に横たえられ、正面からレヴィアスにずっぷりと貫かれていた。彼の背後には降るような星空がいっぱいに広がっている。

手を伸ばし、うなじを引き寄せて唇を合わせた。絡みつく舌の熱くぬめった感触がたまらず、リリベルは無我夢中で舌を差し出した。

レヴィアスの黒い瞳はいつのまにか紺碧の竜の瞳に変わっていた。挿入された雄茎はさらに猛々しく滾り、繊細な花筒をがつがつと穿つ。リリベルは彼の人ならざる瞳に見入ったまま喘ぎ、悶えた。

もっと欲しい。もっと深く、もっと奥処まで彼に貪られたい。このまま彼に食べられてもかまわない。むしろ食べられてしまいたいと、リリベルは本気で願った。

「レヴィ……、すき……、すき……」

うわ言のように愛を囁く。秀麗な額に汗をにじませ、レヴィアスが上擦った声で囁いた。

「わかるか？　リリベル……。いま、俺が……、おまえを喰らっていることが……」

「ん、ん」

揺さぶられながら懸命に頷いた。自分の魂が彼に取り込まれていくのを感じる。怖くはない。むしろ悦びでいっぱいだった。

彼とひとつになれる。愛するわたしの海竜神《レヴィヤタン》と一体になって、わたしは海を泳ぎ、空を翔《かけ》るのよ。

この美しい世界を――。

リリベルのなかで彼が果て、愛が注ぎ込まれた。恍惚に包まれてリリベルは放心した。あたたかな光のなかをふわふわと漂っているようだ。

優しく抱き寄せられ、逞しい腕のなかにすっぽりと包み込まれる。リリベルは彼の胸に顔を埋め、

満ち足りた溜息を洩らした。
星空の下、抱き合って眠り、薔薇色の夜明けを寄り添いながら静かに眺める。
幸福と希望に満ちたふたりの島は、もうすぐそこだった。

あとがき

こんにちは。蜜猫ノベルスでは初めまして。このたびは『不埒な海竜王に怒濤の勢いで溺愛されています スパダリ神に美味しくいただかれた生贄花嫁⁉』をお手に取ってくださり、まことにありがとうございます！　お楽しみいただけましたでしょうか？

今回は編集さんに「人外ヒーローで美女と野獣とかどうですか？」とお誘いいただき、本作のヒロインなみの紆余曲折の末（笑）、向かうところ敵なしの最強竜神様となりました。ちょっと作者の怪獣好きがにじみ出てしまった感がなきにしもあらず……。

で、その怪獣もとい竜神ヒーロー、本文でははっきり書きませんでしたが実は七人兄弟です。七つの海に一柱ずつおられる設定。今回のヒーローはわたしたちの世界でいうところの地中海を担当しています。紺碧のアドリア海に想いを馳せつつ、明るくヤンチャな俺様ヒーローとなりました。その他、地上と天空の神様もいたりして、本編にはいらないだろっていう世界設定を山ほど作りました。まー、それが異世界モノの醍醐味ですし。いつかまた同じ世界に戻ってこられたらなぁと思います。

美麗すぎる挿画を担当してくださいましたウエハラ蜂先生、ハイパーイケメンヒーローと勝気可愛いヒロインに感涙です！　いつもお世話になっている担当様、変わらず応援してくださる読者の皆様にも厚く御礼申し上げます。愛を込めて。ありがとうございました！

上主沙夜

蜜猫 Mitsuneko Novels

蜜猫 novels をお買い上げいただきありがとうございます。
この作品を読んでのご意見・ご感想をお聞かせください。
あて先は下記の通りです。

〒102-0072　東京都千代田区飯田橋 2-7-3
(株)竹書房　蜜猫 novels 編集部
上主沙夜先生 / ウエハラ蜂先生

不埒な海竜王に怒濤の勢いで溺愛されています!
スパダリ神に美味しくいただかれた生贄花嫁!?

2018年8月17日　初版第1刷発行

著　者　上主沙夜　

発行者　後藤明信

発行所　株式会社竹書房
〒102-0072 東京都千代田区飯田橋 2-7-3
電話　03(3264)1576(代表)
　　　03(3234)6245(編集部)

デザイン　antenna

印刷所　中央精版印刷株式会社

Printed in JAPAN
ISBN978-4-8019-1573-2　C0093
この作品はフィクションです。実在の人物・団体・事件などには関係ありません。